李致文存
Lizhi Wencun

第五卷
我的书信

四川人民出版社

图书在版编目（CIP）数据

李致文存：共5卷6册/李致著.— 成都：四川人民出版社，2019.6
ISBN 978-7-220-11344-4

Ⅰ.①李… Ⅱ.①李… Ⅲ.①散文集—中国—当代 Ⅳ.①I267

中国版本图书馆CIP数据核字（2019）第062006号

LIZHI WENCUN

李致文存

出 品 人	黄立新
项目统筹	谢 雪
责任编辑	谢 雪 张 丹 江 澄 董 玲
封面设计	张 妮
版式设计	戴雨虹
特约校对	蓝 海 袁晓红
责任印制	李 剑
出版发行	四川人民出版社（成都槐树街2号）
网 址	http://www.scpph.com
E-mail	scrmcbs@sina.com
新浪微博	@四川人民出版社
微信公众号	四川人民出版社
发行部业务电话	（028）86259624 86259453
防盗版举报电话	（028）86259624
照 排	四川胜翔数码印务设计有限公司
印 刷	成都东江印务有限公司
成品尺寸	160mm×238mm
印 张	172.75
字 数	2270千
版 次	2019年6月第1版
印 次	2019年6月第1次印刷
书 号	ISBN 978-7-220-11344-4
定 价	820.00元

■版权所有·侵权必究

本书若出现印装质量问题，请与我社发行部联系调换
电话：（028）86259453

李 | 致 | 文 | 存
我 的 书 信

2013年李致于家中

李 | 致 | 文 | 存
我 的 书 信

·总序·

他用所有时光回答一个问题

廖全京

凝视着这五卷（六册）沉甸甸的文字，仿佛望见无数春花秋月在叠彩流光。面前这套《李致文存》，朴实而生动地记录了作者过往几十年生命中刻骨铭心的人和事。这是他灵魂的笔记。

这里面包含着他过去岁月的所有时光。

他用所有时光回答一个问题：如何做人？

中国古代的贤人或智者，无一不把如何做人视为人生第一要义甚至是唯一要义，由此而形成人文传统。钱穆关于读《论语》是学习"做人"的看法，则代表了近代以来的人文学者对这一传统的遵循。日积月累，潜移默化，这传统已经随同中国历代的主流思想意识即孔孟儒学浸入社会的每一个细胞，成为整个社会言行、公私生活以及精神领域的导向和规范。即使是经历了"五四"时期及其后几十年新思潮的反复冲击，中国传统的这种积淀仍旧保留着它的神髓，并有意识或无意识地通过人们的行为、思想、言语、活动不同程度地显露出来。自然，在漫长的传统浸润与新潮冲击的矛盾过程中，人们对于如何做人的理解和履践也不可避免地发生了变化，正所谓"曲翻古调填今事，义探新思改旧观"，尤其是在主张冲破世俗的道德规范、抵御旧的社会道德戒律对个体的人的压制的一批政治家思想家陆续登上中国现代社会的政治舞台之后，这种变化尤其明显。在追求建构现代政治的民主体制和社会理想的强劲之风的推动下，对传统思想意识进行解构的呼声日益高涨，张扬现代革命伦理主义的具体行动日趋激烈。在相当长的一段历史时期内，通过对如何做人的各种回答呈现出来的新旧矛盾的冲撞和撕裂状况，一直是时代和民族的重要精神现象。

李致就是在这样一种大的精神背景下，踏上了自己的人生之路，开始了对如何做人的思考和探索。回头看去，这条路上重峦叠嶂，遍布荆棘。时或星汉灿烂、朝霞开曙；时或乱云飞渡、阴霾蔽日。但所有的历史波折，不仅没有从根本上改变李致自始至终对方向和道路的选择，反而更加激励了他一路之上的生命意志，坚定和饱满了他对于如何做人的信念和情绪。这些都可以从这几卷文字里窥见其大略。所以称大略者，是因为他一生的所有行为、行动，远远多于、大于他留在纸面上的这些文字。尽管如此，对于走近并理解李致来说，这些文字仍然有它不可取代的重要性。这重要性，首先的和根本的就在于这些有血有肉有情感的文字告诉我们，李致对于如何做人的认知与实践其精神趋向既是为传统道德观念所规范的，又是受现代革命伦理主义影响的，还是带有某些启蒙色彩与理想主义成分的。归根结底，李致的做人准则和为人行止，无论从个人修养还是从社会公德的角度来说，都符合一个由传统文化孕育出来的现代中国人的标准。

李致做人是从"爱人"出发，由"亲亲"做起的。十六岁那年，他将自己的生命交付给了进步学生运动，从此在"五四"新文学的影响下，学习做一个普通的、真正的中国人。在传统的氛围中高扬起反传统的旗帜，这是那一辈先知先觉者们的精神特质。这里面的深层原因，恐怕是在看似相互背反的传统与反传统之间，却有着对于人的相当接近的理解和尊重，虽然各自的理解和尊重的角度和程度不尽相同，马克思主义着眼于人的解放，人类的解放；孔子思想的核心是"仁"，而"仁"的核心是"爱人"。我们看到，二者在李致的一些言行中，奇妙而自然地结合乃至融合到了一起。当我们深入李致的心灵世界时，进一步发觉他的"爱人"是从对亲人的爱的基础上提升出来的。这又与所谓"仁者，人也，亲亲为大"（《礼记·中庸》）的精神暗合，而这种暗合，又被李致用行动赋予了新的含义。上述种种，都可以在这几卷文字中找到鲜活的例证。

我一直觉得，在李致的以《大妈，我的母亲》《终于理解父亲》《小屋的灯光》《我淋着雨，流着泪，离开上海》等为代表的一系列亲情散文中，能明晰地见到他的思想情感之流的源头及质地。更重要的是他对父亲、母亲、妻子、四爸巴金的思念和追怀已经不可以用简单的传统观念如孝道之类去把握，那是一种建立在理解基础之上的对传统道德中的愚、盲成分的批判和超越。我曾经这样写道："李致一直自觉地把理解别人，尤其是理解自己的亲人，作为通往人格理想的一条重要路径，努力想在理解别人的过程中获得内心的纯净、光明、温暖。"（《对李致散文的一种解读》）这种理解，源于在长期艰难曲折的社会实践活动中对人类现代文明思想和新的道德观念的吸纳和认知。

从对"爱人"的现代理解出发，李致在如何做人的漫漫长途上执着前行。从20世纪40年代中期至今，李致几乎将全部的精力和时间都献给了自己服膺的信仰、信念、事业。在那一辈先知先觉者心目中，一切为了他人，乃全部信仰、信念、事业的核心，他们甚至一度把"毫不利己、专门利人"这种燃烧着激情同时有些浪漫色彩的口号写满了江河大地。无论历史将如何评价，他们身上从内到外的那一个闪光的"诚"字已经为后人立下了精神的丰碑。李致作为那一辈先知先觉者们的追随者，他的言行，一直是符合"己所不欲，勿施于人"（《论语·卫灵公》）和"夫仁者，己欲立而立人，己欲达而达人"（《论语·雍也》）的传统伦理道德规范的。不同的是，他不是为立己而立人或达人，而是为了他心中神圣的信仰、事业而立人或达人，为了大多数人的利益而立人或达人。在某种程度上，这也是对传统伦理道德观念的一种批判和超越。

过去的半个多世纪里，李致先后在共青团部门、党政部门、新闻出版部门、文化艺术部门留下了精神足迹。他在所承担的每一项工作任务中，都特别注意把尊重人、理解人、关心人、支持人、爱护人放在重要以至首要的位置。无论对上级领导、下级同事，还是对编辑、记者、作家、艺术家，他都一视同仁，认真倾听他们的倾诉，尽力排解他们的烦难，畅快分享他们的喜悦，往往成为他们的朋友。在他看来，立人、达人的过程，其实是一个"亲亲"的过程。在与他人的交往中，他勉力地向古往今来那些"尊德性而道问学"的君子学习，待人接物一秉至诚：诚其心，诚其意，诚其言，诚其行，关键是一个"诚"——真实无妄。古人云："诚者，天之道也。诚之者，仁之道也。"（《礼记·中庸》）诚哉斯言！在四川文化界，李致有许多彼此知根知底相互推心置腹的朋友，比如马识途、王火、杨宇心、高缨、沈重，比如魏明伦、徐棻，又比如周企何、陈书舫、竞华、许倩云，等等。他们之间的友情，正是仁之道的生动体现。20世纪80年代，魏明伦在改革开放的春风中从自贡本土脱颖而出，以"一年一戏""一戏一招"轰动海内外，他的成长，得到过自贡、成都、北京的领导和朋友伯乐们的发现和扶持。魏明伦常常提起的浇灌他的五位园丁中，就有他尊称为"恩兄"的李致。时任中共四川省委宣传部副部长的李致，继承巴金遗风，爱才惜才，肝胆相照。在魏明伦遭受极左棍棒打压之时，是李致力排"左"议，抵制"左"风，支持和保护了魏明伦。我觉得，李致身上体现出来的这种诚，除了传统道德的影响之外，还含有现代文明中的人道主义思想的成分。这成分，表现为一种现代意味的爱。对此，我曾经写道："爱是一个漫长的过程，一个需要不断学习、耐心修炼的过程。李致用笔墨记录下的所有感情，都是在学习和修炼过程中的感悟。陀思妥耶夫斯基在他的《卡拉玛佐夫兄弟》里借佐西马长老的嘴说过：'用爱去获得世界。'李致也许并不接受作为基督徒的这位俄国作家思想中的宗教情绪和神秘主义成分，但是，我相信，他对这位反对沙皇专制暴政的死牢囚徒关于人类爱的认识是完全同意的。"（《对李致散文的一种解读》）

说到李致对如何做人这一问题的回答，就不能不说到他的精神导师巴金。巴金的思想和作品，巴金的为人和一生，为李致树立了一个做人的榜样。在李致的生活中，四爸巴金是鲜活的灵魂的精神支撑和性格、情感的源头。巴金远走了，李致的许多亲人都远走了，但巴金及巴金的亲人们给李致留下了一笔宝贵而丰富的精神遗产。其中，巴金留给李致的四句话成为他一生的座右铭："读书的时候用功读书，玩耍的时候放心玩耍，说话要说真话，做人得做好人。"这盏温暖心灵的灯火，至今仍是李致做人的标准。他在顺境中牢记这四句话，他在逆境中不忘这四句话。通过这四句话，他不仅为自己更为广大读者树起了一个清洁的精神的思想标杆。其实，归结起来，巴金留给李致的也是留给中国知识分子的遗产就是两句话：一句是"生命的意义在于奉献而不是索取"，还有一句是"人总得说真话"。关于巴金对李致的影响和李致对巴金的深情，那篇《我淋着雨，流着泪，离开上海》有极其感人的揭示。这里我只想说，巴金与李致之间深层的内在联系就是，巴金是一个中国的知识分子，在他的影响下，李致也努力使自己成为一个中国的知识分子。

追溯起来，李致心目中的精神导师还应当有鲁迅。他是读着鲁迅的作品在暗夜中走向破晓的，是鲁迅教他"横眉冷对千夫指，俯首甘为孺子牛"，他用这种精神指导自己去回答如何做人的问题。而巴金对鲁迅的崇敬和追随，无疑更加重了鲁迅在李致心目中的分量。曾经为巴金辩护从而保护了巴金的鲁迅说过："巴金是一个有热情的有进步思想的作家，在屈指可数的好作家之列的作家。"（《答徐懋庸并关于抗日统一战线问题》）而在巴金那一代青年作家心目中，鲁迅是给他们温暖的太阳，也是为他们挡住风沙的大树。在所有进步作家的心目中，鲁迅先生的人格是比他的作品更伟大的。他的正义的呼声响彻了中国的暗夜，在荆棘遍地的荒野中，他执着思想的火把，引导着无数的青年向远远的一线光亮前进。这些青年中，应当也有李致，尽管当时他还只是一株幼嫩的秧苗。在"文革"被关"牛棚"的后期，李致靠"天天读"鲁迅的书获得精神支柱，度过他一生最困难的时候。

实践是检验真理的唯一标准，实践也是检验一个人的人生态度的唯一标准。无论是"俯首甘为孺子牛"的精神引领，还是"生命的意义在于奉献"的思想勉励，在李致身上都不同程度地默默化作了认真而坚实的实践。这些实践在他从事出版工作期间显得尤其突出。20世纪的最后二十年里，李致与出版结缘。他担任四川省出版工作的领导职务之初，中国正闹"书荒"，读者求书若渴，彻夜排队买书，但在百废待兴的情况下，人们往往买不到需要的书籍。面对此情此景，李致难过、内疚、心急如焚。全身心投入出版工作的李致团结带领四川出版界同仁，在迅猛发展的改革开放形势推动下，解放思想，实事求是，首先从突破束缚地方出版社手脚的"三化"（地方化、群众化、通俗化）框框入手，实行"立足本省，面向全国"的方针，抓住机遇，深化改革，勇于实践，埋头实干，使四川出版在短时间内异军突起，以品种多、成系列、有重点的鲜明特色，在国内以至海外出版界产生很大影响，广大读者由此对四川出版赞誉有加，四川出版事业由此而出现了空前繁荣的局面。一时间，许多作家、诗人、翻译家大受鼓舞，一部部佳作纷纷投向四川的出版社，人们戏称"孔雀西南飞"。曾被鲁迅先生誉为"中国最为杰出的抒情诗人"的冯至对李致说："你是出版家，不是出版商，也不是出版官。"李致将这些话理解为是对当时的四川人民出版社的整体评价，他向出版社全体职工传达说："冯至同志说四川出版社是出版家，不是出版商，也不是出版官。"李致，这位四川出版事业的有功之臣，就是这样坚持把社会效益放在首位，同时注重经济效益，以改革的思路、开放的心态，将鲁迅、巴金关于如何做人的观念，落实到一步一个脚印的重大社会实践中。

李致的实践，往往渗透着感情。实践的过程，就是积累感情的过程，深化感情的过程。而这感情，则是他与事业的感情，与人的感情。从担任振兴川剧领导小组副组长到顾问，李致与川剧界结缘几十年，将自己的身心融入了川剧事业。当年他抓川剧抓得十分具体，从讨论规划、研究创作、筹措经费、安排会演到带队出国访问、亲临排练现场、关心演员生活、解决剧团困难，事无巨细、亲力亲为。更重要的是，他"踩深水"、边做边学；将演职人员视为知己，情同手足。川剧界对他的评价很高，他则甘心自始至终当川剧的"吼班儿"。由于他不仅懂川剧，而且懂演员，川剧界无不为他那颗热爱川剧、热爱川剧人的心所感动。"望着满头白发的李致，我感叹，川剧之幸！"川剧表演艺术家左清飞的这句话道出了川剧人的心声。

天地之间，做人不易，做知识分子更不易，做中国知识分子尤其不易。偶读陈寅恪先生著作，见他曾谈到古代文人的自律问题，那是他在研究唐史时因诗人李商隐在"牛李党争"中的遭遇而引发的感叹："君子读史见玉溪生与其东川府主升沉荣悴之所由判，深有感于士之自处，虽外来之世变纵极纷歧，而内行之修谨益不可或缺也。"（《唐代政治制度史述论稿》中篇）字里行间，强调的是知识分子（士）的"自处"及"内行之修谨"。用今天的话说，知识分子首先要注重自我修养、自我提升、自我完善。只有自己有了良好的修养、坚定的信念，咬定青山不放松，才能不仅做到立人、达人，利国利民，而且做到宠辱不惊，进退从容，任尔东西南北风。这是如何做人的一条很重要的经验和原则。从这个角度看，《李致文存》透露出来的当代文人李致的所思所言所行，似可视为如何做人的一个鲜活个案；也可以说《李致文存》记载了作者对于如何做人问题的基本答案。

  读读《李致文存》，会给我们在如何做人、如何自处自律等方面带来一些启示，这也许是《李致文存》出版的重要意义吧！

2018年6月10日

目 录

李 | 致 | 文 | 存
我 的 书 信

巴金与李致的通信

1972 年 / 005

1973 年 / 008

1974 年 / 013

1975 年 / 017

1976 年 / 031

1977 年 / 054

1978 年 / 075

1979 年 / 090

1980 年 / 102

1981 年 / 115

1982 年 / 138

1983 年 / 156

1984 年 / 167

1985 年 / 171

1986 年 / 174

1987 年 / 184

1988 年 / 193

1989 年 / 200

1990 年 / 203

1991 年 / 205

1992 年 / 210

1993 年 / 212

1997 年 / 216

曹禺致李致

1978 年 / 221

1979 年 / 227

1980 年 / 231

1981 年 / 236

1982 年 / 243

1983 年 / 252

1987 年 / 255

  附　生命的意义在于有点东西拿出来　廖全京 / 258

沙汀致李致

1978年 / 266

1988 年 / 272

1979 年 / 277

1982 年 / 285

1983 年 / 287

1984 年 / 290

1985 年 / 293

1986 年 / 297

1987 年 / 300

1988年 / 305

1989年 / 307

张爱萍、李又兰与李致的通信

张爱萍、李又兰 / 312

与其他友人的通信

（以姓氏笔画排序）

马小弥 / 321

马识途 / 322

马献廷 / 323

王一桃 / 327

王　火 / 329

王西彦 / 331

王照华 / 332

车　辐 / 334

戈宝权 / 335

巴　波 / 336

石天河 / 337

龙　实 / 339

冯　至 / 341

冯骥才 / 345

匡　越 / 347

伍松乔 / 349

任白戈 / 350

华君武 / 352

刘云泉 / 353

刘　杲 / 354

刘绍棠、曾彩美 / 356

江永长 / 360

江　明 / 361

汝　龙 / 363

安庆国 / 365

严文井 / 366

严永洁 / 367

严庆澍 / 369

杜　谷 / 372

李友欣 / 374

李济生 / 376

李健吾 / 378

杨　苡 / 384

杨海波 / 385

余思牧 / 386

邹狄帆 / 389

汪文风 / 390

汪道涵 / 391

沈　重 / 392

宋木文 / 396

张乐平 / 398

张秀熟 / 400

张学凤 / 401

张黎群 / 403

陈丹晨 / 404

陈白尘 / 406

陈伯吹 / 408

陈昊苏 / 410

陈昌竹 / 414

武志刚、时川 / 417

范　用 / 418

孔罗荪 / 420

罗　洛 / 422

周克芹 / 425

周良沛 / 429

郑　勇 / 439

珊　珊 / 440

赵兰英 / 441

赵　洵 / 442

赵清阁 / 445

胡　真 / 446

胡絜青 / 452

茹志鹃 / 453

柯　岩 / 455

钟　恕 / 459

饶用虞 / 461

贺敬之 / 462

秦　牧 / 464

夏　衍 / 465

徐惟诚 / 467

徐　葵 / 469

高　勇 / 470

高晓声 / 472

高　缨 / 474

唐　弢 / 476

黄启璪、李越 / 478

黄宗江 / 485

黄　源 / 486

黄　裳 / 487

萧　乾 / 489

曾彦修 / 490

戴文葆 / 492

魏明伦 / 494

濮存昕、苏民 / 499

后　记 / 501

李致文存·我的书信

巴金与李致的通信

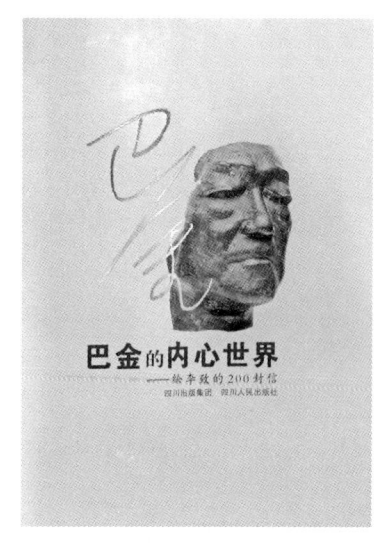

作家巴金，主张讲真话，把心交给读者，被誉为"世纪良知"，受到广大读者的爱戴。李致，是巴金大哥李尧枚的儿子。李尧枚去世时，李致只有一岁零四个月。长期报道巴金活动的新华社记者赵兰英在一篇采访中说："在李致心里，四爸巴金胜过亲生父亲；时常苦恼不被人理解的巴金，却多次说李致是比较了解他的。"巴金除了创作和翻译外，还写了大量的信件，这些信件同样展示了巴金的内心世界。20世纪80年代后期，巴金曾表示要用通信来表达自己的观点。巴金说他给两个人写信最多，其中之一就是李致。从1955年开始，到1994年，巴金写给李致的信件有三百多封，其中五十多封信在"文革"中被造反派拿走并丢失，尚存二百五十多封。李致给巴金的信更多。由巴金保留，并在以后退还给李致的有一百八十多封。巴金说："我本想留着它们，多么好的资料啊！终于决定请你自己保存。以后你替我整理材料，用得着它们。"本书收录巴金写给李致的信两百封，全部影印并附加印刷体，同时选入李致的部分书信，用印刷体排出，供读者了解巴金信件的背景。①

---

① 此系四川人民出版社2006年版《巴金的内心世界——给李致的200封信》出版前言。

1991年，李致与巴金在上海寓所交谈

李致：ం收到。我的生日阴历是十月十九，巴阳历是十一月廿五。所谓卄D是你记错。其实我多年没有想到过生不生日，可是从先红起九妹妹、七嫂方姐说你提出来要心一起热闹一下，我也只好随你了。

你们编也通过，还要有其他？我手里也没有。Ⅰ点有"令六亏些"。明天就给你寄去。我觉得你有了这"寄欢"就够了。以三亏些如拟每部收短篇小说四十篇，王部若两百篇。"寄些"编至从两百篇中选出四十篇啊吧。从前如里都没好小说都选在"亏些"把面了。当然那个人选也还有些糟粕，那是时代不同欢赏不同。过去时"好作品"到今天也很可能成了事物。所以我认为有定四十篇就够了。

英法文学名著中译本我这里有几十多。以后我也来，再寄几来给你。

别叫鱼十件带要费去了。别的

祝
好！

巴金 十一月廿D

向侯大姐你几位姐姐姐夫！

1972年

爹：

　　提起笔，千言万语，真不知从哪里说起。我们有六年没有通信。然而，我这几年比过去任何一个时候都更关怀你。你对我一定也如此。

　　到目前为止，我们最后一次见面是六五年你去越南之前；最后一次谈话，是六六年在北京的那一次电话。所有一切，我都不会忘记，它将永远刻在我心里。

　　为了避免某些不必要的麻烦，前一段时候我暂时没有给你写信。同时，也不知道把信寄在哪里。今年八月，我写了一封信给小林，算是试投，希望能取得联系。小林有一个月没有回信，我这个希望也没了。后来，小林信来了，我一看见信封就高兴，满以为这封信会给我带来一些令人愉快的事情。可是，做梦也没有想到，它带来的却是妈妈逝世的消息。

　　妈妈逝世，你当然最难受。我本应该立即写信安慰你。可是，我能向你说什么呢？有什么话能减轻我们的痛苦呢？我实在想不出。就是现在，写在这里，我的眼泪也忍不住往下流。

　　六四年夏天，我第一次到上海。这是我解放后第一次看见妈妈[1]，我开始喜欢她。记得那个晚上，大家在屋外乘凉，萧姐也在场。我向你要《收获》复刊第一期，你答应了。妈妈立即说你"偏心"，说她跟你要过几次，你都没有给她。当时，我们是多么愉快啊！这大概就是一般人所谓的"天伦之乐"吧！然而，这样的聚会，我们这一生都不会再有了。

我最好不在这个时候给你写信。因为不仅不能给你安慰，反会引起你的痛苦。不过，我还要问一遍：妈妈去世以前，她看见我给小林的信没有，她说了些什么？我问过小林，她没有回答。但我很想知道。

就这样吧，我不再写下去了。我相信你能理解我的感情。

李 致
十月三十日

李致：

三十日来信收到（你上次给小林[2]的信我也见到），知道你的近况我放心多了。这些年我也常常想念你和你的几个姐姐。三年前有人来外调，才知道你当时靠过边，但是我又知道你没有历史问题，认为不会受到多大的冲击，我一直不想给你写信，害怕会给你找麻烦，心想等到问题解决了时再通信息。现在你既然来信，我就简单地写这封信谈点近况吧。我六九年参加三秋后就和本单位革命群众一起留在乡下，以后在七〇年三月又同到干校。今年六月因蕴珍病重请假回家，七月下旬就留在上海照料她。她去世后我休息了一段时期，九月起就在机关上班（工宣队老师傅和革命群众今年都上来了），每天半天，主要是自学马列主义经典著作。这几个月并没有

---

[1] 妈妈：指陈蕴珍，巴金的夫人，笔名萧珊。
[2] 小林：李小林，巴金的女儿。

别的事。但问题尚未解决，仍在靠边。住处也没有改变，只是从楼上搬到楼下而已（楼上房间加了封，绝大部分书刊都在里面）。我的身体还好，情绪也不能说坏，蕴珍去世对我是一个很大的打击，我永远忘不了她，然而我无论如何要好好地活下去，认真地学习。

你问起妈妈去世前看到你的信没有。你第一封信[1]是八月四日写的，信寄到时，她的病已到危险阶段，刚开了刀，小林在病床前对她讲你有信来，她只是点了点头，那时身体极度衰弱，靠输血维持生命，说话非常吃力，只有两只眼睛十分明亮。我们不知道她那么快就要离开我们，还劝她不要费力讲话，要她闭上眼睛休息。她也不知道这个情况，因此也没有留下什么遗言。想到这一点，我非常难过。

写不下去了。祝

好

尧 棠[2]

十一月四日

---

[1] 第一封信：李致给李小林的信。
[2] 尧棠：巴金的本名。

1973年

李致：

  你托肖荀①转告我的话已转到了。前次寄上托马斯写的小说一部（十二嬢②也把《猎人日记》寄出了），明天我还要寄高加索故事、散文诗、中国历代诗歌选三种书给你。《罗亭》我也可以寄给你，但要等书橱启封以后，不过也不会太久了。上星期一我们单位工宣队负责人找我谈过一次话，说是我的结论已经批了下来，作人民内部矛盾处理，要我做点工作，问我有什么意见，我说身体不好，年纪大，只能在家里翻译点东西。星期六（昨天）他要我参加机关学习，并在学习会上宣布我的问题解决，"作人民内部矛盾处理，发生活费，做翻译工作"。下周起，我每星期只到机关去三个半天（学习时间在内）。以后要在家里慢慢搞点翻译了。请把我这种情况告诉大妈③和国煜、国炜、国莹④她们。大妈要看小棠⑤的照片，

---

  ① 肖荀：即萧荀，李致大姐李国煜之友，后成为巴金和萧珊的朋友，在巴金未获得"解放"前，李致给巴金的信均寄给她转交。李致称其为萧姐。
  ② 十二嬢：李瑞珏，巴金的妹妹。
  ③ 大妈：张兰生（嫁到李家后改名李张和卿），巴金的大嫂，李致的母亲。详见《李致文存》之《我的人生》卷。
  ④ 国煜、国炜、国莹：均系巴金的侄女，亦即李致的大姐、二姐和四姐。
  ⑤ 小棠：巴金之子，当时在安徽插队。

过几天找出来寄上。小棠现在在安徽。上海今年也比较热。

祝

好

尧 棠

七月十五日

李致：

　　信收到，你给萧姐的信也看过了。"结论"的详细内容和文字我都不知道，也并未告诉我，或在宣布时宣读。当然如果叫我在文件上签字，我会实事求是地看待问题。此外我不会讲什么。现在已经是宣布后三个星期了，还没有什么变动。这个月还是照常领生活费，房子也未启封，只是除了一星期到机关学习两次外，用不着去上班了，可以在家搞点翻译工作，我觉得这也是好的。其他的等着看吧，可能还要有一个过程。我可以安心等待的，也没有什么不满意。

　　关于书的事情，答复几句：1.《历史[代]诗歌选》只出了上编，下编一直没有出。2. 尧林①图书馆是我从前打算办来纪念三叔的，有一个时期我在自己的中文书上盖了图书馆的章，后来就没有盖了。3. 明天寄上《悬崖》和《罗亭》各一册，都是盖了图书馆的章的。4. 将来我的书房启封后，还要寄点书给你。别的话下次再谈。祝

好

芾 甘②

八月五日

　　请替我问候大家！

---

① 尧林：李尧林，笔名李林，巴金的三哥。
② 芾甘：巴金的号。

你怎么会打摆子？打过摆子后应继续吃药使这病断根。

李致：

十七日来信收到，我一切都好。生活上并无什么变动。前一个时期去机关学习十大文件，每周去的次数较多。本星期起，每周只去两个半天（一次批林整风，另一次学习马列经典著作）。书房还未启封，估计到年底差不多了。昨天挂号寄上《约翰·克利斯朵夫》一部四册，以前答应过你的，总算找到了。今天接到卢剑波①的信，有这样的话："天六②说，从李致处知道你有《约翰·克利斯朵夫》的中译本。她向你借来看，看完了一定还你。"现在书已送给你了，那么就由你同天六联系吧。别的话，下次再谈。请转告大妈，照片刚刚拍过，洗出来就给她寄过去。祝
好！

尧 棠

廿八日

爹和萧姐：

爹来信和寄书都收到，谢谢。

小林去杭州工作很好，离上海又近。小棠的调动请抓紧办，这是完全合符政策的，爹不要又觉得不好提出。

已托人买花椒面和辣椒面，买好即寄给爹。

萧姐久不来信，很挂念。身体好吗？天冷了，可能又不太

---

① 卢剑波：原四川大学教授。
② 天六：邓天矞，卢剑波的夫人。

好过。

我去看过子青同志,转达了爹的问候和谢意,他很高兴。他一再表示希望爹注意眼睛:一、晚上不要看书、写东西;二、平时多看一点绿色的东西;三、可试用一个单方。他建议爹把眼睛的情况和西医的诊断,写一个材料寄来,由他请成都一位名眼科中医开方子,可能有效。茅盾曾请这位医生开过方子。我赞成他的意见。

我最近眼病稳定,全日工作。家里的人也好。

请萧姐帮我买一本《李白诗选》和《稼轩长短句》。听说已出版。

秀涓问好。

即请

冬安!

李 致

十一月二十五日上

单方是:每天吃枸杞和核桃一次。枸杞五粒,核桃一个或半个。一起吃,慢慢嚼。

上海好买枸杞吗?如不好买,我还有一些,可寄给爹。请尽快来信告我。

李致:

两封信都收到。辣椒面和花椒面的通知单尚未送来,你先代我谢谢子青[①]同志。单方我开始试用,其实枸杞和核桃我也常常在吃,枸杞我这里很多,是采臣[②]从银川寄来的,这两三年每年都寄

---

① 子青:杨子青,即沙汀。
② 采臣:巴金的胞弟,李致称大幺爸。

得有来，我吃不完。我眼睛的毛病在于用得多，人年纪大，器官也不灵了。看医生，既麻烦，作用又不大。我打算拖一下再说。在这里什么也得找人开后门，等到碰到过去认识的医生，那就有办法了。

《李白诗选》未出。《稼轩长短句》是年前出版的，早卖完了，我手边有一本，送给你，同《我们祖先》等五本书一起寄上。

祝
好！

芾　甘
廿四日

问候秀涓[①]

辣椒面等收到。

照片一张请转交大妈。

---

① 秀涓：丁秀涓，李致的妻子。

1974年

李致：

　　信收到。你要的三种书，我只有两种，"鲁滨孙"没有，因此仅寄上书两种，共四册，请查收。

　　我的生活如常。现已开始翻译"赫尔岑"，慢慢地在搞。我的生活相当安静而且安定，很可以安心做点翻译工作。

　　见到沙汀同志请代我问候他。

　　小棠还在乡下，本月中旬回来过春节。

　　祝

好！

尧棠
一月六日

　　书已在今天上午寄出。

　　代我问候家中所有的人。

　　丁秀涓回川没有？[①]

[①] 当时丁秀涓在北京工作，尚未调回四川。

李致：

　　信收到。我一直很好，前一个时候学习较忙，现在是每周三个半天。有空仍然搞点翻译，念点书。身体还好。没有写信，只是因为没有什么事情。小林六月中要做母亲了，她的爱人最近可能分配到杭州去工作。剑波写信来，说是好久没有见到你了，又说《红楼梦》始终未印出。十二孃还在等你帮她买一部。别话下次谈。

　　祝

好！

芾 甘
（四月）廿六日

问候你妈妈和几个姐姐，还有老汪①。

李致：

　　信收到，我这里一切如常，没有什么变化，我身心都好，也没有什么可以告诉你的情况。知道你的眼睛不好，替你担心，这个病要好好医治，今后在使用眼睛方面也要注意。

　　你来信要的书，有的封在书房里，有的我没有，有的也送给小林或别的人，暂时也没有什么可寄的，只有一本狄更斯的长篇，以后找到其他的书时，再寄吧。

　　《儒林外史》早给小林了。《镜花缘》有一部旧版的共六册，外面只有四册，我想将来总会找齐的，那时再寄给你。英文小说太浅的我手边也没有。

　　《东周列国故事新编》我有，别人借去了，等到还来时寄给你。

---

①　老汪：汪国权，巴金侄女李国炜的丈夫。

最近吴学素①到过上海，说看见大妈身体很好。但她说看见，已是好久以前的事了。剑波昨天来信说，他这次去看过大妈，大妈身体好，只是国炜生病。你见到大妈和姐姐、姐夫们时请代我问好。

祝

好！

尧　棠
廿九日

问候秀涓。

李致：

十八日来信收到，谢谢你。我还记得七日是你的生日，本来想送给你几本书，但是知道你患眼病住医院，不应当看书，因此不寄了。你的眼睛怎样了？你正在壮年，应当多多工作的时候，不注意保养眼睛是不行的。别的话已经写在给大妈的信中了。

萧姐的身体比在去年还差些，今年天气不好，时冷时热，她发病次数多了些，她又是个"交际家"、"热心人"，爱管闲事，又不习惯清静。

祝

好！

芾　甘
十二月十一日

问候秀涓！

---

① 吴学素：巴金的友人吴先忧之女。

爹和萧姐①：

你们的信都收到。

萧姐几次来信，都提到小林生孩子以后，大家都很愉快；爹经常逗外孙女玩。我为此也感到高兴。

严冬已到，萧姐身体如何？

我住院两月，这次眼病已基本治愈，不久可出院。你们经常提醒我注意眼病。其实这一二十年来，我还是比较注意的，只是病因不详，摸不到发病的规律。没有害眼病的时候，尽管我喜欢看书，还是有节制的。萧姐总把发病的原因归于看书多了。我懂得是提醒，但这不是发病原因。

爹没有把生日礼物寄给我，使我感到很失望。秀涓看了信以后说，爹历来都是送我们两人的书，现在为啥只送一个人了？李斧（我的儿子）说，四爷爷难道以为我们家只有爸爸一人读书？总之大家都盼望爹尽快把书寄来。书请包厚一点，有两次都散了。过去文生社②出了一套朱洗的生物丛书，好像有四五本，如有可否送我？当然，这是礼物以外的了。

这信由我口述，秀涓笔录。她向你们问好。元旦将至，即祝新年快乐！

李 致

十二月二十四日

我想要点外国文学史，介绍外国主要作家和作品的书。这也是礼物之外的。书和信仍请寄出版社。附上卢剑予③伯伯给我的信。

又及

---

① 为避免麻烦，李致给巴金的信均请萧荀转交。因有共同的语言，李致就写给巴金和萧荀两人。

② 文生社：即文化生活出版社。

③ 卢剑予：巴金老友卢剑波之弟，中学教师。

1975年

李致：

　　信收到，知道眼病基本治愈，就要出院，很高兴。本来听说你患青光眼①，我倒有些着急。剑波来信也说你快出院。但今后还要多加小心。

　　书先后寄上两包，想都收到。你要的书，有的我没有，有的我自己在使用。可以寄给你的会陆续寄上。

　　我很好，仍在搞点翻译读点书。我的眼睛也不太好，但这是老年人的"迎风流泪"，是衰老的现象，不要紧。

　　文栋臣②去年托我买"三国"、"红楼梦"两书，我至今买不着。我自己的送给小林了。本来"红楼"我倒有三四种不同的本子，但前年都送人了。我还有一部木版的（几十册一套）。我想你在成都买一两部总有办法，你能买到寄给文栋臣就好了，或"红楼"或"三国"都行，能两部都买到更好。还有，萧姐也说要找你代买一部"红楼"，上次写信时忘记写了。这些当然要看情况，有困难就不必提了。能买到一部"红楼"就给萧姐罢。

　　祝

---

① 此系误传。
② 文栋臣：巴金的侄女李国烔的丈夫。

好！

尧 棠

一月十日

问候秀涓

爹和萧姐：

新年好！

爹和萧姐寄来的书都收到，谢谢。

你们最担心我的眼病，就从这儿说起。我原估计去年底可以出院，没有料到又有反复。虹膜睫状体炎好了，角膜炎又发了，看来还得住一段时候。只有既来之则安之，克服急躁情绪。萧姐问眼病是否营养不足？这很难说。就是医生，现在也没有兴趣去找寻原因。

我很想知道爹一天到晚在干什么？读什么书？翻译什么文章？一早上还是喝碗牛奶吃块面包吗？一天在院子里散几次步？做什么健身运动没有？在为哪些事情操心？

萧姐这个冬天身体尚好，很值得高兴。我住院初期，你有两个月没有来信，我经常为你担心。上周雷毅若①来看过我，她也很关心你的健康。

我很喜欢读鲁迅的书。《全集》读过多遍，眼病好后再精读。我经常读鲁迅的作品给孩子（包括朋友的孩子）们听。爹如果有鲁迅传、回忆录和作品解释、图片，请寄我一些。最近听说拿波伦是"法家"，爹如有拿波伦传记之类的书，也请寄一点给我。我知道爹喜欢读书，爹也知道我喜欢读书。爹喜欢我爱读书，又乐意给我书。所以我每封信必谈到书。

―――――――

① 雷毅若：萧荀的朋友，在成都工作。

方敬[1]同志到过上海没有？

李芹[2]在去年下期，被推荐到重庆大学，读无线电系自控专业。她说过几次，以后假期要到上海看你们。

秀涓附笔问好。

李　致
元月十三日

李致：

十三日来信早收到。关于鲁迅先生的书已经寄上了几本，以后可能还要寄。拿破仑的传记一时难找到。法文的我倒有。其他的书如找到，会随时寄给你。你问我一天到晚干些什么？我一天也少有空闲时候。除了到机关学习或到附近散步外，我就在家听广播讲座念日文，搞翻译，每天译赫尔岑的《回忆录》几百字（查典故，加注解，也要花功夫），此外还读点别的外国文和世界语，为了不要把从前学过的忘记。这是我的日课。至于看什么书，大都是从机关资料室借来的内部发行的书，如关于日本、苏联和拉丁美洲的书，以及从别处借来的《开罗文件》、《格瓦拉传》等等。此外也看看关于儒法斗争和论《红楼梦》的书。我也没有什么操心的事情。我希望能再活十年，准备把一部百多万字的《回忆录》译完，译这部书，同时也在学习。

以上是关于我的事。我觉得重要的还是你的眼睛，你的身体，你要多多注意，为了更好地工作。出院的时候写封信告诉我。

昨天我女婿[3]和小棠都回来了，我们家又热闹起来了。小端端[4]

---

① 方敬：（1914-1996）诗人，西南师范学院教授，巴金的朋友。
② 李芹：李致的女儿。
③ 女婿：祝鸿生，巴金女儿李小林的丈夫。
④ 端端：巴金的外孙女，李小林之女。

一天天大起来，大家都喜欢她。小林的工作有了眉目，春节后可能决定。

别的话以后谈。祝

好，并祝春节愉快！

尧棠
二月七日

问候秀涓

爹：

上月十日来信早收到。当时你为我将出院感到高兴。实际上病情有反复，使你空欢喜一场。我感到很不安。一月来，主要的收获是得到确诊，是霉菌性角膜炎。这种病的病程长、反复多，但情况明，可以对症下药了。

寄来有关鲁迅的书收到。我每次向你提出要求，你总尽可能满足我。秀涓专门把你寄来的书带到医院让我看看——当然只能看看封面——我心里充满感激之情。我爱看书，我的女儿和儿子也爱看书。你寄来的书，至少在我们两代，都会很好地阅读和保存。

春节到了，祝你身体健康！秀涓问好。

李致
二月八日

爹和萧姐：

爹七日信收到。知道你日常生活情况，很高兴。你译赫尔岑的回忆录，是组织上交给你的任务，或是你自己定的？你身体健康，这是最好不过的事。请注意劳逸结合，多加保重。

前天看见杨子青同志。一谈话他就询问爹的情况，他很关心你和想念你，还想带家乡的土特产给你。我谈到带花生酥给你时，他问为什么不带青菜头？他的问题没有最后结论，但看来他还是开朗的。

萧姐的身体怎样？不来信使人担心。

我还住省医院。确诊后能对症下药，情况在好转。这种病病程较长，容易反复。只有用极大耐心与它斗争。萧姐能帮我买到二性霉素吗？过期的也行。

四川原拟印50万部《红楼梦》（省委已批准），但中央统一安排，四川只印5.5万部。这一下矛盾就突出了。萧姐要书，我当然记在心上，但何时能买到，还说不准。

我住院已三月，这三月没见到卢伯伯和邓天六，平常他们笑我去的时间短，犹如"点火"。现在生病，连火也点不成了。

秀涓问好！

李 致
二月十六日

李致：

信收到。李苏①来上海，交来你们给我们的土产，谢谢你和秀涓。李苏也讲了些你的近况，知道你春节期间向医院请假回家，你的病虽然麻烦，但也不太严重。眼睛太重要了，我知道你会好好保养和保护的。

最近意外地把镜花缘找全了，前两天交邮寄上，这是大字本，看起来方便些。你来信又问我译赫尔岑是不是组织交下的任务，记得早已回答过你了，组织上没有给我什么明确的任务，当时只说希

---

① 李苏：应为李舒，巴金侄女李国莹的儿子。

望搞点什么工作，我提出搞点翻译，译赫尔岑的回忆录，组织上同意了。和出版社没有联系过，我也不准备在几年内出版，因为我上了年纪精力差，每天最多只能译几百字，有时查书、查字典更花时间。这书共有百多万字，里面有精华，也有糟粕。能够花不到十年的时间译完它，留下一部誊正的手稿，送给国家图书馆，对少数想了解十九世纪前半叶欧洲和沙俄各方面情况的人也有一点用处。就是这样的工作，我能不能完成还是问题，因为我的眼睛也不好，要是恶化，那就连这一点点工作也无法搞下去了。不过我很乐观，我也开始注意保护眼睛。

别话后谈。祝

好！

芾甘

三月三日

问候秀涓

爹和萧姐：

爹来信和寄书都收到。谢谢。

萧姐久未来信，身体好吗？

我的眼病大有好转。元旦到春节，有过两次反复，以致角膜穿孔，前房积脓。李舒不知道这些情况。后来因为找到病因，对症下药，才有好转。目前，病眼的炎症已控制住，只是视力不能恢复。幸好右眼完全是好的。医生没让我出院。为了适应正常生活，我已把爹寄我的有关鲁迅的书读完两本。萧姐也许要骂我。我是为了让你们放心，才向你们报告这一点的。

现在是三月份。前年我来上海看你们，转眼就两年了。等病好一段时候，如有机会再来上海看你们，该有多好呵！

爹应该去医院看看眼睛，请萧姐督促，并请爹把检查结果告诉我。

　　即请

春安！

　　　　　　　　　　　　　　　　　　　李　致

　　　　　　　　　　　　　　　　　　　三月十一日

爹和萧姐：

　　我终于在昨天（四日）出院。爹说过："出院的时候，写封信给我。"所以我赶快写信报告。到目前为止，这次眼病算结束了，只是左眼的视力很差。医生要我以后动手术，角膜移植，但我没有下决心。过些时候再说。由于炎症控制住了，右眼又是好的，已经能看书。住院最后几天，我看了《镜花缘》。每当翻开书，总想起爹信上说的："这是大字本，看起来方便些。"心里充满感激之情。爹去看眼睛没有？萧姐身体好吗？我大概还得休息一月左右，"五一"后可上班。这次眼病，你们非常担心，现在可放心了。

　　请爹寄点中国古典小说和诗词给我。

　　秀涓问好。即请

春安！

　　　　　　　　　　　　　　　　　　　李　致

　　　　　　　　　　　　　　　　　　　四月五日上

爹和萧姐：

　　李舒带回的信、书和其他东西都收到，谢谢。知道爹身体好，大家都高兴。可惜李舒说不清楚萧姐的情况，令人担心。李舒说爹对一本科技书有兴趣，现将我的一本寄上；同时寄上一本有关《红楼梦》的评论。我出院快三周，拟在"五一"前上班。这几天在家休息，也不断有节制地读点书。读完了《罗马的故事》，写得不错。爹送给邓天六的糖，我和李舒已送给她了。她很高兴，说要写信致谢。即请

春安！

李　致
四月二十三日上

李致：

廿二日来信收到，书也收到了。那本谈卫星的书是李舒推荐的，我本来不知道有这么一本书，翻看翻看，也好。

你上班后也要注意使用眼睛，只要有节制地使用，我想不会有大问题。

我的眼睛还是不太好，这是由于使用较多，几乎整天看书写字。以后一定要加以限制。

四舅公的八表叔①最近经过上海回成都，住了三四天，他还不知道你在成都工作。

不要忘记替萧姐买一部《红楼梦》。

祝

好！

尧　棠
五月四日

问候秀涓！

方敬至今未来，但是他的爱人何频伽在今年一月上旬到北京、南京、上海学习参观，在我这里坐了一两个小时。

---

① 四舅公的八表叔：巴金的四舅之子。

爹：

上次李舒回来说，你原准备找他带一包翻译小说给我，后改为我要的古典文学。其实翻译小说我同样喜欢。特别是《圣彼得的伞》之类书名已把我吸引住了。我希望得到原打算寄我的这一包书。

去年买了一部蔡东藩的《民国通俗演义》。此人还写有其他朝代的演义十部。二十四史我陆续可以买齐，这是所谓正史。鲁迅提倡看点野史。这十一部演义算是野史吧。除"民国"外，其他十部恐怕不会有出版。不知你是否有这些演义？

我寄了一本马恩列的二十三条语录的注释本给你，收到了吗？此书编得还可以，只是字太小了。

李　致

五月二十日上

李致：

信收到，怎么你的眼睛又有反复？以后要好好注意。萧姐收到你寄的书，一定很高兴。十二孃早已买到《红楼梦》了，你可以放心。蔡东藩的演义，我有一部《前汉演义》，已在一年多以前送给别人了，我觉得他这些书写得并不好。《圣彼得的伞》是我本来拿给李舒在路上看的，后来给李小棠拿走了，因此换了一本《茅屋》给他。原本打算给你的是《鸦片战争时期英军在长江下游的暴行》等三四本翻译书（不是小说），后来换上了《白石词》等书。你要是对那些翻译书有兴趣，将来还是会寄给你的，不用急。你寄来的学习资料收到，谢谢你。我的眼睛是小毛病，据我看，少看书或不看书就会好的，请勿念。

祝

好！

尧棠

六月一日

问候秀涓

李致：

前信早收到。我本月初得到通知，说我们单位没有业务可搞，我的"业务关系"已转到人民出版社，要我到那边去报到（这一批一共十多个人，有茹志鹃、赵自、菡子、姜彬、芦芒等，不过各人自己去报到）。我给分配到编译室，也已到那边联系过了，不上班，每周参加学习两次，我眼睛不好，暂时不接受任务。以后眼睛好起来，总得翻译一点东西。赫尔岑的翻译也停了。别的变化还没有。这就是调动积极因素、落实政策吧。别的话以后再说。

祝

好！

尧棠

十三日

问候秀涓

小林将去杭州工作，但手续尚未办好。她去后，再请调回小棠，她的学校答应出证明。

爹和萧姐：

你们两人的信都收到，我非常高兴。爹的问题有些进展，这很好，我估计还应该有进展。党的政策很清楚，应该落实。当然就爹本人来说，不必着急；年纪这么大了，眼睛又不好，把搞好身体放在重要位置上。

小林去杭州后,要采取措施把小棠调回来。既解决小棠的问题,又多一个人照顾爹。爹最好主动向组织上提出要求,这是正当的应该解决的问题。

我最近眼病稳定,上班的时间稍长一些。大妈和几个姐姐也好。等这次眼病好完,我要争取到上海看你们。这是可能实现的。

敬祝

健康!

李 致

九月二十三日上

李致:

信早收到。元杂剧选已寄给你了。我的生活还没有什么变动。仍是每周两次到编译室学习。小林去杭州浙江省文化局工作(《浙江文艺》编辑部)已决定,调令刚刚寄到。她月底前去杭州。以后我们就要交涉小棠调回上海的事情。从前我曾写信托你为文栋臣夫妇买一部《红楼梦》,我知道你有困难,现在我托一位北京朋友买到了,今天已给他们寄去。你也可以减轻负担了。你们都好吗?我们都好。现在要请你买一点辣椒面和花椒面寄来。上次曾向大妈要过,寄来,的确不错。东西可以直接寄到我家里。

别话后谈。

祝

好!

尧 棠

(十一月)七日

问候秀涓!

你去年要过朱洗的"生物学丛书",当时寄给你四本,最近又找到一册《我们的祖先》，下个月给你寄去。

又及

替我问候子青同志，谢谢他的关心。

李致：

信收到，我的生日照阴历是十月十九，照阳历是十一月廿五。所谓廿四，是你记错了。其实我多年没有想到生日不生日，只是从去年起，九姑妈①、十二孃、萧姐、小幺爸②他们提出来要吃一顿"热闹"一下，我也只好随俗了。

你看了《警世通言》，还想看其他两"言"。我手边没有，只有"今古奇观"，明天就给你寄去。我觉得你看了"奇观"就够了。"三言"、"二拍"，每部收短篇小说四十篇，五部共两百篇。"奇观"编者又从两百篇中选出四十篇，"明言"和"恒言"里的较好小说都选在"奇观"里面了。当然那个人选的也有好些糟粕，那是时代不同，观点不同，过去的"好东西"到今天也很可能成了毒草。所以我认为看完四十篇就够了。

英法文学名著中译本我这里有的不多，有些小林早要去了。别的以后找出来，再寄几本给你。

祝

好！

芾 甘

十一月廿四

问候大妈、你几位姐姐和姐夫！

---

① 九姑妈：李琼如，巴金的九妹。
② 小幺爸：李济生，巴金的胞弟。

爹和萧姐：

爹来信和寄书（《底层》等）收到，谢谢。萧姐很久未来信，令人想念。小林去杭州没有？孩子随她去杭州，还是留在上海？小棠的事进行得如何？

我前天去看了子青同志，转达了爹的谢意。他的身体和精神状态都好，很关心爹的眼睛。他的眼睛也不太好，有白内障，我介绍了一位好医生给他看。卢伯伯最近在邓天六那儿住，他说他给爹写了信，请爹叫我借几本书给他看。我听了好笑，但也赶快把书给他送去。

成都这几天开始冷了，今天下了一点小雪。我最近较好，只是大妈、二姐、邓天六、吴伯母①等，冬天一到都不太好过。萧姐可能也不太好受。

即请

冬安！

李　致

十二月九日

李致：

信收到。我的眼睛已找人检查过了，说是泪管堵塞，问题不大，常到医院去通通就行了，我已去通过三次。小林去杭州已三周多，我已向里委和街道乡办打了报告，戏剧学院和出版社编译室也出了证明。说是有调回的可能，不过还要经过调查和讨论。总之要等到有结果还需要一段时间。

《太平洋战史》后面缺两册，将来可以托人在旧书店找找。大字典我看用《辞海》就够了，以后再想法找别的，如《康熙字典》。前两天寄你一包书，想已收到。我还是一切如常，不过这几

---

① 吴伯母：即沈铢颉，巴金老朋友吴先忧的夫人。

天患感冒，人不太舒服。大妈身体怎样？替我问候她。

  祝

好！

尧棠
（十二月）廿五日

问候秀涓

1976年

李致：

你要字典，我把《康熙字典》寄给你，我想查难字怪字，这也够用了。

总理逝世，全国人民一致悲痛，我也十分悲痛。他是一个伟大的革命家，一个大公无私的共产主义战士，他没有家，没有私生活，每天工作十八小时左右，把整个一生和巨大的精力奉献给中国人民革命事业，给无产阶级革命事业。四四年到四六年在重庆和上海，四九年到六六年在北京和上海，我多次看见他，他对我很亲切。我忘记不了他。回想他的言行，我又一次受到教育。

萧姐大约每周到我们家一次或两次，她身体不大好，但喜欢活动，熟人多，应酬多，她自己说是没有精力写信。

祝

好！

尧棠

（一月）十四日

问候大妈和秀涓。

爹和萧姐：

一周来，正经历着毕生最悲痛的时刻，我们敬爱的总理逝世了。成千上万的人自发地开展了悼念总理的活动。绝大多数人自动戴了青纱，青纱上印有"沉痛悼念总理"的字。许多人写了悼念总理的诗词贴在大街上，看的人很多，我挤不进去。整个城市成天放着哀乐。一天不知道要痛哭多少次。

我知道，总理一直关心爹。这使我更加难受。

爹寄的《康熙字典》收到，我感到无比温暖。几十年来，爹是最关心我学习的人。我不会辜负你的慈爱和期望。

请保重。

李　致
一月十四日上

李致：

两封信都收到。我大约每周去医院通眼睛一次，右眼已好多了。左眼上周患结膜炎，没有通，给了药给我，每天点眼药，晚上少看书，也逐渐好了。这星期还要去看。

寄点书给你，算不了什么，只希望你好好工作，能做出点成绩。我的书房还未启封（旧作协那里去年有解放的人柯灵、王西彦等的书房也都未启封），不过里面大半是成套的外文书，我一时也用不着。外面的人[书]也不少，我有时还送点书给别人。还有小林、小棠也拿了些书去。给小林的最多，你是第二。

我托你替我买一部书：庚辰本《脂砚斋四评石头记》，这是北京人民文学出版社最近印出的，售价七元多。我本来托这里一个朋友代买，他忘记了，我估计你可以买到。如你有困难就写信给我，我再找别人。如买得到就汇钱给你。

再过一星期小林夫妇就要回来过春节。

祝
好!

　　　　　　　　　　　尧　棠
　　　　　　　　（一月）二十日

问候秀涓。

爹和萧姐：

　　爹的两封信、萧姐的信都收到。久不得萧姐的信，一看字迹就很高兴。春节，你们过得好吧？

　　去冬以来，大妈一直生病。上月十八日住院，当天医院就发了病危通知。她老人家年近八十，病多（支气管炎、肺气肿、高血压等）体衰，这次主要是胆囊炎。经过多方抢救，现已有好转。我们轮流在医院照顾她，以致连给你们写信的时间都没有。

　　我春节仍然去看了子青同志。现在我和他已有一种亲密的感情。这完全是因为爹的因素。前年我曾告诉过你们，子青同志说他最思念两个人，一是爹，一是何其芳。我们每次见面，大部分时间谈的也是爹。那天看见他，他为总理逝世感到十分悲痛，拉着我的手不断流泪。他表示要克制自己，希望爹也克制自己，不要过分悲痛。

　　爹要的那种《红楼梦》版本，我已托书店的同志购买。如果有书，不会有问题。等有回音再告诉爹。卢伯伯和邓天六要的《水浒传》（一百二十回本），我已替他们买到。

　　即请
春安!

　　　　　　　　　　　李　致
　　　　　　　　　二月五日上

李致：

　　信收到。我这里一切都好，泪管堵塞已经通了，前两天又有一个朋友介绍我到另一个眼科医生处检查过。

　　大妈的病现在怎样？她仍在医院吗？念念。

　　小棠调回的手续已办好，据街道乡办说已报到区乡办，这样看来希望更大了。

　　祝

好！

尧棠

（二月）廿三日

　　问候秀涓

　　还有，如见到子青同志，替我问候他。

爹和萧姐：

　　爹二十三日来信收到。小棠的事有头绪，还得抓紧办。萧姐好吗？

　　大妈已出院，她要我告诉你们，并向你们问好。

　　庚辰本《脂砚斋点评石头记》，今天去书店买到，并挂号寄萧姐那儿。收到后请告我。爹寄点什么书给我？十月革命后的苏联小说，爹还有吗？我只有鲁迅的创作（五八年出的《全集》），没有日记和译丛。如有《金瓶梅》，我也想要。

　　即请

春安！

李致

二月二十七日上

李致：

　　廿七日来信收到，书也由萧姐送来了，谢谢你。今天汇上书款（包括邮费）八元，并挂号寄上你要的《鲁迅日记》一部。别的书小林拿走了些，一时也找不到什么。将来如发现你要的书，会寄给你。《金瓶梅》我有一部，在运动初期烧掉了，因为怕小棠他们找到翻看，这部书我自己也看不下去，从未看完过，烧掉也并不后悔。如方便，还要你给我买一本甲戌本《脂砚斋重评石头记》（一册，售一.七五元）。戚序本我已在此买到了。

　　听国炯[1]讲你眼睛还是不大好，要随时注意。我的眼睛无大问题，这是老年人的病，只有让它去了。不过我也要注意保护。

　　替我问候大家。

　　祝

好！

尧　棠
三月五日

问候秀涓

爹和萧姐：

　　子青同志送了些花椒面给爹。品种很好，是过去的贡椒。他说先要焙干，然后密封。吃多少取多少。我已托人带到萧姐那儿。

　　大妈出院后，情况继续好转。只是还不能站，走路要搀扶。有一个恢复过程。

　　敬祝

健康！

李　致
三月八日上

---

[1] 国炯：巴金的侄女，李致的三姐。

爹和萧姐：

爹请李舒转的信收到。爹寄来的《死魂灵》等书也收到，谢谢。我最近感冒一次，好在没有影响眼睛。我给萧姐拜生的信，不知赶上日子没有？十天前，我去看过于青同志，把替他买的一瓶日本眼药水送去。他要我问候爹。

爹要的评石头记，书店还没回音。我最近在找《古文观止》《经史百家杂抄》《文选》之类的书，爹有没有？

大妈身体继续好转，她要我告诉你们。

小棠的事有进展没有？我儿子李斧去年高中毕业，最近有可能安排工作。

即请

春安！

李 致

三月二十九日上

李致：

信收到，我后来又寄了一包书给你。下个月内还要寄出几本书，里面有一部雨果的《九十三年》，是我四二年回成都时带走的，书上还有你父亲①的图章，让你保存更好些。花椒尚未收到，你替我谢谢子青兄。我眼睛最近好了些，泪管已经畅通了。

祝

好！

尧 棠

（四月）二十四日

问候全家

---

① 李尧枚（1897-1931）：巴金的大哥。

爹和萧姐：

　　我最近出差到乐山，回来后去新华书店内部书门市部。爹要的《脂砚斋重评红楼梦》，成都已没有货了。只有以后再说。

　　即请

夏安！

李　致
四月二十九日

李致：

　　你的两封信都看到了。书买不到，不要紧，我已在编译室资料室借来翻看过。你要的那几本古文我手边没有，《古文观止》李小林早要去了。《九十三年》已经寄出，别的几本书，以后再寄。我身体还好，一切如常。小棠困退，调令已发出，他过两三天就要回明光①办理迁回户口的手续，据说迁回以后还得在生产组劳动一个时期，才分配工作。别的事，以后再谈。

　　祝

好！

尧　棠
（五月）六日

问候秀涓

爹和萧姐：

　　爹来信收到。知道小棠调回上海事进一步落实，很高兴。我儿子李斧在本月五号已被分配在市人民广播电台编辑部工作。

---

　　① 明光：在安徽嘉山县，李小棠在该处插队。

我眼病病情稳定，两次去乐山，明天要去重庆。因为忙，子青同志那儿有一个多月没去了。何其芳同志来四川，因为我去乐山，没有见到他，很遗憾。方敬同志参加《汉语大字典》领导小组工作，我和他接触较多。他将率领两批人去北京、上海学习经验，表示一定要看望爹。

家里的人都好，请勿念。邓天六刚过了七十大寿，我去给她拜过生。小林小祝常寄刊物给我，我也寄过一些书去。小幺叔[①]去干校后是否常回上海？问九姑妈好。

即颂

夏安！

李 致

五月十九日上

李致：

信收到。萧姐已在五月下旬退休了，可是她似乎更忙，不习惯，身体也不好。小棠调回来，户口也已迁回来了。前天起在街道乡办团委青少年教育组帮忙工作，按时上班和学习，等待分配。他的情绪很好。我五月份学习比较忙些。小叔叔[②]仍在干校，现在每月返家休假四五天，八月轮训内［内轮训］结束。你向他要书我不支持，因为他的书不多，家里还有你两个妹妹要看书。最后我托你代买一部周汝昌著的《红楼梦新证》。有人找我代购，我在这里买不到。我想这是新出的书，你大概有办法。希望能办到。

祝

好！

① 小幺叔，即李济生，巴金的胞弟，李致的叔父。
② 小叔叔：即李济生。

问候秀涓

带　甘
（六月）九日

爹和萧姐：

成都附近最近将有七级以上地震，大家忙于准备防预措施。不知你们是否已听到这个消息？

小棠调回上海，这是一个好事情。希望他努力学习和参加社会活动，以便尽快解决工作问题。还希望他更多地关心和照顾爹。

萧姐退休后，生活情况如何？大家都希望你在身体条件许可下，回四川一次。当然现在不能来，因为大家都在防地震。

爹要买的书，我已托人去问。也得等防地震的高潮过了，再去催促。爹的眼睛最近好吗？子青同志问候你。

即请

夏安！

李　致
六月二十八日

李致：

信收到。地震的事我完全没有想到。剑波刚来信，说大邑要地震，可能波及成都。预报也许只是推测，不一定成事实，但预防总是必要的。几个月前山西临汾有朋友来信说他们那里有预报，大家有些恐慌，不过至今还没有出现情况，希望这次也只是预报而已。要小心。我们都好。我一个多星期前闪了下腰，贴了膏药，好些了，但还没有复原，坐久了，就感到隐痛。你们都好吗？有什么困难吗？大妈身体怎样？几个姐姐都好吧？书不用买了，现在还是防震要紧。朱总逝世，我感到悲痛，他虽然九十了，可是看起来还很康健，想不到一下子就离开了我们。二十年前在柏林中国大使馆里我和他同桌吃过饭，后来在人大小组会场上和他谈过话。他的四川口音比我还重。他的确是个伟大的革命战士。小棠现在还在街道团委青少年教育组暂时工作，等待正式分配，目前一天三班，他的情绪倒很好。小林夫妇在杭州工作也起劲。

别话后谈。

祝

好！

尧　棠

七月七日

问候秀涓

爹和萧姐：

爹七日来信收到。迄今为止，成都附近并未发生大地震。当然不能放松警惕。请放心。

我到书店内部发行组去了。我原以为《红楼梦新证》是内部发行书，但并不是，说是公开发行的。然而书店一般门市部不仅没有，好像根本不知道有这本书。我已托人到市店发行科去打听。

爹为什么闪了腰？现在好完没有？记得六四年在北京，你为了赶车把手摔坏。以后我来上海时妈妈批评你不服老。您的确应该注意，不要无所谓。据我所知，闪了腰针灸效果一般较好。您是怎样治疗的？

萧姐退休后的生活是怎样过的？最近身体怎样？您也要注意休息，不要太热心去忙这忙那。您很乐观，这很好，但要劳逸结合。

我和大妈、几个姐姐都好。秀涓问好！

李　致
七月十四日上

李致：

　　信和书都收到。书款已汇还，想已送到了。我的腰是在通阴沟后又抱端端撒尿弄伤了的。经过打火罐、贴膏药，搞了两三个星期，现在可以说是好到百分之九十七八了。以后更要当心。上海最近很热，但我们家里人都很好。小棠仍在街道团委青少年教育组工作（暂时），情绪很好。济生去干校半年，今天要回来了。小林夫妇月初请假回家过了一个星期。萧姐每周来我家一次或两次。她虽退休，但仍参加机关学习。成都地震预报大概成了一场虚惊，这也是好事，剑波也常有信来。你们一定安定下来了。家里人都好吗？

　　祝

好！

尧　棠
（七月）二十五日

问候秀涓！

　　我还要托你代买一部书（我昨天在我们资料室看见的新书）：

　　中华书局新出影印金圣叹批的《水浒传》，共八册，全名我记不清楚了。是内部发行的书。

　　书倘使买到，请直接寄到我家，因为八本书寄一个邮包，邮局不肯送，只送个通知单，要收件人持单去邮局三楼自取。以前萧姐都是托人取来后，给我送来的，我不愿增加她的负担，我自己去取倒方便。我有时也托一位北京的朋友买书。

爹和萧姐：

萧姐人好吗？

爹上月二十五日信收到。腰好完没有？爹要的影印《水浒》，等买到后再寄您。一般说，只要成都有书，我能买到。

最近预报，成都地区可能在十三号、十七号、二十二号或这几天前后受地震波及。各级党委都在抓防震工作，其他工作如有冲突都要让路。有不少市民在街上搭了临时居住的棚帐。看样子，迟早得震一下才了事。

爹给我的《鲁迅日记》，我已看了一遍。其中与爹有关的共五个地方：

1. 一九三四年十月六日，给爹饯行"于南京饭店，与保宗同在，全席八人"；

2. 一九三五年九月二十五日，"清河来，并交《狱中记》及《俄社会革命史话》（一）各一本"，记明爹所赠；

3. 一九三六年二月四日，记明得爹的信"并《死魂灵百图》校稿"；

4. 同月八日，记有得爹信"并校稿"；

5. 一九三六年四月廿六日，记有爹"赠《短篇小说集》二本"。

爹的《鲁迅先生就是这样一个人》中提到"从日本回来，有一天黄源同志为了'译文丛书'的事情在南京请客，鲁迅先生和景宋夫人来了"。这次会面，日记上似无记录；也许有，我看漏了？

我最近又在重读鲁迅的书。我很想多读一些有关回忆鲁迅和分析其作品的书，请爹再找一点。有些不懂的地方，我将向子青同志请教。我还拟请他讲《故事新编》，他已同意。爹能否给我一本《死魂灵百图》？最近我的眼睛较稳定，爹寄的书大多读了一遍，部分资料性的除外。

最近我遇到一个问题：可能上年纪了，一本书读过不久，除某些印象外，很多地方都忘了。想做点笔记，既没时间，又嫌麻烦。请爹给以指点。

郭沫若、茅盾、老舍等人的小说，爹能否再寄我几本？明、清的小说，如有，我也想要。

爹的眼睛怎样？

即请

夏安！

李 致
八月十二日上

李致：

好久没有得到你的信了。昨天萧姐送来你寄给我的评《水浒》资料两册，谢谢你。听说成都地震警报尚未解除。唐山震后，你们那里还是紧张。剑波来信说，川大也要搭帐［篷］。我估计成都这次大概不会有大问题，而且你们早有防震准备，很可能平安过去。我已得到北京来信，朋友们都平安，不过还有余震，大家晚上都睡在窝棚里。我们这里一切都好，只是天热。小棠这星期一给分配到上海益民食品厂工作，暂时做装卸工。他的情绪很好。萧姐最近身体不大好，她退休以后心情一直不能平静。

我上次写信托你代购金圣叹评《水浒传》。不用买了。我已借来翻看了。

你们都好吗？大妈好吗？你姐姐们都好吗？

祝

好！

尧 棠
八月十四日

问候秀涓

爹和萧姐：

爹十四日来信收到。弟弟分配工作，这是很令人高兴的事。成都仍在防震，但有些单位惊慌失措。中央已批评。据说今天开了二十万群众大会，贯彻中央精神。家里的人都好，没有什么特殊情况可向你们报告。

别人闹地震，我读书的时间反而多一些。只是天热，实在难受。更不妙的是有人提醒：最近我似乎又富态一些。

即请

秋安！

李 致
八月十六日上

李致：

前信想已收到。今天听广播（报纸还没有送来），知道四川松潘、平武地区发生强烈地震，"损失很小"（这是不幸中的幸事），说是成都"强烈有感"，大概是大家感觉到强烈的晃动吧。不知你们一家的情况怎样，有没有受惊？地震是否结束？或者还有余震？还有没有警报？要不要搭帐棚［篷］过夜？我们很关心，希望你们保重，也希望你抽空给我们讲点简单的情况。上海最近天热，但大家都好。祝你们平安。问候大妈和你的姐姐、姐夫们。

祝

好！

尧 棠
八月十八

问候秀涓！

爹和萧姐：

你们的来信，先后都收到了。

听说江苏最近会有地震，可能波及上海，不知确否？成都一直在防震。十七日平武地震后，廿二日、廿三日又有两次较大的地震。成都有感的程度，并不亚于第一次。据说属"群震"性。平武离成都较远，大家担心的是龙门山断层中南段地震，因为其中有的县（如安县、绵竹、大邑）离成都近。前一段预报，主要指这些地方，而非平武、松潘一带。今早又发预行警报，说今明两天可能有地震。目前一般搭了帐篷，搬出了高大和危险建筑，还作了其他准备。

我空的时间仍在读书，上海如未闹地震，请爹寄点书给我。

即请

秋安！

李　致

八月廿八日上

李致：

信收到。知道四川几次地震的情况，我们也比较放心了。江苏也有警报，我们这里也打过招呼，没有惊慌的情况，但少数地区有人捣乱，也有人自扰，发生跌伤的事。我是事后才听说的。你问起鲁迅先生日记中有无记录一九三五年黄源为《译文丛书》请客的事。有的，见《日记》下1075，"河清[①]邀在南京饭店夜饭，晚与广平海婴往，同席共十人。"还有两次：1. 1108页二月九日（三六年）："晚河清邀饭于宴宾楼，同席九人。"2. 1119页五月三日："译文社邀夜饭于东兴楼，夜往集者约三十人。"

---

① 河清：黄源。作家，翻译家。

我同先生第一次见面是在三四年八月五日，见日记999页："生活书店招饮于觉林，与保宗同去，同席八人。"保宗就是茅盾。

　　你要书，过两天寄几本给你。你上次提到的《圣彼得的伞》，可以寄给你了，小棠要了别的书去。小棠每天到益民食品三厂去上班（现在上早班）。我们大家都好。你们一家人怎样？替我问候。

　　希望早日完全解除警报。

　　祝

好！

尧　棠
九月六日

问候秀涓

爹和萧姐：

　　爹来信收到。

　　有关《鲁迅日记》的情况，我都记下了。所提到的几次聚会，爹都参加了吗？因为日记中没有提到与会者的姓名。

　　爹寄来的书收到，谢谢。可惜《四世同堂》只有第一部（即《惶惑》），其余两部能找到吗？我很想再看看。爹有《桃花扇》之类的书吗？我也想读一读。最近天不太热，可以静下来读书，这对我是一件很幸福的事了。

　　成都地震情况已趋缓和，街道上的棚帐大多拆除，生活逐渐正轨。姐姐最近休息不好，昏倒一次。二姐心绞痛住院几天，但问题不大。四姐去农村工作半年，已回成都。我女儿因学校开门办学，到昆明去了。

　　小祝经常寄《浙江文学》给我。弟弟工作习惯没有？

　　秀涓问好。

　　即请

秋安！

李　致

九月十二日

爹和萧姐：

除"四害"，大快人心！这个"四人帮"，把党和国家弄得不成样子。鲁迅批判过的坏蛋变成所谓"左"派，鲁迅赞扬过的好人却受打击。但历史不容颠倒，他们逃不脱历史的审判。我为党、为全国人民高兴，为上海市人民高兴，为爹高兴。我真想马上见到你们，和你们一起庆祝这具有历史意义的胜利，共享这终于盼到的幸福与快活！

李　致

十月二十二日

我最恨这帮人歪曲鲁迅。我再一次集中读鲁迅的书，就是为了识破他们。

又及

爹和萧姐：

萧姐来信收到。

国庆后我出了一趟差。这就是没有写信的原因。爹寄来的书（《鲁迅诗稿》《屠格涅夫戏剧选》等）都收到，谢谢。

回成都那天，得知"四人帮"被抓起来，兴奋得几乎天天晚上睡不着觉。我特别为爹感到高兴。这个消息我早知道了，只是不能说。当时没有正式传达，加以上海的情况比较复杂，我仅写了一封简单的信。隔几天见报上有上海的消息，又给你们写了一封信，估计现在你们已收到。前一段"四人帮"的爪牙，把四川（包括我们单位）闹得很不安宁。现在，树倒猢狲散，像秋后的蚂蚱活不上几天了。当然，更主要的是挽救了党和国家的命运，许多同志像获得第二次解放。你们和上海的同志可能感受更深。希望尽快得到爹的信。宝成铁路常塌方，来信请寄航空。

敬祝

健康！

李　致
十月二十六日上

李致：

信收到。我们都好。砸烂"四人帮"，为民除害，大快人心。人民会高兴。上海是"四人帮"经营了将近十年的黑据点，爪牙不少，问题也多，出版社党委一、二、三把手都是他们的人，因此阶级斗争的盖子至今揭不开，现在正在要求新市委派工作组来。我现在学习稍微忙一点。但还有点时间搞翻译。"四人帮"垮台，我晚上睡觉比较放心了。他们一帮人是希特勒的信徒，张春桥疑心我知道他的底细，一直压着我，其实我对他的叛徒历史和三十年代黑文一无所知，只是解放后在上海同他接触中感到他这个人有点阴险可怕而已。现在没有心思理书，以后找到什么书再寄给你吧。

祝

好！

芾　甘
（十一）四日

问候秀涓

爹和萧姐：

　　爹来信收到。知道上海和你们的情况，我很高兴。"四人帮"盘踞上海的时间久，斗争自然比其他地方复杂。我能理解爹的心情。对"四人帮"当然要表示鲜明的态度。只是爹年纪大了，到出版社的时间很短，了解情况有限，建议爹积极参加学习，对出版社内的斗争，尽量超脱一些。其实我也不了解情况，只是想到这一点，供爹参考。

　　即请

冬安！

李　致
十一月八日上

李致：

　　八日信收到。我现在仍是一周在单位学习两天。见着杨子青同志，替我问候他。我仍在搞翻译，不过还是很慢，但也已抄好第一卷，有十几万字了。如方便，给我买点辣椒面寄来（花椒面，我这里还有）。国煜的身体怎样？我的一切如常。我也不急。小棠情绪很好，他们那个厂生产成绩不差。

　　祝

好！

芾　甘
（十一月）十二日

问候秀涓

爹：

您给我的信收到。昨天还在卢伯伯①那儿，看见您给他的信。最近我比较忙，没有去子青同志那儿。方敬同志到成都参加《汉语大字典》工作会，我去看过他。他讲了在上海见您的情况，说您送他外文书。我们最近除揭批"四人帮"外，还联系实际肃清影响。出版社有紧跟这一批坏蛋的，将同他们开展斗争。

即请

安好！

李　致

十一月二十九日上

李致：

前信想已收到。我还是每周去单位学习两次，有时开会多去一两次。这里出版系统运动一时还无法大开展。群众动起来了，但党委头三把手是"四人帮"亲信，陷得很深，现在他们还没有下来，要领导运动又不行，群众有意见。上海是"四人帮"经营了十年的"独立王国"，亲信爪牙多得很，苏振华同志讲话，要把问题一件件搞清楚。看来得花相当长的时间。目前最重要的是抓工交、财贸等系统，文化方面恐怕要放在后头。不过形势还是大好。我个人来说，"四人帮"垮台我可以安心睡觉了。他们极其小气，对得罪了他们的人，他们就像基度山伯爵那样报仇。我得罪过张、姚，倘使他们不倒，他们总有一天会把我搞掉，这些"人面东西"！

我要托你给我买一本书，就是上海人民出版社出的内部书，《第二次世界大战的重大战役》，是我们室里最近出版的，登记的

---

① 卢伯伯：即卢剑波。

时候我没有在，错过了。我估计你们那里可能还没有到，或刚刚到，你去买，总买得到。

别的话下次谈。

祝

好！

节 甘
（十一月）卅日

问候秀涓

爹和萧姐：

爹的两封信都收到。知道爹现在能放心睡觉，我十分高兴。爹要的书，只要一到，我估计能买到。

最近，我们联系实际，批一个"四人帮"的爪牙（革委会副主任），开会、写发言稿，连日子也弄不清了。今天偶然一件事，才使我想起爹的生日已经过了。这必须请求爹原谅我的疏忽。我的生日那天，整天（包括晚上）开会，原想出去买书也没有顾上。辣椒面买到，也没有时间去寄——秀涓出差，李斧在医院割扁桃。好在这种忙，心情是舒畅的。我的年纪当然不算大，但过去由于"四人帮"的干扰，心里也在考虑退休的问题。今年，爹和我的生日，都在打倒"四人帮"以后，这是特别令人愉快的。我衷心地祝愿爹身体健康，我相信爹能看到我们国家在以华主席为首的党中央领导下，一天天好起来。萧姐也要保重身体，现在情况大不一样了。我很高兴，这些在信上是说不完的。

即请

冬安！

李 致
十二月九日上

李致：

　　九日来信收到，今天又收到辣椒面，很满意。我们一家很好。但萧姐还是那个样了，稍微劳累就不行。"四人帮"揪出打倒后，大家都是心情舒畅，精神振奋。你忙是应该的，这是有事可做，可以贡献自己的力量，是好事。

　　我前次托你买的《第二次世界大战的重大战役》，不要买了，我已在这里看到了。我托你给我买另外一部书。书名大概是《十字勋章和绞索》，是北京出版的长篇翻译小说。你留心一下。

　　本月六日我寄了一包书给你，想已收到。以后每年你过生，我总会送你几本书。当然平时我想起来，也会寄点书给你。

　　问候你一家人，包括你母亲和三个姐姐。

　　祝

好！

芾　甘
（十二月）廿日

爹和萧姐：

　　爹廿日来信收到，这大概是今年最后的一封信了。

　　今年爹一共给我写了十七封信，超过了我提出的一月一信的要求，是这几年写得最多的。寄来的书（《唐弢杂文选》等）也收到，我知道是送我的生日礼物，特别高兴。辣椒面是秀涓去寄的，想不到这样快就收到了。子青同去送的辣椒面，年初托人带到萧姐那的，究竟收到没有？我怕弄丢了。爹要的《十字勋章和绞索》，成都没有，估计稍后能买到。

　　我买到新出的《鲁迅日记》和《鲁迅书信集》。《书信集》707页有"抒锦注耳"，不知是什么意思，请爹讲讲。《日记》后有索引，查起来很方便。

萧姐怎么样？冬至过了，是否好些？成都这个冬天不太冷，但昨天突然下雪了。地上铺了一些，孩子们很高兴。

祝新年快活。

这是打倒"四人帮"后的第一个新年！

李　致
十二月二十七日上

1977年

爹和萧姐：

新年好！

我这几天一直在想，爹最好写一篇文章，缅怀伟大领袖毛主席和敬爱的周总理，拥护以华主席为核心的党中央，批判"四人帮"反党集团，直接寄苏振华、倪福志、彭冲同志，或者（下一步）还可以考虑给华主席、叶副主席写一封信①。不知你们的意见如何？

爹年前寄的一包书（《窄门》等）收到，谢谢。

即请

冬安！

李　致
一月四日上

爹：

您的眼睛是否好些？泪管还阻塞吗？

有一个简单的办法，可以自己检查泪管是否阻塞。即点几滴氯霉素眼药水，十几分钟以后，感受一下嘴里是否有咸味儿。如有

---

① 巴金并没有接受李致的意见给中央和有关领导写信。

表明是通的，否则是阻塞的。今后，如果您眼睛不舒服，自己先试试；有问题就去医院通通。

  即请

冬安！

李　致
一月八日上

李致：

  信收到。《欧洲文学史》我手边只有外文的。不过听说以后人文要出一种。关于佛经的书我一本也没有。

  "抒锦注耳"这句话的意思是"您不用挂念"或"请您不要挂念了"。"抒"的意思是"解除"；"锦注"就是"您的关心"。过去尺牍里有这样的客套语："知关锦注，特此奉告（闻）。"就是"知道您关心，特此告诉您。"

  沙汀送的花椒面早收到了。你替我谢谢他。他的近况如何？

  我很好。

  其他以后再说。

  祝

好！

芾　甘
（一月）九日

问候秀涓！

李致：

　　信收到。文章①我没有写，因为没有刊物来组织我写，我也不必急于发表文章。我相信问题总会彻底搞清楚的。上海是四人帮苦心经营了将近十年的黑据点，爪牙太多，层层都有，只好一步一步地搞。文化局党委在十几天之前还是过去那些人，因此运动进展很慢，出版社也是如此。但现在文化局和出版社都有新的人来主持党委工作。情况不同了。我的问题仍须由文化局解决，到时候我会去找文化局党委的。有人对我说，别人会替我讲话。我更不用着急。

　　还有一件事托你：上海新出了一本《党人山脉》（是日本小说《吉田学校》的第二部），是内部书，你记住替我买一部。

　　今年上海很冷，真是天寒手僵，写字不便，不写了。

　　祝

好！

芾甘
（一月）十七日

问候秀涓

爹和萧姐：

　　你们来信都收到。萧姐寄的书也收到，谢谢。爹能否寄点靳以的书（如《前夕》）给我？

　　我星期天去看过子青同志，他的问题还没有最后作结论。主要是机构变动，加上省委事多，拖了下来。他人好，我们畅谈很久，我向他请教有关李劼人著作的一些问题。临别时，他一再说爹喜欢吃青菜头儿，要设法给爹带一点。

---

① 文章：当时李致曾建议巴金写一篇拥护打倒"四人帮"的文章。

爹的情况怎样？如有变化，请尽快告我。《十字勋章和绞索》，成都没有卖的。不知是哪里出版的？

即请

冬安！

李　致
一月二十一日

李致：

信收到。你要靳以的书，给你寄了《前夕》和《小说散文选》。另外寄去一部《小儿子的街》，这是斯大林时代的作品。子青同志给小幺爸的信已转去了。济生说他有一册平装的，打算送给子青同志。有两册精装的，一册是作者送我，另一册是作者送给四婶①的，现在把四婶的那一册转送给子青同志，也请你转去。书分两包，两次寄出。另外，我给子青写了一封信也请你转去。

还要请你替我买两本书：

一、《油断》，日本小说（内部书），北京人文出。

二、菲律宾小说（内部书），北京人文出，名字搞不清楚。

三、先人祭，北京人文出。

《十字勋章和绞索》也是人文出的，是否已经发行就不清楚了。

祝

好！

芾　甘
（一月）廿八日

---

① 四婶：萧珊。

问候秀涓。

问候大家。

李致：

  信收到。《党人山脉》我已在这里买到了，成都既然没有到，就不用另买了。《十字勋章与绞索》这个书名我也是听别人讲的，不一定可靠。但有两部书要请你代买：一、《油断》，北京人文出版；二、《热血》，上海人民出版。

  《暴风骤雨》我有一册旧版的，下次和别的书一起寄给你。《山乡巨变》还有一册续篇，你买到了吗？

  祝

好！

芾　甘
（二月）十五日

问候秀涓

爹和萧姐：

  大年初一收到爹的信，使我格外高兴。爹说的那两部书，成都还没有，我已托了北京的朋友代购。《山乡巨变》我只找到上册，正缺续篇。这几天我正读《前夕》。

  今天上午我去给子青同志拜年，他问了爹的情况。春节到了，成都今年的灯会办得十分出色，特别是揭露"四人帮"的灯组，群众非常欢迎。爹的事如有新情况，请尽快告诉我。

  祝

春节快乐！

> 李　致
> 二月十九日上

爹和萧姐：

最近听说人民文学出版社准备出版《暴风骤雨》《林海雪原》《青春之歌》《吕梁英雄传》等几本书。中国青年出版社在考虑出版《红岩》，已派人到四川了解作者情况。我们已请子青同志修改他的《记贺龙》，争取出版，但此事还没有公开。不知上海有什么打算？今天中国青年出版社有同志来信，说顾均正①同志病危，我已去信慰问。

即请

春安！

> 李　致
> 二月二十七日上

李致：

家宝②的女儿万方在《人民文学》上发表了悼念总理的诗，还不错。

你的信收到。《山乡巨变》续篇全文一次刊在一九六〇年出的《收获》第十六期上面。《收获》，我记得以前曾经按期寄给你，你一定还有。我这里也有合订本，不过寄起来太麻烦。

春节期间统战部有人来找我谈过，说是我的问题上面已经知道

---

① 顾均正：作家，巴金的老朋友，时在中国青年出版社工作。
② 家宝：曹禺。

了，是马、徐、王①等六人签名决定的，以后会彻底解决，现在还来不及办等等，大意是这样。我表示不必急，但我说只希望把是非弄清楚，该怎么办，就怎么办。出版社、编译室都替我讲过话，问题是上海的运动进展较慢，特别是文化系统，工作组还未下来，别的下次谈。

  祝

好！

芾 廿
三月三日

李致：

  五日来信今天才看到。萧姐这两天身体又不大好，但也不会有大问题。

  《油断》收到，等你买到另一本书《热的血》时，一并寄还书款。

  关于我的问题，你这次信上说得对："需要有耐心。"我一点也不急，因为我对自己有一个估价，自己把是非弄清楚了，就不在乎其他了。我只想在八十岁前把赫尔岑的《回忆录》译完。全书一百二三十万字，还需要加不少注解，译好它，即使不出版，送给国家图书馆，供将来的读者研究者参考也算做了一件事情。鲁迅先生要是活着，他一定会赞同我的计划。

  春节后统战组有人来找我谈过，说是我的问题上面知道了，当时是马、徐、王等人签名定下来的，事情会解决，但得慢慢地来，叫我安心等待。接着北京新华社有两个人来找我谈我的情况，还到楼上看了我工作的小房间和未启封的屋子，他们说事前到编译室找

---

① 马、徐、王：指马天水、徐景贤、王洪文。

支部书记（周建人的女儿）谈过。（我估计他们会写内部情况汇报，谈一些知识分子的情况。）编译室的同志也告诉我出版社已提出我的问题，还有一个同事说市政协里也有人提起我的事情，我自己也知道黄宗英①也在一个会上讲过。既然有人讲了，我更用不着出声了。的确有些熟人替我着急，写信来问，或者当面谈。我觉得急也没有用，我现在需要的倒是安静的译书的环境，就这样过到八十岁，我一定把那部大著译好了，反而是一件好事。

话可说的很多，意思就是这一点。我很好，也想多活，你不用替我担心。

祝

好！

芾 甘
（三月）十四日

问候秀涓

还问候大妈和你们一家。

李致：

信收到。《李自成》二卷上册能直接寄我一册，当然很好。

顾均正同志病情好转，这是好事。去年冬天气候不好，对一些有慢性病的老人不利。现在天气转暖，以后不要紧了。《热的血》过两天就会收到，你说不用寄还书款，我就不寄了，以后再说吧。现在杂事多起来了。一时挤不出时间写《回忆录》。我正在抄改赫尔岑第一卷（二十五万字），可能在五月中抄完。

祝

---

① 黄宗英：表演艺术家。

好!

芾　甘
(三月)廿五日

问候秀涓

问候大妈和全家!

爹和萧姐:

　　大约有半个月没收到爹的信了。接北京信,知《李自成》(二上)已寄上海萧姐家。寄的是大32开本。目前只出了上卷,中下卷在装订。装订好后将陆续寄给爹。估计爹已收到上卷,对吗?萧姐的身体怎样?我拜生的信是否在生日当天收到?爹的眼睛还有问题没有?

　　即请

春安!

李　致
四月十四日上

李致:

　　信收到,《李自成》二卷上册已寄到了,谢谢你。最近因传达中央文件,宣讲第二批材料等等,我们开会较多。现在又开始学习《毛选》五卷。主席这卷光辉著作中讲到的好些事情我都还记得,其中有些还经历过,有几篇报告也曾亲耳听主席宣读,现在重读这些雄文,感到十分亲切。

　　我们家里人都好。我也不错。

　　昨天寄上一包书,其中一册《过渡》请转给子青兄。我的问题似有一点进展,但一时也讲不清楚。

《儒林外史》重版了，我已见到。听说以后要出点西方古典文学名著。

别的话以后再说。

祝

好！

芾甘
（四月）十八日

问候秀涓！

问候你妈妈和姐姐、姐夫们！

李致：

你的信收到，我给你的信也应该到了。前天晚上出版社党委两位书记来找我，说"四人帮"搞的我的结论不算数，现在另外搞过，不久就可办好，市委同志也很关心。在办好手续之前，先把我的书房打开。这一次算是彻底解决了。我估计下月内可以完全办好。有个朋友告诉我：这次复查时看见张、姚许多批示，是否确实，还不清楚。新党委书记也说，张曾讲过："对巴金不枪毙就是落实政策。""四人帮"如不倒，我是翻不了身的，这一点我也知道。

别话后谈，外一信请转子青兄。

祝

好！

芾甘
（四月）廿二日

问候秀涓！问候大家！

李致：

　　信收到，听说你借了一份文汇报给沙汀，他说打算不还给你，正好我也给你寄了一份，你原来那份就留给他吧。我在文艺座谈会上的发言也要在《文汇报》发表。这里统战系统也要开一个揭批四人帮的大会，一定要我在会上发言，稿子刚刚写好。这以后大概可以静下来了。《人民日报》约我写篇散文，但现在杂事多，没法执笔。以上就是我的近况。

　　我托你代买一册上海出的内部书《十三天》，是美总统肯尼迪的弟弟写的。

　　其他的事以后写。

　　祝

好！

芾　甘
（六月）四日

问候秀涓

爹和萧姐：

　　爹的《第二次解放》已看到。但我没有订《文汇报》，爹如有报纸仍请寄我。

　　昨天收到爹寄的书。我记不清解放后十七年间爹出了多少书，好像还差《华沙城的节日》。解放后有哪些新的译作？

　　给《人民日报》的文章写了没有？大家期望很高，爹要多花点精力。听说爹最近常感到累，这是要注意的。我不了解情况，不知一般的应酬多不多？如果过多，最好削减一些。人生精力有限，应酬过多是苦事。鲁迅在书信集里几次谈到这一点。

爹的两篇文章，都高举毛主席的旗帜，充分肯定"文化大革命"，这是很必要的①。

我去北京事要推迟。时间说不定，可能秋凉以后。

萧姐身体怎样？有空多去看看爹，帮助爹把生活安排好，过得更愉快些。

敬祝
健康！

李　致
六月十六日上

爹和萧姐：

昨日上午收到萧姐的信，下午收到爹寄来的一包书，谢谢。

爹的发言稿准备好没有？我想，十年来第一次公开出面讲话，爹一定会对重大政治事件表态的。

曹禺的戏我大多有了，但缺《正在想》和《艳阳天》。今天去旧书店，正好买到这两本，真令人高兴。

我已帮邓天六买了《李自成》上中下三册。

即请
安好！

李　致
（六月）十七日上

爹和萧姐：

爹给《人民日报》的散文写好没有？在统战系统批判会发了言吧？最好劳逸结合，适当地休整一段时候。

---

① 这反映了当时李致的思想。

上月二十五日《参考资料》上，有一篇日本《读卖新闻》国际部星野享司的报道：

一位态度温和的中年作家高兴地告诉我说，沉默了十年的名作家巴金现废寝忘食，正开始写一部新的长篇小说。

不知确否？

高缨①要我代他向爹问好。

最近成都天热，温度虽不太高（32度），但夜间不退热，闷气，接近重庆夏天，令人难受。

小林回上海没有？希望知道你们的近况。秀涓问好。

即祝

暑安！

李　致
七月四日上

爹和萧姐：

爹来信收到。信太短，完全没有谈您的近况。可喜的是又寄来一张近照。尽管太小，我还是把它送给大妈、邓天六、吴伯母和家里的人都看了。大家都拿着放大镜仔仔细细地看，并做出自己的评论。一致的意见是瘦了一些，但有精神。大妈开玩笑说："瘦出人才来了。"

我已收到北京寄来的大32开本《李自成》中、下册。估计爹也收到了，仍寄萧姐那儿。爹要我买的《十三天》，成都还没有发行；估计问题不大。我上封信要的书，等天凉以后爹有空再说，不急。

―――――――

① 高缨（1929-2019）：作家、诗人。

我上封信问到别的有关情况，请爹空闲时来信告我。小林调回上海的事进行得怎样？

萧姐身体如何？您没有给大妈回信，她老念叨，担心您病了。

成都最近天热，很难受。

即请

暑安！

李　致
七月十六日上

李致：

好久没有给你写信了。我近来实在忙。每天弄到十二点才上床。事情总是做不完，连看书的时间也没有。《李自成》中卷齐了。《十三天》如未买到，就不必买了。我在这里买了。我新译的《处女地》年内将在人文出版。《家》也要再版，我新写了一个短短的后记。《回忆录》在上海分册出，最快也在明年出一、二册。现在在为上海的新刊物写点东西。

我一家人都好。前些时候拔了一颗牙齿，也很顺利。

祝

好！

芾　甘
八月十日

问候秀涓！

问候大家！

爹和萧姐：

爹十日来信收到。

知道《家》要再版，我很高兴。书出版后请爹多寄几本给我。因为在"四人帮"对爹横加迫害和诽谤的时候，我有几位老同志老朋友（如重庆大学党委书记曾德林、北京市轻工局党委书记萧译宽等），对此很不满，并要我给他们找爹的著作。尽管我很感激他们仗义执言，但当时不可能满足他们的要求，现在有条件这样做了。

　　月初去看沙汀同志。他很悲痛，把爹的信给我看，原来其芳同志逝世了。我理解他的感情。从北京调回四川，我第一次去看望沙汀同志的时候，他就说："这些年来，我最想念两个人：一是老巴，一是何其芳。"我也感到难过。我一直喜欢读何其芳的诗，他的作品使我受到很大的鼓舞。我找过他多次：从四七年到七四年，从重庆到北京，都错过了。去年他来四川，想见我，我又出差了。新华社发的消息，对其芳同志评价很高，事实也正是这样。

　　萧姐身体怎样？您没有给大妈回信，她很担心您生病，问您是否住院了。我说没有住院，给我写了信，她才放心；但又有点怄气，怄您只给我写信，不给她回信。

　　立秋前，成都很闷热，我长了许多痱子，像几十年前做孩子时那样。最近好一些。秀涓问好。

　　即请

秋安！

李　致
八月十四日上

　　看见一个《简报》，说爹"准备将'文化大革命'前的一个抗美援朝的中篇小说修改出来"，不知动手没有？什么时候能完成？

　　新出《处女地》是"文化大革命"前的译本吗？爹七十岁那年，莫斯科举行了一个纪念会。当时我很担心"四人帮"利用这个消息迫害爹，想告诉你们又怕这伙法西斯检查信。我真诚地期望爹再写些东西，但一定要注意身体，不要太累，晚上早一些睡。爹恢复深夜写作的习惯后，眼睛怎样？

爹和曹禺经常通信吗？他的近况如何？爹能否通过旧书店，帮我买到《老舍文集》或其主要小说？《邹韬奋文集》如能买到，我也想要。

又及

爹：

寄上《人民的怀念》一本。书中选有其芳同志的一首诗。我把赠送给作者的书抽出三本，分别寄给您和沙汀、方敬同志，以志纪念。

即请
秋安！

李　致
八月十九日上

爹和萧姐：

又有很久没有收到你们的信了，甚念。

爹寄给我的书（《大波》第四部等）收到，谢谢。我寄过两次（直接寄武康路）给爹，收到了吧？

人民文学出版社邀沙汀同志去北京谈创作计划，沙汀同志将于明日（十三日）去北京。我昨天去看了他，他打算在北京住一月左右，然后去上海。

爹的散文《望着总理的遗像》，凡看过的人一致称好，反映强烈。我非常期望多看到这类文章。《家》什么时候能出版？有消息没有？

爹每次回信，最好把我的信找出来看看，因为我有不少问题您没有回答。今年成都天热，直到最近才转凉。我的日子也才好过一些。

即请

秋安！

李　致

九月十二日上

李致：

十二日来信收到。你的信我都看到。内容大致记得。一、你要书；二、想买一些书；三、建议我写什么文章。书能寄你的就寄给你，有的我找不到，有的小林要去了，有的我自己还要用；买的书，现在还没有找到熟人，去旧书店也看不到什么好书；写文章，也要看具体的条件，八月底为《上海文艺》写了个抗美援朝的短篇，两万多字，已经筋疲力尽了。我还有些活动和外宾任务，又有大批读者来信，四个月来每天都是十二点后睡觉，再搞下去，我担心眼睛出问题。因此我考虑今年之内停笔。《家》再版出书总在今年之内，我倒希望缓出，因为要书的人多，我不知怎么办才好。总之，你的一本不成问题。祝

好！

问候秀涓！

芾　甘

九月十四日

爹和萧姐：

爹十四号来信收到。

这样快就得到回信，我当然很高兴。不过，我得向爹提个"抗议"。爹把我的信归纳为要书、买书和建议爹写什么文章，并没有包括我信的最主要的内容。主要的是关心爹，想了解爹的情况。有

时也乱出一些主意，向爹建议什么。因为我自信爹理解我的本意，能起点参考作用就行了，我没有顾虑。

我说爹好像没有看见我的信，是指爹谈您的情况过少而不是指别的问题。我当然知道爹忙，没有提过多的要求，但又禁不住流露出这种感情。我认为从长远计，爹一定要注意劳逸结合，保护身体健康。

爹说："再搞下去，我担心眼睛出问题。"我记得爹在《谈〈憩园〉》中说过："我的眼睛有小毛病，在油灯微弱光下写字较多，会发生视线模糊情况……"尽管现在不是油灯微光，但毕竟上年纪了，更要保护眼睛。

爹寄给我的两本杂志收到，谢谢。我寄给爹的《人民的怀念》和两本有关四川的诗词，收到没有？前几天我曾给萧姐一信，寄在淮海路。秀涓问好。

即请

秋安！

李　致

九月十六日上

爹和萧姐：

爹从北京回来，看见沙汀同志没有？

我女儿李芹到上海，估计已看见你们了。今年六月，李芹看了爹的散文，写了一封信给我们，要我们代她向爹致意。当时，我感到尽管她很热情，但有些话不准确，一直把信放在抽屉里未动。今天翻到信，决心把它寄给爹。这是孩子的心，还是保持原样好。

我要开会了，临时画几笔。即请

安好！

李　致

十月十日上

爹和萧姐：

　　我最近又重读了一遍《家》。有个地方我仍不理解。当觉慧知道鸣凤被送给冯乐山以后，他为什么不作一点斗争（尽管这个斗争不可能有成效），就准备把"那个少女放弃了"？书上说"有两样东西在背后支持他的决定"，其中之一是"小资产阶级的自尊心"，这具体指哪些想法？我每次读到这儿都觉得遗憾，所以想问问爹。此外，还有两处我不懂：一是文集中73页的"校书"是什么？一是446页中的"话封通奉大夫"，通奉是一般的名称或有别的意思？请爹有空时给我讲几句。这不是什么急事，不要影响爹的工作。

　　沙汀同志在北京近一月，不知到上海没有？昨日得高缨信（他在人文改长篇），他很主张沙汀同志到上海看看爹。爹仍然很忙吗？劳逸结合解决得如何？

　　敬祝
安好！

　　　　　　　　　　　　　　　　　　　　　李　致
　　　　　　　　　　　　　　　　　　　　十月十五日上

李致：

　　两信都收到。关于《家》的那一处，你的看法有你的道理，但我有我的看法，我写觉慧，也并不掩饰他的缺点，我觉得这倒是真实的。说来话长，将来见面时，详谈吧。至于两个问题，一、"校书"意思是妓女；二、通奉大夫是满清的二品官。你翻看《辞海》，就可以查到。李芹昨天返川，想已见到。我忙，身体不好，没有精神找两三本书交她给你带去。你要书只好亲自来取。

祝

好！

芾 甘
（十月）廿一日

问候秀涓

也问候大家

《上海文艺》还未送来，我拿到后当寄你一册。

爹和萧姐：

你们的信收到。萧姐给大妈的信也转给她老人家。当时刘姐在大妈身边，大家都兴味盎然地一起看信。

有关觉慧的问题，爹说以后面谈，但我何时能去上海还难说。我并不是要觉慧完美无缺，只是一看到那儿我就感到不舒服（尽管觉慧也责备自己软弱），很想他能开展斗争。通奉大夫我已查到。"校书"这个名称有什么典故没有？

希望尽快看见爹在《上海文艺》上的小说。《李自成》一卷修改本已出，有大32开本时，仍直接寄一部给爹。问小棠弟弟好。秀涓附笔问好。

敬祝

安康！

李　致
十月二十四日上

附：李芹的信

爸爸、妈妈、弟弟：

我很激动地读完四爷爷的散文《一封信》。我在"我即使饿死也不会出卖灵魂，要求他们开恩，给我一条出路"这段话下面划了一条红杠。四爷爷善良，可更有骨气！——"离开文艺界，我还是要工作，要为人民服务。"一个在旧社会生活了四十多年，又受到"四人帮"迫害达十年之久的老知识分子，不仅有生活的勇气，而且还想到为人民服务，实现对鲁迅讲过的诺言，他的气节、勇气和信仰，是许多人望尘莫及的。我为他鼓舞，为他骄傲！——半年多的变化，激起了我满腔斗志，为一个理想的社会而奋斗！

请爸爸代我向四爷爷问好、致意。

李 芹

六月八日

1978年

李致：

  我十九日返沪，就患感冒病倒了。廿日信见到，但附在书包内的信却未看见，不知你写了些什么。可否再讲一遍？小林今天返杭。萧姐的东西已交给她了。我们的情况如常。我还需要在家躺两三天。有事请写信来。代我问候大家。

  祝
好！

芾　甘
（三月）廿三日

问候秀涓

李致：

  得到你们社里二编室一位同志的电话，现在把发言稿寄上。我是照增改稿念的。发言稿收入近作无问题。不过这篇发言可能七月内在这里发表，希望"近作"不要在这之前出版，过了七月就不要紧了。这是一个条件。

  还有，那位同志的姓名我记不清楚了，请你告诉我。

  会议五日闭幕，我六日离京。

祝

好！

芾　甘
（六月）四日

问候秀涓

问候大妈和全家

李致：

信书均到。

你要的书，日内可以寄出。

我在京寄的发言稿收到没有？那篇发言将在《文艺报》第一期上发表，因此你们的书，不能在八月前出版。

还有一处改正：原稿第五页第七行《丹心谱》后面，要加上"东进东进"四个字。

余后谈

祝

好！

芾　甘
（六月）九日

短文一篇是为《文艺报》写的，抄一份给你们。

爹：

　　您的信和发言稿都收到。出版社打电话给您的女同志叫曹礼尧。

　　寄上资料若干本。

　　请您寄我上海编的《外国短篇小说选》（已出上、中）和《唐人小说》。

　　祝

好！

李　致

六月十日

李致：

　　十三日信收到，书已寄出。莎士比亚全集尚未见到。

　　书七月或八月出都可以。不过我还有一篇悼郭沫若同志的文章大约明天写好，如决定加入，过两天寄给你。如不加入，就等再版时补进去。《我的希望》中有句话："把'四人帮'弄颠倒了的是非颠倒过来"，后面这个"颠倒"最好改作"纠正"。

　　汝龙①把你的信转来。我当然支持你。不过他在半年前把三本稿子寄给译文出版社了，那里没有回信。我看要等他去信催问得到那边答复后，才会决定吧。

　　别的下次写。问候秀涓。

　　祝

好！

芾　甘

（六月）十六日

---

① 汝龙（1910—1991）：翻译家。

爹：

我们将陆续出版《曹禺戏剧集》。万叔叔选了一些照片，准备印在剧本前面。他再三说，因为他和您的关系不同，一定要有一张你们的合影。但他寄来的一张，不太理想。请您选一张寄给我。您曾答应给我一些您各个时期的照片，如有空，请早一些时候兑现。

编选"现代作家选集"事，进行得较顺利。郭老的已出，茅盾、老舍、叶圣陶、冰心、丁玲等人的，均已和本人或家属谈妥。明年可出一批。

茹志鹃同志已把《小说选》交我们出版。这是第四次文代会时，您向我们推荐的。

希望收到您的信。

问全家人好，祝您

健康！

李　致

六月十七日上

李致：

信收到。悼郭老文底稿寄上。这短文和发言都将在《文艺报》发表。短文最好以《文艺报》上发表的内容为准。因此《近作》的出版期还得改在八月。一定要办到。

关于汝龙的契诃夫集子的事我当然支持你。不过他早已寄了三本译稿给译文出版社。问题在于译文社收到稿后不曾明确答复，是否同意汝龙的计划。我劝他写封信去问个明白。译文社不出全集，就给你们出也好。多出几本契诃夫集子，对中国业务作者有好处，的确可以作为"借鉴"。

祝

好!

芾　甘

（六月）廿二日

悼郭文不要先给别人看。又及

李致：

　　上次信忘记谈罗淑①事。你们要出她的选集，我不反对。她的四本小书挂号寄给你看看，出版与否由你们决定。编选的事也由你们负责。我这里还有两封她的亲笔信，如需要也可以借给你们。

　　上次寄上的悼郭文中改了两个字，改错了，应该是"卓越"不是"杰出"。

　　另一信请转国莹。

　　祝

好!

芾　甘

（六月）廿四日

问候秀涓!

　　寄罗淑小书的邮包中还有一册《铁木儿》，此书你如有了，就转送给国炜她们。又及

李致：

　　昨天寄出一信想已收到。罗淑集子寄出了。用后请即寄还。

---

① 罗淑：四川简阳人，20世纪40年代的女作家。四川人民出版社曾出版《罗淑选集》。

还有一件事：《往事与深思》第六章十四段（《世界文学》190页11~13行）原文"一直到一八四八年我国大学的组织都是纯粹民主的。勿论是农奴，勿论是没被所属农村公社开除出来的农民，只要是通过了入学考试，每个人……"，请改为"一直到一八四八年我国大学的组织都是纯粹民主的。除了农奴以外，除了被所属农村公社开除出来的农民以外，只要一通过了入学考试，每个人……"，这是别人替我改的，我现在对着原书考虑一阵，觉得还是改回来好。如已打好纸型就请重排一面。

祝

好！

芾甘

（六月）廿五日

李致：

廿七日信收到。

关于几件事情回答如下：

1.《近作》最好八月份开印。我并不要求什么，但是我不愿意看见它在《文艺报》出版前印出。你们要早印，就把那篇悼念文章删去，等再版时补上去吧。否则就得等一下。

2. 汝龙译的集子据说译文社要出，我打电话去问过。我劝他给你们选集，或者别的。

3. 你要的书买到就给你寄去。

祝

好！

芾甘

（六月）卅日

问候秀涓！

再说两句《文艺报》七月创刊,要发表我两篇文章。我如果在它创刊之前就把两文收在集子里出版了,等于拆它的台。倘使我是《文艺报》主编,别人这样对待我,我也会不高兴,因此我决不这样做。又及

李致:

前天寄上一信想已收到。我仍主张"近作"在八月份付印。悼念郭老的短文不用改什么。只是第二句"我离京的前一天……我和两个朋友"中"我"字用了两次,重复了,请把前一个"我"字取消。

还是[有]最后一段中引文"我如烈火一样地燃烧"这一句里的"如"字有没有写错,请查一下。改好即可付印。

余后谈。

祝

好!

芾 甘

(七月)二日

李致:

关于"近作",我再一次说说我的意见。

书八月份付印,出版。内容不必再改。

《文艺报》一期除发言稿外只能发表一篇短文。那篇《我的希望》大约在第二期发表。书八月出版,不用延迟了。请转告曹里尧[①]同志。

---

① 曹里尧:应为曹礼尧。

祝

好!

芾 甘

（七月）三日

问候秀涓!

李致:

二日来信收到。关于"近作"，我再说一次。最后三篇文章的内容不必再改，就照我上次信中所说为定，可以付型了。书八月份出，无问题，不必等《文艺报》第二期。

李芹要的书我手边没有。天热，我一时不可能出去逛书店。倘使以后找到适合她需要的，会给她寄去。现在不另回信了。你要的书，要等书店送到才能寄给你。

"近作"出版，因都是发表过的文章，不用发稿酬，只寄我三十册书就够了。我也不打算多送人。

祝

好!

芾 甘

（七月）六日

问候秀涓!

李致:

九日来信收到。你提到的那个标点符号是"："（冒号）。别的不用改了。

"近作"出版，四川家里的人像西舲、巨川、通甫①诸位，每

---

① 西舲、巨川、通甫：均系巴金的堂弟。

人送一本吧，请你代办，省得我在这里包封邮寄了（还有天裔、钛颉、剑波他们）。

你要的书我这里只拿到《福尔赛世家》三册，别的还未送来，再等些时候吧。

祝

好！

芾甘

（七月）十二日

问候秀涓！

请告国煜：《家》已送了沈亮①，还托他带一册《新英汉辞典》给国煜。最近又寄了一包书给国炜。书是有的，就是包扎、邮寄花功夫。又及

李致：

二十四日来信收到，老舍书三册早收到了。

"近作"出版，请你替我分送剑波、天裔、钛颉等老友，和西舲、巨川、通甫等，国煜几姊妹，李舒、李芹等，我都不签名了。其他各地的朋友，我不想送。这本书不是我自己编的，我有理由推脱。《家》送了六七百本，几乎本本签名，那是我自己编的，没有办法。

别的话下次谈。

祝

好！

芾甘

（七月）廿六日

---

① 沈亮：李国煜的同事。

问候秀涓!

李致:

  信收到。书一百册也到了,谢谢你们。我这些天一直忙,没有功夫写信。其实我很好。只是牙齿、眼睛有点毛病。寄上两篇文章剪报,还有一篇《创作回忆录》是给香港文汇报写的。发表后有剪报就给你寄去。这个月要写几篇"后记",还要写两篇短文。上月我去北京只住了三天。可能这个月还要去北京。

  别的话以后再说。祝

好!

芾 甘
九月六日

问候秀涓!
问候大家!

爹:

  六日来信收到。

  寄来的剪报,我将妥为保存,以便编"近作"(二)。"近作"共领了三百本样书:寄了一百本给您,用一百本送其他作者,我留一百本(两天就送光了)。恐怕要下个月才可能在书店出售。

  "近作"出版以后,我们发现还有几处缺点:一、设计时把后环衬忘了;二、译文中有几处注释硬搬了《世界文学》的,如"见本期360页";三、目录太挤,可移一段到后页。只有再版时改过来。最近,我们在忙着出郭老的两本诗集,还将出《罗瑞卿诗选》。

您在为哪本书写后记？

您交四姐带给我的书收到，谢谢。成都已在卖《莎士比亚全集》了，上海开始卖没有？我没有买，在等您送我的。

即请

秋安！

李　致
九月十日

李致：

信收到。莎氏集已寄上了。昨天寄出《外国文艺》一册，托国炜转给你，你去拿吧。

《其芳选集》我提不出意见，我没有时间考虑或翻书。你还是找沙汀向文［学］研究所的同志们征求意见吧。还有卞之琳。

《论红楼梦》我赞成选入，让"百家争鸣"吧。

《回答》我未读过，不便发言。

其芳书信我这里有一些。但这次抄家抄走后退回来一时找不到了。现在找出三封寄给你。给我好好保存着，用后还给我。

祝

好！

芾　甘
（九月）二十二日

问候秀涓！

李致：

信收到。我这两天生病，医生要我休息一星期。回你一封短信：编选赴朝文章的集子，我无什么意见。你们要选就由你们选吧。不过《新声集》中选了的，就是经过我自己改动过的，应当以它们为准。

《快乐王子集》我想改一下，但现在没有时间。因此搁一个时期再说。倘使我身体好起来，我倒想把《家庭戏剧》改一下，交给你们印一两版。

我在写《创作回忆录》，那是人民文学出版社要的。

你开完会来上海转一下也好。

《鲁迅辞典》怎样了？

祝

好！

芾甘

（九月）二十九日

问候秀涓！

李致：

信收到。家宝已给你写了回信。我还是事情多，信债难还清。

"近作"再版，我无意见。《英雄的故事》付印，我希望能将有关彭德怀的那篇收进去。（不知有无困难？）邓付［副］主席已称他为同志，那么他不是什么反党分子了。王尔德童话，我还没有时间改，这里少儿社来信要，我还在考虑。我看就不给你们了。你们印我的书多了，也不好。你把曹禺的《王昭君》要了去，就很不错了。

别话后谈。

祝

好！

芾甘

（十二月）四日

问候秀涓！

爹：

　　四日来信收到。我已有一个多月没收到您的信了。

　　《英雄的故事》已发稿，我也在考虑把写彭德怀那篇加上。要是省委一下无法定，就把出书的时间稍微推迟一点。您说好吗？

　　《王尔德童话集》，您既然最先答应我们，就不要改变了。您不要顾虑多印您的书不好，这一点我早考虑过。从实际情况看，只有三本，并不多。沙汀同志也将有三本，艾芜同志将有四本。特别是我们已列入计划，突然取消也不好。我在上海就考虑过您的健康，我不催您；反正明年上半年，您什么时候改好什么时候给我们。万叔叔把《王昭君》给四川，简直太好了。作为他的忠实读者，能出他的戏，我十分乐意。但这与出您的书无关：我决不放弃您的《王尔德童话集》（因为您已答应过）。我深信您能理解我的心情。

　　曹禺叔来沪，您一定很高兴。

　　祝您

健康！

李　致
十二月八日上

李致：

　　信收到。《王尔德童话》不一定给你们了，因为这部书，过去由平明转给上海文艺出版社，上海要出，不便拒绝。《英雄的故事》（收《坚强战士》等四篇）上海有纸型，我说不再印，他们要求印一版，也不便拒绝。你们出你们的，没有关系。关于彭总的文章一定要补进去。今天的《人民日报》已经开头为他平反了。出书早迟，无关系。可能我要为这本集子写一短短的《后记》。

　　《王昭君》希望印得好一些。你答应他的话一定要做到。不妨为作者印二三十册精装本，不知道是否能办到。

"近作"再版前我不看了，你替我看一遍吧。

如方便，给我们寄点辣椒面来。

别话后谈。

祝

好！

芾 甘
十二月十一日

问候秀涓！

爹：

来信收到。

如果您处理《王尔德童话集》感到为难，我就不坚持要了。《英雄的故事》，我们准备把散文放在小说前面。这样，《我们会见了彭德怀司令员》就成为第一篇了。目前正为该书设计封面。

"近作"再版，拟另设计封面。《王昭君》正精心设计，我懂得您关照的意义。

辣椒面已买到，几天后有人来上海，将托其带上。

问全家人好，祝您

健康！

李 致
十二月十七日上

李致：

信收到。寄上附记一篇，请排在《会见彭总》[1]的后面。《会见彭总》文中有两处改动，请注意：

一、"好容易走到宿舍的洞口"，"好容易"是四川话，请改为"好不容易"。

二、最后"是谁在这寒冷的国土上"，"国土"请改为"友邦的土地"。

寄上剪报两份，你保存着，还有几篇以后再寄。

祝

好！

芾甘

（十二月）廿二日

问候秀涓！

问候大妈和大家！

---

[1] 《会见彭总》即《我们会见了彭德怀司令员》。

1979年

李致：

　　信收到。照片三张，你们选用一张吧。用后三张都还给我。我今年上半年可能去法国访问，有一家出版《家》的出版社负责人邀请我去。我如果去，大概把小林带去。

　　祝

好！

芾　甘
（一月）四日

问候秀涓！
问候大家！

李致：

　　信收到。赴法之行北京作协派人来商量，要我参加四月召开的文代会，延期访法，现初步改期五月。《会见彭总》一文中还有一两处需要改动。现寄上正误表一纸，请照改。

　　罗玉君[①]的译稿得找一位懂法文或英文的人看看。

---

① 罗玉君：四川岳池人，翻译家。

别话后谈。
　　祝
好！

芾　甘
一月廿日

问候秀涓和大家

李致：

　　昨天北京语言学院《文学家辞典》编辑组阎纯德同志来找我。他谈起目前正在同四家出版社交涉出版辞典的事。我看辞书出版社和大百科出版社两家是不会出版他们辞典的。还有天津百［百花］出版社和你们两家。可能你们两家都有些框框，不一定马上谈得拢。他希望我写一信给你，要你解放思想。我不知你有无困难。多讲也无用，我看，这是工具书，人越多越好，查起来方便。不会因为有人一入辞典就身价百倍。唯其因为有些人谁也不知，到处查不出，有个辞典翻翻，比较方便。当然乱写一通也不行，句句要有根据。总之有一本这样的辞典比没有好，对外国的汉学家用处更多。至于照片，那是小事，用不用无所谓。我这两天等通知去北京开会。还是忙，感到疲劳。《怀念萧珊》的文章先在香港大公报连载，然后在广东《作品》上发表。文章里讲了点我们当时的生活。李芹夫妇早回成都了吧。

　　祝
好！

芾　甘
二月十三日

问候秀涓！

李致：

前信想已收到。我来京开会，大约月底前返沪。现在想起一件事情请你办一下。月底前望你把我上次寄给你的《会见彭总》的附记退还给我，我要加个头在浙江一个刊物上发表一次，只要《附记》。这个《附记》原来有头，是《爝火集》的后记，我要人文寄还，他们已答应，但看形势，不知何年何月才会寄到我的手里，因此只好找你。我想你们那里官僚作风总会少一些。这信是坐在椅子上写的，无怪写得歪歪斜斜。

祝

好！

巴　金

二月十六日

问候秀涓！

成都有无香港《大公报》？我有一篇《怀念萧珊》，发表在该报今年二月二至五日的《大公报》上。我自己手边没有，不能寄给你。

李致：

我从北京回来，就生病。你的信都看到，但杂事多，要写的信也多，没有办法早日回信。首先告诉你：屠格涅夫中短篇人文要出，不便转到别处。

我今明天要寄一部稿子给你，那是托尔斯泰的中篇小说《谢尔盖神父》的新译本，译者俄文不错（通信处：北京中关村19楼421号臧仲伦①），替我校过一遍《往事》。这书可以出版，以后还可以找他译点东西。我四月初赴法访问两周，小林同行。三

---

① 臧仲伦：翻译家。

月中到京集中。近几月来，我在香港大公报上，发表了好几篇文章，没有把剪报寄给你，只是因为我手边没有多余的。我一天有多少事，也替不少人办事，来不及事事周到。你要什么，得多写信来，一次不够第二次，第三次。别的话下次再谈。

  祝
好！

芾　甘
三月三日

  问候秀涓！
  问候大妈全家！

李致：

  寄上随想录若干篇。不全，因为我也没有。

  《怀念萧珊》将在《作品》四月号重刊一次。其余各节，俟收到后补给你。

  《会见彭总·后记》我本想在别处发表，但你说已给《四川文艺》，那就不用寄给我了。

  别话后谈。我大约二十日左右赴京准备出国。

  祝
好！

芾　甘
（三月）六日

  问候秀涓！
  问候大家！

李致：

　　罗玉君寄来一信，转给你看看。《海上劳工》①若你找不到人校对，寄还给她，让李晓舫②看一遍也行。他校过寄还，你再看一遍，只要文字过得去，就行了。

　　臧仲伦稿，你看过没有，如能出，可找译者写一前言或后记。

　　别话后谈。

　　祝

好！

芾　甘
三月九日

　　问候秀涓和你全家。

李致：

　　寄给端端的两本书，收到。我昨天把《文学写照》寄出了，另外，还有一本高尔基的早期作品。还有一本《黎明河边》精装本，因为你是藏书家。我要记住以后送你些精装书。

　　文学家辞典的阎纯德同志要我写信给你，劝你思想再解放一点，胆子再大一点。我看，先出个试行本吧，对中外的现代中国文学研究者总会有好处。

　　寄去的臧仲伦的译稿收到否？

　　祝

好！

芾　甘
三月十九日

---

　　① 《海上劳工》：雨果著，罗玉君译。
　　② 李晓舫：罗玉君的丈夫，天文学家，曾留学法国。

问候秀涓！

问候大妈和你们全家！

李致：

　　廿九日来信收到。我大约四月十日赴京，在京还要住十来天。谭兴国[①]同志的稿子今天收到。我两天前得到他的信，讲起这件事，我当即回信说，我正在为出国访问作准备，动身前无法看他的稿子，只好把它留在我这里，等我返国后再解决。我打算让小林他们先看看。《王昭君》已收到，家宝送我的一册也得到了，还可以。雁翼[②]夫妇过沪已见到了。

　　还有一件事情，安徽师范大学外语系教授巫宁坤正在翻译司汤达尔的长篇小说《巴姆修道院》，已译了十几万字，以前因戴过右派帽子无人出他的书。现在他的右派错划已改正，但据说译文出版社要另出别人的译本。我知道那个人的译本不会比巫好（巫以前在平明出过《白求恩大夫》等书），介绍巫把译稿拿到你们那里出。你如方便可以写信去同他联系。（巫是蕴珍在西南联大的同学，和杨振宁也熟。）他的译文不会差。小祝本月可能去成都，他如去，当托他带给你《香港〈文汇报〉三十周年纪念论文集》一册。这是他们送我的，转送给你。你是藏书家。这本书印刷精良，单是看看画，也叫人感到舒服。我记得寄过几封信和稿，讲起一些事，你回信未提及，究竟收到没有？下次你来上海，可以送你一批书。

---

① 谭兴国：作协四川分会创作研究室原副主任。
② 雁翼：诗人。

祝

好!

芾　甘

四月二日

问候秀涓!

问候大妈和全家!我算一下,寄给国炜的书已达百种了。要好好保存,作为你们几姊妹的图书室啊。回国后我还要寄书。

李致:

信收到。书也看到了,作协送了一个样本来,很好。

我到京已十天,不太忙,但也不太闲。今天准备工作可能结束,至少总可以休息一天。我仍然感到疲劳,不过估计还可以支持下去。回来再详谈吧。你什么时候到北京、上海?下次到上海,我可以送你一些书。

祝

好!

芾　甘

四月二十一日

问候秀涓和你们一家。

问候大妈和你几位姐姐、姐夫。

我们五月十三日返京。

爹:

我二十二日回到成都。

您回上海后,身体怎么样?这次在北京,看见您长途旅行后,精神很好,我很高兴。回川后,我向有关亲友讲述了这个情况。

怕您忘记，提醒两件事：

《春天里的秋天》《海底梦》《憩园》《第四病室》《寒夜》的书稿，请寄给我们。

请把您的近作全部寄给我们。

我离开北京前一天（二十一日）又到胡絜青①同志家去（这是第三次）。最后达成协议：从明年起，我们陆续出版《老舍小说选》（上下册）、《四世同堂》（三部）、《茶馆》（附评论）。

《巴金近作》精装本，您送小幺叔没有？

盼收到您的信。

祝您

健康！

李　致
六月四日上

问全家亲人好

李致：

回上海两周，明天又要去北京开会。

《近作》精装本是否可以寄一本给我。我这里一本也没有。《近作》出后我的作品你那里有些什么，开个单子给我，我会补齐的。

国炯到上海看病，栋臣同来，住了一个星期，没有大病，回去了。

别话后谈。

---

① 胡絜青：画家，老舍的夫人。

祝

好!

              芾　甘

              六月五日

问候大家,

问候秀涓

李致:

  天热,我身体不好。《偷生》①找不到,我托人在香港买了一部,今天得到港友来信,说是书已寄出,收到后就给你寄去。

  《在彭总身边》如还有存书,再寄一本给我。

祝

好!

              芾　甘

              八月九日

问候大家!

李致:

  信收到,《偷生》已寄出,想收到了。

  《英雄的故事》随便给我几十本就行了。照你们的规矩办事吧,你留一半送人也好。

---

①　《偷生》:老舍著长篇小说《四世同堂》的第二部。

祝

好!

芾 甘

八月十七日

问候秀涓

问候大家

我接到魏德芳①同志来信，盛亚②的事，你能为他们讲话时，就讲几句吧。又及。

中篇集③校样让我看一遍。

李致：

照片收到。沪版《英雄故事》找出来就寄给你。书一定有，未写信只是因为我太忙。

川版《英雄故事》不错，我看印十万册就够了，留点纸张印别的罢。

《近作》也印得差不多了。

祝

好!

芾 甘

（九月）十日

问候大妈和大家

问候秀涓

---

① 魏德芳：刘盛亚的夫人。
② 盛亚：刘盛亚，作家，1957年被错划为右派。
③ 中篇集：指《巴金中篇小说选》。

爹：

不久前您有封信，要我关心一下刘盛亚同志的事。我问过他的妹妹（我们是邻居），她说问题已解决。昨天又收到省文联给他举办追悼会的通知。请您放心。

我们（目前只是我的设想）还打算为您编两本书：一是《谈自己的创作》（加上最近写的）；一是《怀念集》（香港版加最近写的）。不知您以为如何？

老舍同志的《四世同堂》，我们已派人到北京校对完毕，现已发排。估计明年初可出版。四川出普及本，天津出精装本。

《在彭总身边》一书，得到耀邦①同志的肯定。他在十二日中宣部的例会上讲：他是"躺在床上一口气看完的，写得很好，很感动人"。

希望得到您的短信。

问全家亲人好，祝您

健康！

李　致

九月二十一日上

爹：

昨天信上，忘记说一件事。

我们准备于明年出版《罗淑选集》。请您寄一些她的照片和手稿给我们，用后再送回。

对，还有一件事。您答应写一篇纪念老舍的文章，以作《老舍小说选》的序，不知动笔没有？前几天舒济同志（老舍的女儿）来信，还问到此事。

---

① 胡耀邦：时任中共中央宣传部部长。

您什么时候去北京？

祝您和全家亲人

好！

李　致
九月二十二日上

李致：

　　信收到（两信），我忙，来找的人不少，拿起笔常有人来，连信也写不成。

　　刘盛亚追悼会，我明天找文联打电话去，请代送花圈。我尚未得到通知。

　　你要编书，《怀念》编一本，倒是可以的。但《谈创作》不行，这已编在《选集》里。《创作回忆录》还未写完，明年写完将由三联书店出版。

　　纪念老舍的文章没有时间写，到十一月看吧。我的病一直未好。下月初去北京。

　　祝

好！

芾　甘
（九月）廿五日

罗淑照片我没有。手边只有她写给我的几封信。

1980年

李致：

　　寄上《怀念老舍》的剪报。
　　《随想录》尚无消息。
　　托你转给天翟的书送去没有？
　　祝
好！

芾　甘
（一月）六日

李致：

　　其芳选集二、三都收到，很高兴，各方面都好，向你们出版社的同志表示感谢和祝贺。但有一点美中不足的地方，现在指出来，希望在以后的工作中对自己的要求更严格。

　　第三卷中署名"季方"的那封信（见手迹）是一九四六年在重庆寄出的，不是一九五二年。你们倘使翻看一下《还乡杂记》的后记，就明白了。《还乡杂记》的补抄稿是一九四六年作者从重庆寄给我的。请注意。

祝
好！

$\qquad$ 芾　甘

$\qquad$ （一月）十日

爹：

　　来信收到。

　　您指出我们编辑工作上的缺点，是对我们最好的帮助。我已请有关同志查明原因，再版时改正。

　　今天接到舒济同志信。她说："首先要感谢李伯伯写了这一篇使人极为感动的宝贵文章。我们全家都是含着眼泪读的，勾起我们许多回想和感慨。作为代序是太好了。"

　　香港出的《随想录》，拿到后请即寄我。问全家亲人好，祝您健康！

$\qquad$ 李　致

$\qquad$ 一月十三日上

李致：

　　《随想录》第一集已出版，样本日内可到，即寄你。

　　《爝火集》后记和附记剪报一份随信寄出。现在只差《往事与随想》后记二了。这书据说两周内也可以印出。

　　祝
好！

$\qquad$ 芾　甘

$\qquad$ （一月）廿八日

李致：

　　信收到，我也很忙，疲劳不堪。需要休息却得不到休息。发表了"镜子"①，也起不了作用。以后争取做到劳逸结合。

　　先谈几篇文章：

　　1.《关于神鬼人》已寄出，同《随想录》与《往事》封在一起。《往事》精装本尚未装好。

　　2.《往事》后记（二）你们找人抄吧。《爝火集》至今未出，只好照《往事》版秒录。

　　3.《随想三十五》随信寄出。

　　4.悼曹文②与《往事》同封寄去。

　　5.怀念金文③我手边也没有，只好等《爝火集》了。你去北京，不妨找人民文学出版社散文组季涤尘帮忙搞一份校样。（最好再搞一份《选集》后记的清样。）

　　此外，近照未寄，最好不用。《随想录》里的照片是书店找来加上去的。我只给了他们两张（即萧珊的和我在巴尔扎克墓前的那张）。

　　我大约廿日后赴京。小林同行。

　　祝

　好！

芾　甘

（二月）二十九日

问候秀涓和大家！

---

　　①　镜子：即《随想录三十五·大镜子》。
　　②　悼曹文：指《一颗红心——悼念曹葆华同志》。
　　③　怀念金文：指《怀念金仲华同志》。

李致：

信收到。《大镜子》标题不用改，正文中增补的要加进去。

寄来的书收到。我二十日赴京。四月一日飞日。你如去京，不妨等我一下，我住何处，孔罗荪①知道。曹禺十八日飞美国。

祝

好！

巴 金

（三月）六日

问候大家！

李致：

九日信收到；写给你的信一定是寄到健吾那里去了。不过没有什么重要的话，用不着要回来再寄给你了。几件事已经解决。纪念金仲华的文章找不到，但底稿还在，我已找出，校改一通，直接寄给徐靖②了。

关于推荐书的事，等我从日本回来再谈吧。

上次我在信里讲到的"争几页篇幅"那句话（《随想三十五》）还是不要加进去为好，因为我在以后的另一则《随想》里又写了类似的句子。

现在找到一篇漏掉的短文（这是发言记录），寄给你，请补进去。

到去年为止我写的东西全给你们了。只是选集后记我看校样时删改了几句，选集出版后请你们找来对一下。

---

① 孔罗荪（1912-1996）：作家，文学评论家，四川人民出版社曾出版《罗荪近作》。

② 徐靖：时为四川人民出版社二编室（文艺编辑室）编辑。

照片，我看不用了。

祝

好！

芾 甘
（三月）十一日

问候秀涓，问候大家！

李致：

我明天飞京，小林同行。

四月一日赴日访问，十七日回国。有些事回国后再谈吧。有两件事提一下，只是提一下罢了。由你们决定。

1. 刘盛亚的遗作是不是可以考虑出一本，有人说《卍字旗下》可出，你们看看怎样？落实政策嘛。

2. 王辛笛①托我问问他们的诗集《黎明的召唤》。我也只是传达而已。

祝

好！

芾 甘
（三月）十八日

问候大家！

李致：

信收到。

中篇小说集正文的校样我不看了。但要是收得有五本书的后

---

① 王辛笛：诗人。

记、序、跋之类，请寄给我看一遍。

　　《李劼人选集》我未见到。《何其芳选集》第一卷能否寄我一册？

　　我身体还是不大好。

　　祝

好！

　　　　　　　　　　　　　　　　　　　　　芾　甘

　　　　　　　　　　　　　　　　　　　　（五月）廿五日

问候秀涓！

另一信转交国煜！

李致：

　　《中篇选》上册校样已挂号寄回。下册校样过了七月初就不用寄来了。我估计过了七月十日会去北京，准备出国。请你替我买《何其芳选集》二、三各一册，连前次讲的第一卷，寄一套来吧。《最后的年月》①究竟怎样？过两天寄书给你。

　　余后谈。

　　祝

好！

　　　　　　　　　　　　　　　　　　　　　芾　甘

　　　　　　　　　　　　　　　　　　　　（六月）七日

问候秀涓！

---

　　① 《最后的年月》：丁隆炎著，记述彭德怀被迫害致死前的一段不幸遭遇。

爹：

七日来信收到。

《中篇小说选》下册的序跋已寄出，想您已收到。看后请尽快寄给我们。

《最后的年月》看来是没希望出版了。详细情况信上说不清。为此我感到很难过。

希望您注意健康。上次您说《大镜子》发表以后效果不大。但对我起了作用。我衷心期望您健康，多有些时间写作，尽量少干扰您。

李　致
六月十日晨上

前几天，我已给您寄出：柯岩的《奇异书简》，杜宣的《彼岸》，艾青的《归来的歌》和《罗荪近作》，您收到没有？《李劼人选集》二卷，系《大波》全部。

李致：

信收到。《中篇选》①（上）也收到了。我前几天从北京回来，过三天又要去北京开会。身体不太好，生活忙乱，少有时间写文章，自己很着急。

书印得还不错，只是纸差一点。有两件事［对］你讲：《近作》到（二）为止，再编下去就没有人买了；选集暂时不要搞，最近北京和香港都在出选集，人文要重排《家》、《春》、《秋》，我正在修改。到处印旧作，反而不好。

---

① 《中篇选》：指《巴金中篇小说选》。

别的话等我开完人大常委［会］回来再说。
祝
好！

芾 甘
（九月）十九日

问候秀涓！

李致：
　　我来京开会，三四天后回沪。一月后还要来，实在疲劳不堪。
　　近作二和中篇下出版后望早寄来，因有人要。
　　上海电视台有人去川，想看看我们老家，拍点资料片，我要他去找你。我对电视台同志说拍资料片留着等我死后派用场，可以。我活着时用不着宣传。现在需要多写，少浪费时间。
　　祝
好！

芾 甘
（九月）廿五日

问候秀涓！
　　国烻①已调回，在作协资料室工作。今后可以替我整理书，我一年来买了好些书，准备送给你们一批。又及

李致：
　　近作和中篇选上下都收到。我仍忙，身体不好。总得设法休息

---

① 国烻：李国烻，巴金的侄女。

109

一两个星期。小林很称赞《海上劳工》封面。我今年活动较多，只写完了《随想录》第二集。《回忆录》还差好几篇，明年准备关门写作。来日无多，不能再浪费时间了。

你下次来上海，我可以送你一些书。

别话下次谈。替我买两本《海上劳工》。

祝

好！

芾　甘

十月二十二日

爹：

我昨天（二十五日）从北京回蓉，同时收到您二十二日来信。

《近作》（二）出版后，很受欢迎。香港《开卷》对《随想录》的指责，我认为是不正确的。《近作》第三集，我建议以《探索集》为主，加上今年所发表和所写的，明年上半年出书。您看行吗？

我去北京前收到您寄来的朱祖荣的译稿《春汛》，但您来信没谈到这件事。估计是您介绍给出版社的。请告译者的通信处，以便联系。

《屠格涅夫中短篇小说集》原有几幅插图，能否尽快寄给我们？如一时找不到，不用插图行不行？但最好有图，力争把书搞好一些。

寄给您的剧本《彭大将军》收到了吗？我谈上海电视台来蓉的信，收到没有？

您要的《海上劳工》两本已寄出。

最近，我见到好些熟人，都说您太累。您一定要坚决休息一段时候。沙汀同志几次告诉我，他向省委书记杜心源同志谈到过您想明年到四川，心源同志表示欢迎，沙汀同志愿陪您一起回来。

祝您和全家亲人

安好！

李　致
十月二十七日

李致：

春潮（或春水）是我介绍给你们的，我还请臧仲伦校了一遍。我看可以照臧的改订稿排印。我记得寄稿前一两月曾在信中提过。关于《近作》我的看法和你的不同。《随想录》第二集《探索集》已写成编好，将在人文和香港三联出版，我不好意思让你们明年初就以《近作》的名义重印。这样做人文会有意见。

屠格涅夫集我看不用插图了，我没有时间找书。

电影剧本收到。你谈情况的信我却毫无印象。

我的身体不好，需要休息。

朱的通信处下次告诉你，我只知他在武大。

祝

好！

芾　甘
十一月一日

问候大家！

李致：

屠氏书三册挂号寄上，制版后早日寄还。找这些书是我的事，李小林帮不了忙。这一类事我得经常处理。因此得不到休息。

祝

好!

芾甘

十一月十五日

问候大家

李致:

信收到。希望你努力工作,我愿意支持。今天收到中篇选的稿酬。我说过不要稿酬,本想退回,觉得这样也不好。以后坚决不要。屠氏小说出版,不要送稿酬了,还是照从前办法,送我一点书,就行了。我在香港三联书店出版《随想录》,首先声明不要稿费。他们说第二集要付稿费,我坚决不要。倘使方便,替我买五部中篇选,我当汇还书款。听说你们要出版刘盛亚遗作,很好。我写字仍感吃力。

余后谈。祝

好!

芾甘

(十二月)九日

问候秀涓和大家。

李致:

屠氏集三册收到。还有三事同你谈谈。

一、人民文学出版社方殷来,他们要出回忆录丛书,有臧克家的一本,说是已给了四川人民出版社,希望你们能让给他们,请你们考虑。

二、那天叫小祝去取你们寄来的稿费,问银行是否扣除所得税，银行说应当由你们扣除。我现在问你，如未扣除，就算出来由你们代交，我汇还。

三、以后出书，不用寄稿费给我。我不要。

祝

好

芾甘

（十二月）十九日

问候秀涓！

爹：

您的两封信都收到。

从前年起，我就向编辑部的同志说明您不要稿费，但他们一直觉得这样不符合政策。有同志建议，把您的稿费存起来，将来设一项"巴金文学奖"。我估计您不会同意，没赞成这样做。这样，他们就把稿费寄给您了。收到您上封信后，我把信给有关同志看了。本已签发《近作》（二）的稿费，按您的意见不再寄出。

您表示愿意支持我们出版社的工作，同志们都很高兴。我们对您的要求：一、把《近作》出下去。您老说继续出下去没人看，实际情况并非如此。如明年初不行，下半年再编。长篇《一双美丽的眼睛》，给四川出版。二、过几年后，再编《巴金选集》。其实，这些要求，都列在我给您的《备忘录》上面了。

您要的五套《中篇小说选》已寄出。

您上封信说仍感写字吃力，这是什么原因？这当然会影响您的写作，您治疗没有？明年您最好不要长途旅行，也好多些时间写东西。

扣所得税的事，我们这儿还没实行，以后再说。

问全家亲人好,祝您

健康!

李 致

十二月二十一日上

李致:

信收到。

近作三①可以给你,但必须在下半年出版,早了不行。内容有《随想录》二十五篇,回忆录②五篇,讲稿两篇,其他序文、后记、短文几篇,今年的文章全在这里了。回忆录刚写完,估计最快也要明年四五月出书,所以我说"早了不行"。

长篇以后再说,也许拿不出来,也许明年写不了,也许写了不能出。

书五套收到,你未开发票,不要钱了?我送几本书给你,寄上了。《家》、《春》、《秋》刚校改完毕。

明年不出国了,三个地方请我去,我已道谢,身体吃不消,需要休养。

别话再谈。祝

好!

芾 甘 (十二月)廿八夜

问候秀涓和大家!

---

① 近作三:即《探索与回忆》,1982年4月由四川人民出版社出版。
② 回忆录:指《创作回忆录》,1981年9月由香港三联书店出版。

1981年

李致：

信收到。书已寄上。

现在谈两件事：

一、王尔德童话可以给你们。但九篇中还有三篇需要校改，我想旧历年前可以改完，改好即将全稿寄给你。

二、九姑妈要你买点花椒或花椒面寄来。我们需要它。

祝

好！

芾 甘

（一月）十四日

问候大家！

还要点辣椒面！

爹：

今天收到您寄来的《选集》和《爝火集》，谢谢。您送我的书，特别是您的著作，从五十年代到现在，尽管经历十年浩劫，我仍保存得好好的，没有丢失一本。我非常珍惜这些书。

请转告九姑妈：花椒面和辣椒面已在十八日寄出。

问全家亲人好，祝您

健康！

李　致
一月二十日上

李致：

　　信收到。我最近又患感冒，身体还是不好。但决定休息一两个月，文章暂时不写了。

　　肖、张两信退还。对肖你可去信问他：我的文集他还缺几本？我前年寄过一些去，虽然不能补全，但总还可以再补几本寄去。对张你不妨回信说，我可以读一遍她的手稿，但不会提什么意见，我只能注明与事实不符的地方（倘使有的话），我去年读过她一篇文章，就是这样做的。我绝不会发表自己的意见，因为我目前没有时间和精力认真考虑。我通过《随想录》在思考。

　　我所有的旧作（除了在人民文学出版社出版者外）都不取稿费，《王尔德童话集》也不要。我反对搞"巴金奖金"。我看有两个用途，一、作为你社职工福利，二、不然就捐赠四川作协作创作基金（不用我的名义）。我最近建议在北京创办一个中国现代文学（资料）馆，倘使办起来，我今后全部稿费都赠给这个资料馆。此外我还有一件心事：为你们姐弟和下一代办个小图书室，书我这里很多，寄费也有，你们慢慢安排怎样保管。

　　《近作》三中的主要稿件是两本小书，我手边还无全稿，随想录二将在人文先出，我已看过校样。过些天我倘使能要到清样就给你寄去。

　　《王尔德童话集》英文插图本有两种，德文本一时找不到了。不过德文本的锌版插图可用我送你的《快乐王子集》复制。如两种英文本的插图都用，我就在《再记》中加一句话。

祝

好！

芾　甘
一月二十二日

李致：

　　信收到。怎么你也成了病人了？想得开，很好！但要认真对待病，要做到劳逸结合，真正休息。我自己就没有做到，现在还在争取休息。据医生说我有"隐冠"，离冠心病不远了。这种说法，对我争取休息有好处。

　　现在谈几件事：

　　一、稿费问题就照你所说用来帮助作者吧。设立奖金我不赞成。我反对用我的名字。

　　二、三本英文书在图片制版后寄还给我。

　　三、好几个月前我介绍武汉大学朱祖荣翻译的一部《春水》给你们，译稿请北大臧仲伦校改过。你们是否接受，请告诉我。

　　保重身体。祝

好！

芾　甘
二月廿三日

李致：

　　信收到。好好地疗养吧。看书也要有节制，你和我不同，千万不要把身体累垮。我的身体不好，做工作有困难。但多活两年，当容易办到。说争取休息，因为公事推掉，私事跟着就来。熟人来找总得应付一下。

送萧泽宽的书找出来就寄去。虽然不全，总可找出几本。

别的事不谈了。《一江春水》译稿你们如接受，请在版权页上说明校订者：臧仲伦，稿费中抽出百分之二十给臧作校订费。译者朱祖荣在武汉，地址如下：

武汉市武昌珞珈山七区十八号。

祝

好！

芾 甘
三月三日

问候秀涓

爹：

您的两封信都收到。

您上封信说"公事推掉，私事跟着就来"，我看您还得坚决一点。平常，想通过我来找您的人也不少，有的是很熟的朋友（如介绍我入党的人），我的办法是请他们看《大镜子》，看完以后问题就便于解决了。

《我和读者》已读了。《随想录》（六十二）以前的，您不要再寄，以后读书好了。"六十二"以后的，如方便，仍请随信寄我。因为我很想尽快读到您的作品。如您忙，可否请国烑帮忙寄一下？

您要我安心养病，这没有什么问题。进疗养院一月来，成效甚好。您不要担心。

文艺编室同志告诉我，《快乐王子》外文书三册，已寄还给您。

问全家亲人好，祝您

健康！

李 致
三月六日上

李致：

　　信收到。萧泽宽要的书已寄去四册。《随想录》三十五以后的找起来麻烦，估计四月底可以出书，还是寄书给你吧。《创作回忆录》可能要拖到下半年。上半年还要为花城出版社编一本《序跋集》，人民日报的姜德明同志给我帮忙。

　　现在我非常需要休息。寄一篇最近写的随想给你看看。望你安心养病。

　　祝

好！

芾　甘
三月十四

问候秀涓！

李致：

　　信收到。王尔德书三册并未收到，你说已寄出，可能听错了。书慢点寄还，不要紧。我需要在《再记》中说明另一画家的名字，要看其中的一本书。

　　我的健康仍未恢复，下月初拟去杭州休息一个星期。

　　你的身体怎样？多多注意。

　　祝

好！

芾　甘
三月二十二日

爹：

我的病情在好转，请勿念。

您的身体怎样？得到休息了吗？

前不久，文艺编室的同志给您写了一封信，请您推荐一些过去文生社的书给四川重新出版，但没有得到您的回信。我估计请您全面回忆，有一定困难。前几天，我请他们把香港《开卷》上所刊您主编的书目复印了几份，昨天给您挂号寄出。您看了以后，请把您认为可以重出的书，在目录上画个记号，再寄给我就行了。这样，省得您去翻书和回想。

我发现，我给您的信，有少数几封您可能没看见，也可能您看后忘了。譬如，上海电视台来拍资料片事……我为了给他们介绍情况，又翻过您的一些文章，告诉他们您从小反对封建礼教，喜欢和下层劳动人民接触。有一小四合院是否是旧居的一部分，要请您鉴别。十二孃生病后，我给她写过一信，附在给您的信内。这些，您来信均未提到。

寄给您的《二马》收到吗？

问全家亲人好，祝您

健康！

李 致

三月二十三日上

李致：

信收到。我的身体仍然不好，主要原因还是得不到休息。

你的信只要我在上海，都会看到。但因写字困难，回答时可能漏掉一些。

文艺编室来信要我介绍文生社出的旧作给你们选印。我记得写了回信，直接寄去，说旧作可出的已由原作者交给别处重版，剩下的不便重印（广东人民出版社选印了一批）。你们想出旧作，就多编印几种文集吧（我看可以先给沙汀、艾芜出文集）。

三本英文书收到了。《童话集》最后增加一句说明，你把另一张字条转给编辑同志。

我四月一日去杭州休息，十日左右可能到北京出席中篇评奖会。

祝
好！

芾　甘
（三月）廿七日

问候秀涓！

爹：

昨天，得家宝叔来信，说您二十一日返沪。您在北京向茅盾的遗体告别时，我在电视上看见您，在报纸上也得知您的一些情况。不过，我最想知道的，还是您的健康情况。您刚去北京休息，在北京没有过分劳累？

您的《近作》（三），什么时候可以给我们？

我在疗养院，身体大有好转（主要是得到休息）。如果八月可以出院，我想九月来上海看您。

问全家亲人好，祝您
健康！

李　致
四月二十三日

李致：

　　信收到，我身体还是不好。手边还有些事情。近作（三）一时无法编辑，首先要等《探索集》和《创作回忆录》的出版，那两本小书出不了，我哪里来的底稿？我比你更急，但有什么办法？目前我在编一本《序跋集》（为花城出版社），国烋帮忙我抄写。成都税局来信问《中短篇》和《近作三［二］》的所得税，我叫国烋回信说头一部的税我付，应缴若干，得到通知后即汇去。后一部的税由你们缴，你嘱咐财务补缴吧。九月内我可能出国开会。不然你来上海可以挑一批书带回四川。你也得经常注意身体，不能过劳。

　　祝
好！

芾　甘
（四月）廿九日

问候秀涓！

李致：

　　信收到。《散文诗》[①]明年给你们。我只改了几首。选集设想稿退还，我提出了三个名字，供参考。

　　祝
好！

巴　金
（五月）三日

问候秀涓。

屠氏中短篇什么时候印出来？

---

① 《散文诗》：指《屠格涅夫散文诗》。

外一信请转给李舒。又及

爹：

您身体好吗？

您的信和退回的《设想》（征求意见稿）收到。现寄上《出版〈曹禺戏剧集〉的初步设想》，请您看看并给以指教。

屠氏中短篇小说选的封面已制好，打样看来还不错。正文在校对。前一段，因赶"六一"出书，其他书让路。《长生塔》月内（最迟下月初）可出版。

问全家亲人好，祝您
健康！

李　致
五月十一日上

李致：

信收到。你们出曹禺全集，我当然赞成，计划不错。我只有一个意见：校对要注意，错字越少越好。出沙汀、艾芜二选集也很好。好好地工作，读者不会忘记你们。《随想录》第二集样本来了，先寄上一册精装，等书到后，再抽出《随想》二十五篇给编辑部寄去。九姑妈要辣椒面，你快找人寄点来。

祝
好！

芾　甘
五月十七日

问候秀涓。

爹：

　　来信和《探索集》收到。

　　收到书的当天，除下午有工作，我中午没睡觉，晚上又看到十二点，一口气把书看完。去年我没有到上海，也没有读几篇您的文章。这次读《探索集》，我感到和您在一起，听您热情和真挚的谈话。您书中许多观点，我非常赞同，深信它会赢得广大读者的心。

　　六月初，四川少儿出版社总编辑钱铃同志要到上海。我将托他把《长生塔》的样书带给您，把辣椒面带给九姑妈。他想见见您，我请他不要超过十五分钟。

　　您九月份将去哪些国家？我们准备把屠氏中短篇小说赶印出来，以便您能带些出去送人。

　　我的病情继续好转，请不要担心。

　　祝您

劳逸结合，身体健康！

　　　　　　　　　　　　　　　　　　　　　李　致

　　　　　　　　　　　　　　　　　　五月二十七日上

李致：

　　信收到。我身体还是不好，写字仍然很吃力，杂事又多，无法经常写信。最近还在为广东花城出版社编一本《序跋集》，相当费力。屠格涅夫散文诗我要全部校改一遍，你们不必急。我也很想早出书，但总想改得好一些。屠氏中短篇寄百册给我，我拿来送人，此外再不要什么。我即使出国，也不带这书出去。我说"即使"，因为今年去法国里昂出席世界笔会，我还在考虑，要是身体不好，就不去了。《悬崖》是节本，法译本不到一半，英译本大约只有三分之二。托钱铃同志带来的东西收到。出版黎烈文①的翻译，应当征得他家属的同意。我向他的夫人索取黎译《红与黑》，尚未寄来，如译得比罗玉君好，倒可重印。以后再说吧。问候秀涓。

  祝
好！

芾 甘
六月十四日

  济生不久要去成都组稿。高一萍②回国探亲也要去成都看朋友，可能迟一些。丁磐石③到过我家，不巧我出去了。

李致：

  信收到。你要我同家宝合拍的照片，我找了半天，没有找到。后来想，我那些照片都是家宝找人来照的，还是他转给我的。不理想，将就点吧。以后见到他时，约他同照几张新的也行。小弥④的信已转寄北京。我如健康不更坏，九月可去里昂开会。我以前寄给你的《地上的一角》和《鱼儿坳》请即寄回，作协资料室要搞罗淑的资料。高一萍已同小弥去北京，说是两周后去四川。我想问你：上次介绍的《春水》，是不是要出？我还想介绍项星耀翻译的赫尔岑的回忆录给你们，他比我多译了一本。我看出两种译本也可以。我事情多，译得慢，让别人先出也好，我还可以为他的译本写序。而且可以找个人（如臧仲伦）校一遍。你们考虑后给我一个回答。

  祝

---

① 黎烈文：作家、翻译家。
② 高一萍：巴金的友人。
③ 丁磐石：丁秀涓的堂弟。
④ 小弥：马小弥，罗淑的女儿。翻译过几本英文小说，早年曾受巴金抚养。

好！

芾 甘
六月二十二日

问候秀涓。

李致：

信收到。未写信只因我事情太多。你的信看后也不知放到哪里去了。但事情还不会忘记。现在简单地谈一谈。

一、《春水》出版，稿费寄武大朱祖荣，如未联系，可先联系一下，不知他的地址有无变动。稿费中抽出百分之二十作校对费，寄给北大臧仲伦。

二、关于项译赫尔岑回忆录出版的事，你们多考虑不要紧。

三、屠氏散文诗我必须校一遍才给你们。

四、《近作三》稿件，除《探索集》已寄上，"创作回忆录"（共有六篇）俟印出后即寄去外，只有几篇短稿，你们自己搜集一下吧。有这样几篇：（1）去年四月份《人民文学》发表的短篇评奖会讲话；（2）去年《文艺报》第十期上刊出的《多鼓励，少干涉》；（3）香港昭明版《巴金选集》后记，这书你有。另外寄给你两篇。

五、替我买几本书，书款由我寄还。杨苡[①]要的书直接寄南京，书款由我汇还。

六、烈文的书我尚未收到，出版事我已去信问他的夫人。

---

① 杨苡：杨静如，作家、翻译家。

祝

好!

芾 甘
（七月）六日

问候秀涓。

李致：

廿一日来信收到，以前的信也看过了。简单地答复如下：

1.《灭亡》《怀念》等书一时不要重印。

2.《近作三》，不印也行。如一定要印，也可以另起书名，像你说的那样，但由你们起名。这不是我自己编的，你们起名吧。

3.《寒夜》精装可能没有，如找到当寄给你。你来上海，可以送你一些书。估计九月初将去北京。

4.照片是以后的事，我根本无法清理。外文出版社来要照片，我还无法应付。

5.《创作回忆录》北京、香港两处都要出，估计香港快要出了。如得到，当先寄给你。

文章读过了。

祝

好!

芾 甘 （七月）廿四日

问候秀涓。

李致：

寄上四篇序文，近作（三）的稿子齐了，只等五篇回忆录和一篇《文学生活五十年》（附印在回忆录后面）。我想不会久等的。

托你买书的信看到没有？

赵清阁[1]托我问你，一位蒋同志[2]联系，阳翰老曾介绍她的《红楼梦》话剧本给你们，说是今年第一季度发稿，至今未见落实。究竟怎样？

芾 甘

（七月）廿五日

李致：

信收到。我六日去莫干山，十六日返沪。九月十日左右去北京，二十日后飞法国，十月初回来。你如来上海找我，最好在八月二十到九月十日的这段时间。

近作（三）改称《探索与回忆》可以，但要注明"巴金近作（三）"。

余面谈，这次可以送你一些书。你来挑选。

祝

好！

芾 甘

八月二日

问候秀涓。

徐志摩、胡也频两位的诗集，我还要一份，寄来的一份朋友拿走了。你再为我找一份，自己带来。又及

---

[1] 赵清阁：剧作家。
[2] 蒋同志：蒋牧丛，时四川人民出版社二编室（文艺编辑室）编辑。

李致：

　　我忽然发觉忘记把《靳以文集》后记寄给你，现在寄出。其余六篇都在《回忆录》内，下月可能给你寄去。我明天去莫干山，十六日回来。

　　祝

好！

芾　甘

（八月）五日

问候秀涓。

李致：

　　信收到。我等你来。希望给我们带点花椒面（或花椒）来。如能再带来点永川豆豉，那更好。我可能在九月十日前去京，但不会早过五日。见面谈。祝

好！

问候秀涓！

芾　甘

（八月）十九日

爹：

　　我上月二十八日回到成都。

　　这次去北京，已组得沈从文、萧乾、艾青、李健吾、杨晦、臧克家等同志的《选集》。

　　三姐和栋臣回四川，带来您给我的《文学家辞典》，谢谢。寄给您的《屠格涅夫中短篇小说集》收到没有？

　　罗荪同志二号到了成都。我去机场接了他和周玉屏同志。前天上

午,他到出版社来看了一下。昨天上午,我陪他俩参观了武侯祠。

《一江春水》已出版。

您的《选集》增加为十卷本等三件事,我已告诉文艺编室。他们都赞成。

您的感冒好了没有?

问全家亲人好,祝您健康!

李　致

十月六日上

李致:

廿日来信收到。我在京住了八天,相当疲劳。回来不当心,患了感冒,身体不太好。有三件事同你谈谈:

1.《选集》我想再加两册,即第九卷《新声集》,编选解放后的短篇小说和散文;第十卷《谈自己》,收《童年的回忆》、《谈自己的创作》、《创作回忆录》三部分。《选集》稿费全部捐赠现代文学馆。明年交稿,后年出齐。

2.《近作三》可以把今年写的文章收进去,即《随想录》收到"七十二",另加中篇评奖会上的书面发言,稿费捐赠文学馆。

3.编《黑桃皇后及其他》可以把我的《怀念萧珊》收入,作为代序。全书稿费和中短篇集一样由你们处理,但要求送我样书若干册。

如何决定,返川后回我一信。

祝

好!

芾　甘

(十月)廿一日

"书面发言"发表在《人民日报》（五月）和《文艺报》上，随想七十二《怀念鲁迅先生》发表在本年《收获》第五期上，如找不到，我可以寄给你们。

李致：

看到出版社寄来的样书，封面还不错，但小林她们都说不如《海上劳工》。我认为安徽出版的《傅雷译文集》封面和装帧都很好，你们不妨向安徽学习。《选集》第四卷（《雾·雨·电》）改订稿已给你寄去（航邮），封内还有一篇《文学生活五十年》，是这部选集的代序，印在第一卷《家》的开头。五、六卷我还要校一遍。我正在编第七卷《短篇小说选》，过几天即可寄出。我大约在二十日前后去北京开会。请你给我买点豆豉，交国炯带来。余后谈。祝

好！

芾 甘
十一月四日

问候秀涓。

李致：

信收到。我的感冒尚未痊愈。出书要注意校对，错字越少越好。

《选集》十卷我都要看过一遍。第四卷和第七卷改订本以及第一卷前面的《代序》都已交航邮寄去。现在动手在编第八卷《散文选》，打算明年年初编好十卷，然后把五、六两卷再看一遍。最后写篇《跋》印在十卷卷末。

不要忘记叫国炯带点豆豉和乳腐来。我大约二十号前后赴京。

祝

好！

芾 甘

（十一月）八日

《黑桃皇后及其他》这个书名，不如《别尔金小说及其他》好。问候秀涓。 又及

爹：

您四日来信，我九日才收到。在路上花的时间特别长。寄来的《选集》第四卷修订稿同时收到。您所嘱之事，将一一照办，请放心。

这一次编《选集》，我再一次深切地感到您对四川出版的支持。我很感动，一定力求不负您的期望，把出版工作搞好。

罗荪同志今晚去重庆，我刚到宾馆去送他。下午曾陪他去沙汀、艾芜同志家辞行。罗荪同志这次来成都，我常想起您写的《腹地》，对这位正直的老人，十分尊敬。

您和姑妈要的豆豉、夹江豆腐乳，我们几人都记在心里。三姐回上海要带一些，是二姐夫排队为你们买的。您二十号前去北京，生日将在北京过了。我只好先在这里向您祝贺。

请注意劳逸结合，保重健康。到京后，请告您的住址。

向全家亲人问好！

李 致

十一月九日上

爹：

　　八日来信收到。

　　昨天，我和出版社社长崔之富同志商议：如果您明年初编好十卷，我们将提前在后年上半年出齐。明年下半年先出前五卷。

　　我们打算出版《李健吾选集》，但他手边没有《咀华集》和《咀华二集》。请您把这两本书借给我们复制一下，用后即奉还。

　　问全家亲人好，祝您
健康！

李　致
十一月十三日

李致：

　　信收到。三姐带来的东西也收到了，你代我谢谢你三个姐姐。

　　人大常委开会我请假，因此我要到月底才去北京。我忘记告诉你一件事：我在巴黎凤凰书店见到四川出的书，在瑞士也有四川的书。瑞士朋友说，日内瓦的书店里，买得到。这样你们在编辑校对方面更应当注意。明天我将用航邮寄去《选集》第八卷《散文随笔选》全部改订稿。第九、第十两卷明年年初可以编好。我唯一的要求就是少错字。最近在《文艺报》上发表的笔会上讲话不收入《近作》，因为这是代表团起的稿，我并未增改什么。《近作》国外读者不少，因此，编辑上也要注意。

　　祝
好！

芾　甘
（十一月）十五日

　　问候秀涓。

爹：

十五日来信收到。

您再三嘱咐要注意校对，错字越少越好。我已转达给编辑部和校对科。出版社领导也要抓这件事。

您不去"人大"开会，很好，可以休息。

有两件事要向您请示：

一、萧珊译书的书名和目次，请您看看是否恰当？

二、我们出版社的一个叫《龙门阵》的杂志，想发您怀念丰子恺的文章。您如同意，我即把剪报复印一份给他们。

在成都的亲人都为您的生日祝贺。衷心地祝您健康长寿。请注意劳逸结合，一年到外地休息一两次。

问全家亲人好！

李　致

十一月十七日上

李致：

信收到。我要去京出席人代会，但不参加常委会了，我请了假。因此离沪的时间推迟了。《咀华集》宁夏要出，健吾已把改订稿给了采臣，我要他（他在上海）将来寄给你校样，你找他吧。还有一件事：人文改排本《家》已出版，我给他们的改订稿中漏去七七年的《重印后记》。但给你们的书中有这后记。在选集第一卷中这篇后记还是要的，只是现在必须删去最后两段，即"以英明领袖为首的……"句子。《选集》第八卷已编好寄出，我现在在校读第六卷，因人文要出《寒夜》，文集我不让印了。最近我想用全力编好十卷《选集》。但我希望你们明年先出齐曹禺的十卷集。我的缓一点，慢一点不要紧。还有靳以的书先出一两本也好。余后谈。

祝

好!

　　　　　　　　　　　　　　　芾　甘

　　　　　　　　　　　　　（十一月）十九日

问候秀涓。

李致：

　　信收到，我大约二十八日赴京。你问的两件事，回答如下：

　　一、萧珊译文第二册就用《普希金短篇小说集》吧，我已把目录修改寄还了。

　　二、《龙门阵》发表我纪念丰子恺的文章，我同意。但请他们不要付稿费。

　　我最近校阅了《寒夜》，正在看《第四病室》。《中篇选》中错字并不多。

　　祝

好!

　　　　　　　　　　　　　　　芾　甘

　　　　　　　　　　　　　（十一月）廿二日

爹：

　　十九日来信收到。

　　《选集》第八卷书稿收到。按照您的意见，我已把七七年《重印后记》中后二段删去。《选集》印数不会太大。我们想把《爱情三部曲》和《憩园》另印单行本，您同意吗？

　　《靳以选集》明年拟出两卷。

　　《曹禺戏剧集》按计划在八三年出齐，因为万叔叔的事太多，不能一下改出来。

黎烈文译的《红与黑》已复印完。原书（您给小林的）即将托郭卓同志（或邮寄）带回。书保护得好，没有损坏。

为了引起全社同志注意，尽量减少校对差错，我把您给我的信摘录印出来，送有关同志。现寄上一份。

萧珊妈妈译书，究竟用什么书名？叫《别尔金小说集和黑桃皇后》行不行？那天寄您的目次中，没有写"附录：怀念萧珊——巴金"，但我没有忘记。我只是请您看看有无遗漏。

我已全天上班，较忙。

问全家亲人好，祝您

冬安！

李　致
十一月二十三日

李致：

廿三日信由上海转来。我二十七日到京，住在北京丰台路京丰宾馆九〇四号，大约住到十二月十四日，以后换地方再住几天。

《爱情三部曲》印单行本我不同意，一年前吧人文要印单行本，我拒绝了。《憩园》印单行本我不反对。我正在校阅这本书。

别的下次谈。祝

好！

芾　甘
（十一月）卅日

问候秀涓和大家。

爹：

您在北京给我的信收到。因为没有很特别的事，所以没有写信打扰您。今天接到您寄来的《选集》第五卷修订稿。

健吾和罗荪同志来信，都说您感冒了。不知现在好了没有？我这两月上全班，而且较忙，好在经过疗养，身体尚能对付。很久没通信，十分想念。

问全家亲人好，并祝

新年好！

李　致

八一年除夕

1982年

李致：

信收到。《快乐王子集》样书也看到了，希望早把赠书寄来。我上月廿四日从北京回来，身体一直不大好，杂事又多，因此未给你写信。

《选集》九、十卷在编选中。

《探索集》已由人文印出来了。《随想》第三集准备今年上半年编成。

祝

好！

芾甘

（一月）十四日

问候秀涓和大家。

你决定不做"出版商"，很好！但要小心，不能做"出版官"啊！又及

爹：

请您看看《探索与回忆》的《目录》：

（一）几个大类，这样分行不行？

（二）每个大类的文章，按时间先后排。

（三）《怀念鲁迅先生》放在哪一大类？

（四）有无遗漏？

请尽快告诉我。

李　致
一月十五日上

李致：

信收到。近作（三）目录改正寄回，我看不会有遗漏了，《怀念鲁迅先生》是去年写的随想录的最后一篇，在《大公报》发表时，他们替我删去了三段，但《收获》发表的是全文。随想录还有两篇，刚写成，这是下一本的事，不必管它。

祝

好！

芾　甘
（一月）廿日

还有一篇《光明日报》本年元旦发表的《向中青年作家致意》，等我过两天找出来修改后寄给你们。　又及

爹：

刚才，徐靖同志来找我，说还差一篇《〈胡絜青画册〉前言》。请国煣抄一份给我们，谢谢。

问全家亲人好！并祝

春节愉快！

李　致
一月二十日上

李致：

　　前信想已收到。所说的那篇短文已经找出，改了几个字，现在寄给你，请编入近作（三）。稿齐了。

　　近作（三）的稿费就照我某一信中所说，捐赠给中国现代文学馆。

　　祝

春节愉快！

　　　　　　　　　　　　　　　　　　　　　芾　甘

　　　　　　　　　　　　　　　　　　　（一月）廿二日

　　问候秀涓，问候大家！

爹：

　　二十日来信收到，真快。

　　《〈胡絜青画册〉前言》，徐靖同志已找到，不请国燦抄寄了。现在只差《光明日报》元旦那篇，请快点寄我们。

　　问全家亲人好！并祝

春节愉快！

　　　　　　　　　　　　　　　　　　　　　李　致

　　　　　　　　　　　　　　　　　　　一月二十二日上

李致：

　　两信都收到。

　　关于两件事情，我的答复是：

　　一、那两个字是涂掉了的。

　　二、日期是八一年十二月。

　　还有几件事：

一、《红与黑》等书收到。

二、《选集》最后两卷二、三月交稿。

三、《快乐王子集》寄一百五十册来，我可以付购书费。

余后谈。祝

好！

问候秀涓。

芾甘

（一月）卅日

李致：

信收到。豆豉等也送到了。送东西来的人没有进来坐坐，因此我未见到，无法致谢。最近我又患感冒，身体不好，但工作未停。选集九卷已编成。昨天航挂寄出。今天开始编十卷，本周内可以编好，还要写篇后记，就"大功告成"了。我年纪大了，工作做得快，就不免草率，你收到九卷原稿后，请核对一下看有无遗漏。还有，请把《随想录选》中一篇"附录"《我和文学》抽出来，留着放在十卷的最后（我会在第十卷目录中安排好）。《红与黑》收到了。别话后谈。祝

好！

芾甘

二月九日

问候秀涓和大家。

李致：

今天早晨用航挂邮件寄去《选集》第十卷原稿，请你替我核对一下，看有没有遗漏或错误，因为我自己的工作有些草率。

上次信中说过：从九卷原稿中抽去《我和文学》。现在请你们把这篇文章编在十卷卷末，作为本卷的附录。

还差一篇选集的后记，我正在写，不久可以寄出。

今天寄出的原稿中，《回忆录》这部分内差一篇《关于〈寒夜〉》。我知道《近作三》里面有这篇文章，请你们复印一份补上吧。

《快乐王子集》邮件领取单已送来，共八件，还要等小棠、小祝他们去取书。

　　祝

好！

芾 甘

二月十一日

李致：

有两件事找你代办：

一、给我找三本或四本《中篇小说选》上册寄来，我可以寄还书款。我目前需要上册。

二、短稿一篇，请补入《近作三》，排在《向中青年作家致意》前面。以后再没有可补的了。今年写了四五篇《随想》，不编进去。

选集十卷稿已寄出。后记在写作中，一周后或可寄上。我身体仍不好，感冒未愈。

　　祝

好！

芾 甘

（二月）十二日

问候秀涓和大家。

《快乐王子集》今天可以取到。

李致：

《后记》写好寄上，请复印一份后把原稿退给我，我打算寄给《读书》，他们要发表它。

《快乐王子集》收到。《再记》中讲到的插图未用，只好算了。

祝

好！

芾 甘

（二月）十五夜

问候秀涓和大家。

爹：

十五日来信和《后记》收到。

《选集》十卷收到以后，我很激动。尽管两次电话，说的都是具体事情。刚才读完《后记》，我更理解您的心情。您说："我严肃地进行这次编辑的工作，我把它当成我的'后事'之一，我要按照自己的意思做好它。"正因为这样，出版社将力争在年内出齐，让您明年回四川能看见它。我将从头到尾，过问每一个环节，尽最大努力减少差错。《后记》复印后即寄回。在《读书》上发表时，请注明《选集》将由四川人民出版社出版，以便起一点宣传作用。

说到您明年回川，大家都抱着极为热切的期望。昨天，我去看了邓天矞（她生病在床），卢伯伯也在那儿。邓天矞说："我恐怕等不到明年了，冬天难过。"卢伯伯说："你准备几支丙种球蛋白吧！"几位姐姐和再下一辈的，更盼望您一定回来。

您休息了一段时间，好吗？我想上半年来上海一次。五月行吗？我不会增加您的负担。

问全家亲人好！祝您
健康！

李　致
二月二十一日上

李致：

手稿和照片寄上，请保存，用后早日寄还。特别是照片。

这些东西我都要送给资料馆。照片不一定全用，不用的先还给我。照片安排由你们决定。手稿我安排了，但用哪一张，或两张都用，请你们决定吧。

祝

好！

芾　甘
（二月）廿二日

问候秀涓和大家。

李致：

我身体不好。本来有人要我去日本开会，我推掉了，我需要在家休息和锻炼。打算四月中去杭州休息一星期。五月份你来上海，我在家。

芾　甘
（二月）廿七日

爹：

您寄来的照片、手迹，以及有关《后记》的回答，全收到了。用后，将立即寄回，请放心。

承印《选集》的重庆新华印刷厂，今日已派人来拿书稿。我们将力争在年内把十卷全部出齐，当然可能有困难。我准备在四月去重庆了解印制情况，五月到上海、北京。您去杭州，最好多休息一段时间，千万不要因为我五月到上海，又赶回来。如果您没回上海，我就到杭州看您，顺便也可休息几天。

　　我最近很忙，常拉肚子，感冒，但无法休息。后天要去乐山，到农村调查一下农村读物情况。

　　问全家亲人好，祝您

健康！

李　致
三月三日上

爹：

　　昨天，重庆新华印刷厂把《选集》十卷的书稿拿走了。自贡新华印刷厂送来《探索与回忆》的校样，我看了大样，改正了几处排误。

　　手迹上，有两个问题：

　　一、《鬼》的手稿，究竟是三四年，还是三五年？

　　二、《忆个旧》的手稿没有时间，能回忆起来吗？

　　问全家亲人好，祝您

健康！

李　致
三月五日上

李致：

五日来信收到。先回答两个问题：

一、《鬼》是一九三五年在横滨写的。

二、《忆个旧》是一九六〇年五月初在杭州写的。

此外，黄源托我办一件事，我把他的信转给你，我不表示意见，你"公事公办"吧。祝

好！

芾甘

三月七日

问候秀涓和大家。

李致：

收到你们寄来的屠氏集稿酬四百多元。以后不要再给我寄稿费了。今后所有我的著译的稿酬，新出的书如《回忆与探索》和十卷本《选集》的全部稿费一律赠现代文学馆，已出各书如有再版的机会，稿费也送给文学馆（萧珊的译著也包括在内）。以后请一定照办。

我身体仍不好，下月中旬去杭州休息。五月我在上海，你来时给我带点花生酥来，九姑妈要花椒油。

祝

好！

芾甘

三月十五日

问候秀涓和大家。

李致：

　　信都收到。我十九日去杭州，小林同行，三十日回上海。

　　花生酥收到了。你五月来上海，给我带六本屠氏集来。《近作》三如印出，也要几本。

　　人文要重印《爱情三部曲》，来信征求意见，我已拒绝，我说该书在四川也不另印单行本。

　　《近作》三的稿酬也捐赠资料馆，请直接汇寄"北京沙滩中国作家协会巴金"，注明"供文学馆专用"。这是文学馆筹委会的意思。

　　祝
好！

芾　甘
四月十六日

爹：

　　前寄一信，想已收到。

　　昨晚（十九日）我专为中国科学院武汉数学物理研究所潘光奎事，去看望了胡克实。不巧他生病住院，没有见着。我把潘光奎给您的信（附我给克实同志的信）交克实同志的夫人（于今同志），请她转克实同志。我在信上说，如情况属实，请科学院帮助解决；如经费有困难，巴金同志可资助人民币。研究结果，请他的秘书写信告诉我。

　　专此禀报，祝您
健康！

李　致
五月二十日晨上

李致：

　　信书都收到，我满意。另一信请转交你社杨莆①同志。我生的囊肿两周前化脓，施了小手术，隔一天换一次药，已渐好。你不用为我担心，你得注意自己的健康。替我问候大家。

　　祝

好！

芾 甘
六·一

　　秀涓均此。

李致：

　　这封信讲两件事：

　　一、家宝说，他的小女儿万欢要去成都旅行，他写了介绍信，万欢如去找你，望你给她解决住处。

　　二、杨苡要买两本书，望你代购，托出版社寄去，书款由我还给你。

　　照片找到寄给你。

　　祝

好！

芾 甘
二十二日

　　问候秀涓和大家。

---

①　杨莆：诗人。时为四川人民出版社二编室（文艺编辑室）副主任。

李致：

　　家宝已开始在上海重写《桥》，需要四川（特别是重庆）哥老会的材料，请你给他找一点寄去。

　　还有，从前成都出版的《蜀籁》能为他找到一本吗？

　　祝

好！

芾　甘
（六月）廿五日

《探索与回忆》能给我再寄八册来吗？

　　又及

爹：

　　您给我的两封短信都收到。

　　曹禺叔要的材料，文艺编室已在为他收撷。但能否满足他的需要，很难说。《蜀籁》是四川出版的，最近打算再版。

　　我寄给您伯伯的四封信，托李舒带给您的照片原件和翻拍片，是否都收到？请一定回封信，以免我悬念。翻拍费用，等算出来以后，再寄发票给您。照片一共四份，两份寄您，我留一份，一份将来送成都市。

　　《探索与回忆》的压膜本，社里没有多少了。我把留在我这儿的寄出八本给您。

　　昨天接萧乾同志来信，他非常称赞这本书的封面，说："太好了，实应得奖。"还说要向小林讨一本。我怕您那儿不够，已直接寄了一本送他。

　　我想要一本上海影印的《人物大辞典》，请国烊妹帮忙寄给我，行吗？

我的眼病大有好转。如无反复，只需一段恢复时间就行了。请放心。

问全家亲人好，祝您

健康！

李 致

六月二十七日上

李致：

有人翻译了一本小说《暗店街》（当代法国作家的作品），要我介绍给你们出版社。现在把译者送来的材料转寄你们，请你们考虑决定，公事公办。我照你们的意思回答译者。

我的疮已治好，但身体还是不好，需要休息，更需要锻炼。

补寄的照片收到。

别的话下次谈。

祝

好！

芾 甘

（七月）十八日

问候秀涓和大家。

花城出版的《序跋集》装帧不错，可参考。 又及

转来王韦①同志寄赠的徐攀②的照片和有关材料都收到，请代我谢谢她。我翻了一下材料，也很难过。 再及

---

① 王韦：公安部离休干部。
② 徐攀：王韦的女儿，时为北京大学学生。

李致：

　　昨天寄上一信，想已收到。

　　有一件事要提醒你：《探索与回忆》的稿费我已捐赠给现代文学馆，不知你们汇去没有？汇款地址如下：

　　北京沙滩二号　中国作家协会　巴金

　　小林有一信给你。

　　祝

好！

　　　　　　　　　　　　　　　　　　　　芾　甘

　　　　　　　　　　　　　　　　　　　（七月）二十日

　　任白戈同志去青岛过上海，今天上午来我家谈了一阵。

　　问候秀涓和大家。又及

李致：

　　今天上午寄出一信，下午就收到中国现代文学馆筹委会来信，说《探索与回忆》稿费1590.50元汇到北京了。所以再发一信告知你，并向出版社的同志们表示谢意。《选集》的稿费以后仍请寄北京。《黑桃皇后及其他》就不要稿费了。

　　祝

好！

　　　　　　　　　　　　　　　　　　　　芾　甘

　　　　　　　　　　　　　　　　　　　七月二十一日

问候秀涓和大家！

李致：

  现在把复印的信和明信片①寄给你，收到后给我一信。《序跋集》已寄出，日内当可收到。

（七月）芾　甘

李致：

  我身体还是不好，杂事多，很感疲劳。正在看《论创作》的校样。随想寄上二则，以后再寄。目前没有时间写文章。

  祝

好！

芾　甘
（八月）七日

问候秀涓。

李致：

  张乐平②来，要我告诉你两件事：

  一、他要去昆明开画展，九月中将去成都，届时会去找你。

  二、他打算把《三毛从军记》修订后交给四川出版。

  我还好。小棠有事到广西去了。

---

① 指巴金的大哥李尧枚于20世纪20年代写给巴金的信和明信片。
② 张乐平：漫画家，曾以三毛为题出版多种画册，如《三毛流浪记》。

祝
好！

　　　　　　　　　　　　　芾　甘
　　　　　　　　　　　　（八月）十九日
问候秀涓和大家

爹：
　　十七日来信收到。
　　我已给张乐平同志发了电报，感谢他把《从军记》交四川出版，并欢迎他去云南时在四川逗留。
　　《重庆日报》萧鸣锵同志准备来上海采访您。如限制一下时间（不超过两小时），可否同意？我一定尊重您的意见。
　　问全家亲人好，祝您
健康！

　　　　　　　　　　　　　李　致
　　　　　　　　　　　　八月二十五日上

李致：
　　信收到。报社同志来找我，只要不超过两小时是可以同意的。我身体不好，坐久了吃不消。
　　祝
好！

　　　　　　　　　　　　　芾　甘
　　　　　　　　　　　　（八月）廿八日
问候秀涓和大家！

153

爹：

　　我社黄汉庭同志明天去上海，请他给您带了两盒花生糖和一盒永川豆豉。我知道您喜欢吃花生酥，但没有买到，不知是什么原因，只有下次再说。

　　《屠格涅夫中短篇小说集》即将再版，印数为30740册。我们要改换内文用纸，力争消灭"夹心饼干"。

　　我已给《重庆日报》萧鸣锵同志去信，说如果限制在两小时，您会同意她去采访。我再三叮嘱，请她一定掌握时间。

　　以上是前几天写的，一忙又搁下了。还有几件事，现一时又想不起来，只好就此寄给您。

　　问全家亲人好，祝您
健康！

李　致
九月十二日上

李致：

　　信收到。我写字太吃力，因此随想录也不能多写了，你要看，就只有这两篇。以后大约每月一篇吧。

　　下月小林他们来，可以告诉你我的近况。

　　我明年或可返川，但现在不能决定，主要看今年冬天过得怎样。

　　再寄五本《探索与回忆》给我。

　　祝
好！

芾　甘
九月廿日

问候秀涓和大家！

爹：

寄上李国平给您的信。

我前年十一月去贵州，经贵州省出版局介绍，认识李国平。交谈以后，才知他属于大房。他比我大两岁，在贵州省外文书店工作。

我在回信时告诉他，您写字困难，平常少写信。他向您要书，以后我可以寄一些您在四川出的书给他。其实，以前已寄过几本。

您将争取明年回四川，大家听了都很高兴。我每年都可以到上海看您，但您的朋友（如卢伯伯、邓天矞）都经常盼望着您。还有张秀熟张老，也很想您回乡。

最近，您写《随想录》没有？

如果您找起来不困难，请把十卷本《后记》（在香港发的）寄给我。我要复印一份存档。

问全家亲人好，祝您健康！

李　致
九月二十日上

1983年

爹：

《巴选》（十卷集）已寄武康路五十套。一套一个塑料提包，便于您分赠别人。五十个塑料套早请人送到武康路。

国烨开来的名单，四川以外的已全部寄走（有塑料套）。省内的，重庆的刘□□氺无详细地址，另一个刘伦林也不知是谁，无法寄出。其余的将在近日全部寄出。

以上共九十三套。

出版社送您平装样书一百套。除以上共九十三套，我估计还得买二十套到五十套。因为任白戈、张秀熟同志得送，家里的一些人要送，印刷厂、发行所也还要送一点。如您同意买二十套，费用将在稿费上扣除。

我已给曹禺同志送了一套。

国烨开的名单中，没有采臣叔和三姐。我意，由出版社寄，减少你们的麻烦。

您有什么意见，请口授，请国烨或李舒转告我。

问全家亲人好，祝您

健康！

李 致

一月二十七日上

爹：

　　李舒从上海回来，详细讲了您的情况。我们都认为总的情况是好的，您不要过急，总得有一个逐步恢复的过程。

　　张秀熟、艾芜两老，知道您打算下半年回来，很高兴。他们想邀您一起去九寨沟玩。当然得看您的实际情况，我只是转达他们的心意。

　　《选集》第九卷，目录上缺了一篇，主要是我的责任。您委托我仔细检查一遍，我竟疏忽了。我向您检讨自己的过失。与小林通话的第二天，即与新华印刷厂联系。目前还有几万册没印完，有一部分装订好但没出厂。已通知他们重印，没出厂的改印后再发。小林说，您要她不告诉我，这使我很受感动。但不告诉我，怎么能改正错误呢？所以我也感谢小林。

　　向全家亲人祝贺春节！

　　向万叔叔和李阿姨祝贺春节！

　　祝您
健康、愉快、长寿

李　致
二月十四日上

爹：

　　寄上两封信：

　　一封是王韦同志给您的；

　　一封是艾晓明同志给我的。她提的问题，我回答不了，所以寄给您看看。

　　问全家亲人好，祝您
健康！

李　致
三月一日上

爹：

　　我上月三十号到重庆去了一趟，《选集》精装本估计五月初能装出。请告法国总统到沪的确切时间，以便及时送到。"收获丛书"下月亦能出版。

　　少儿出版社负责人去上海，张乐平同志两次谈到想请您为他在四川出版的画册写几句话，他表示还要亲自找您，但又要我一定先给您说一声。

　　省里提出振兴川剧，并拟在五月下旬调演。这一两个月，我主要抓这件事。如有成效，下半年可能去北京、上海演出。按过去常规，五月份我一般要到上海，可惜现在不行了。

　　有关问题，请小林或国烁给我一信。

　　问全家亲人好，祝您

健康！

李　致
四月九日上

爹：

　　您托李舒带回的信收到。

　　您的字写得比以前大多了，足以证明治疗的效果。

　　《选集》的稿费寄了三次。最后一次是一月六日寄去的，没有被退回来。详情请见责编给我的信。

　　万里副总理到成都，他要您的《选集》。他夫人边涛年轻时就喜欢读您的书。他们约我去谈一次，月底前可去。

　　这两个月，部里开始整党，最近在对照检查，还得兼顾工作，很忙。

祝您和全家亲人

安好！

李　致
四月二十四日上

李子云的评论集已发稿，请小林转告她。

谢谢国烁代您寄书给我。《沈从文选集》和《郁达夫选集》各有十二卷，目前仅各收到七卷。还得请她关心，书来了就寄我。

四川少年儿童出版社出您的《童年的回忆》，他们问稿酬怎么办？

又及

爹：

为了保证您能送法国总统的书，重庆新华厂按期完成装订任务。出版社特派魏玉冰同志给您送来。我们已为她在上海找到住处，不麻烦小林了。

同时，带上花生酥五盒，云沱五坨。

另一本《选集》第一卷，请您给我签名。香港版《沈从文选集》和《郁达夫选集》，如三、四卷已到，可请小魏带给我。

祝您和全家亲人

安好！

李　致
四月三十日上

李致：

十八日信收到。

《奔腾激流》①看过，只能说是替我树碑立传，我总觉得缺少点血肉。有一个镜头必须取消：毛主席接见的画面，画得不好，那些话也非主席原话。作为保留节目也可以，但希望随时作些补充。

《雾雨电》印单行本，去年初人文提过，我不同意，他们虽已发过征订目录，也就作罢了。我看他们不会出单行本，我也不主张四川印单行本。

陈沂要《选集》还是由你寄去吧。我对他说过你们送，我就不送了。

我身体不好，行动不便，写字吃力，不写了。

沈、郁文集②共四册已寄出。

祝

好！

芾甘

（六月）二十一日

问候秀涓和大家。

爹：

您的《散文选》（精装本）和《真话集》收到，谢谢。

《真话集》印得太少，只有等《近作》（四）③出版时再多印一些。向我要《真话集》的人甚多，能否再寄我几本？

《奔腾的激流》将按您的意见逐渐充实。送陈沂同志的《选集》，由我们寄给他好了。

我忙。前一段身体还可以，但最近又发了一次心绞痛。很想到

---

① 《奔腾激流》：即《奔腾的激流》，四川电视台所拍有关巴金的专题片。
② 沈、郁文集：指沈从文和郁达夫的文集。
③ 《近作》（四）：后叫《心里话》。

上海看您，但又走不掉。

祝您和全家亲人

安好！

李　致

六月三十日上

我到宣传部后，出差大不如在出版社方便。一是工作忙，二是出差费用控制很严。我准备吃咸菜，存点钱，以便来看您。

又及

李致：

书在查，我看不会掉。即使遗失，还可设法补齐。遗址①事，我问过济生，他说不会是英领馆②。照我的意思，以后不用提了。只要双眼井在，我回川还可以找到旧时的脚印。你不用吃咸菜要是我不能回川，我就请你来上海，你买飞机票，实报实销吧。

文章两篇寄给你，但不用给别人看。

我已见到李斧。

祝

好！

芾　甘

四日

问候秀涓和大家。

---

① 遗址：指巴金故居的地址。
② 英领馆：指过去英国驻成都的领事馆。

李致：

信收到。书已找邮局去查，我看不一定遗失。

十一月大会我不能参加，因为行动困难。除了写两篇随想外，什么事都做不了。

祁鸣①最近未来，他也忙。照片会有的，不必急。李斧来，谈了两次，懂得年轻人的想法。你来上海当然欢迎。《散文诗》一时不会搞，我要搞的东西太多。身体差。

小棠明天结婚，后天去青岛旅行。

祝

好！

芾 甘

（八月）十九日

问候秀涓和大家。

爹：

请李舒寄给您的剪报，收到了吧？

最近，洗了几张照片，现寄上。我们两人照这张，在五六年冬②。伯伯（我父亲）抱着我照的这张，在一九三〇年。伯伯和四个姐姐照那张，大概在一九二九年初。

我大约在二十日去北京（参加振兴川剧晋京演出），在北京待到十月底。

祝您和全家亲人

安好！

李 致

九月三日上

---

① 祁鸣：上海电视台记者。
② 此处误记，应为1955年春。

李致：

　　寄上剪报供你参考。

　　李斧信收到，请转告他，会为他写字的。

　　祝

好！

芾　甘
（九月）三日

李致：

　　信收到。谢谢你寄来的照片。

　　你将带剧团赴京，祝你成功。

　　选集的稿费是否已寄北京文学馆？请催问一下。

　　国环①来信说有事找你帮忙，要我说句话。公事我无讲话资格。在可能范围内你会关心她的。

　　送李斧笔记本一册，上面我写了两句话。

　　祝

好！

芾　甘
（九月）九日

　　问候大家！在陈晓明处看到你们的照片。

爹：

　　我二十二日到达北京。

　　二十五日，罗荪同志从上海回来。他告诉我有关您的情况。您

---

① 国环：巴金的侄女。

将先去杭州小憩，再进华东医院，然后去广州休息。

我们二十三日在京举行了记者招待会，先演出了魏明伦①、南国的《巴山秀才》。首场演出，周扬、阳翰笙、朱穆之、丁玲、艾青、曹禺、王朝闻、罗荪、胡绩伟等同志来看了。第二天，邓力群同志来看，除表示感谢与祝贺外，还希望多在首都演几场。国庆节晚上，文化部安排我们在人大会场的小礼堂演出。继《巴山秀才》后，还将演出《绣襦记》等戏。邓力群要各剧种学习振兴川剧的经验。昨天北京市文化局邀我去介绍了有关情况。这些都是对我们的鼓励。以上情况，有便请告诉济叔。

很忙，但我身体尚好。

祝您和全家亲人

安好！

李　致

九月三十日上

爹：

您大概已从杭州回沪了吧？

我们在京演出《巴山秀才》和《绣襦记》，老艺人和中青年演员还分别演了折子戏。小平同志在人大小礼堂看了老艺人的折子戏，很高兴。有一天，卓琳同志来看我们，有同志谈到您很久没回四川，卓琳同志说"请巴老回四川看看嘛"。

四川已出《沈从文选集》（五卷本）。我想去看看沈老，但忘了他的地址。请您告诉我。我现住北京北太平庄远望楼宾馆八十号。我将在月底返川。

---

① 魏明伦：剧作家、杂文家、辞赋家。

您什么时候去华东医院？这次去治疗，请一定安心。全国作协四次代表大会，听说要延到明年召开。

祝您和全家亲人

安好！

李　致
十月十七日上

李致：

我第二次住院将近一月，病情略有好转。

托你办一件事：代问出版社：十卷本选集的稿费给现代文学馆汇去没有？汇款地址：北京沙滩中国作家协会巴金。注明"捐赠现代文学馆"。

上次遗失的书找到没有？

《巴山秀才》和《易胆大》①的录像我都看到了，不错。

我一直住在医院里，这次住北楼，比较清静，算是把生日躲过了。

祝

好！

芾　甘
十月廿二日

问候秀涓和大家。

李致：

信收到。你查一下《选集》稿费是否已经汇出，我希望能早把

---

① 《巴山秀才》和《易胆大》：均系魏明伦编剧的川剧。

这事办妥，并回我一信。

我自己也不知道还要在医院住多久。一直到现在还在观察服药的反应。很可能还得在医院过春节。

沈、郁文集六卷已到，我已同国烁讲好，下星期内挂号寄出。

井上靖他们请我明年五月去东京出席国际笔会，讲了几次，我不便拒绝，答应了。今天同医生谈过，说是没有问题，还可以带药去。

你的身体也得注意，不要过劳。

祝

好！

芾　甘

（十二月）二十三日

问候秀涓。问候大家。

1984年

李致：

　　信早收到。近来事情相当多。写字仍不便。

　　书三十套收到。

　　张老①的好意，我很感谢。关于那几件事回答如下：一、去东京是为了酬答日本朋友的友情，井上靖先生"三顾茅庐"，我不能一口拒绝；二、去九寨沟我已无勇气和体力，沙汀兄卧病北京，恐也无此豪兴；三、今年大概不会返川，估计会在医院度过生日。万一健康情况有好转，我还得去北京出席一次全国政协的主席会议。

　　别话后谈。祝

好！

　　　　　　　　　　　　　　　　　　　　　芾甘

　　　　　　　　　　　　　　　　　　　　　三月三日

　　问候秀涓和大家。

李致：

　　李舒返川，托他带这封信给你。外照片一张。

---

① 张老：张秀熟，巴金的朋友，他曾多次邀请巴金及沙汀等共游九寨沟。

汇款究竟北京收到没有？请查一下。北京说没有收到。

郁达夫集第七卷李舒带去。《论创作》请转张老。

《老家》一篇发表不久，给你看看。

祝

好！

芾 甘
四月一日

问候大家。

李致：

信收到。我九日赴日，二十二日返沪。身体不怎么好，但总会应付过去。

《选集》稿费我叫国烁去信作协请他们查，同时也请你们出版社查，总得把这笔钱查出来。文学馆至今未收到，钱还没有着落，如不追查，可能就此消失。

《童年的回忆》稿费请通知他们汇寄北京现代文学馆。汇款办法由国烁告诉你。

从日本回来后再给你写信。

祝

好！

芾 甘
五月二日

问候秀涓和大家。

《童年回忆》52页注：李金庸号皖云是李镛号浣云之误。

李致：

　　我已返沪。在日本住了两个星期，情况还好，现在开始感到疲劳，需要休息。暂时不住进医院。

　　选集稿费文学馆来信已经查到了，请转告出版社。

　　祝

好！

芾甘

五月卅一日

问候秀涓和大家。

爹：

　　您的信和照片都收到。

　　有一件事求您帮助。马小弥在您的鼓励下，翻译了《双城记》。四川人民出版社翻译室看完译稿后，不同意出版。责任编辑提了审读意见，我不懂英语，无法判断。我又怕责编提的意见不准确，影响小弥的积极性，所以想请您看看审读意见。好在意见不长。如果您没有精力，请国烊尽快把意见挂号寄给我，以便另找别人。

　　省委负责同志看了文联反映的情况（前寄给您）以后，很重视，要文化厅和文联提出方案。看来，这一次比过去要多点希望。

　　我这一月，大多数时间在地县跑。先后去了达县、平昌、巴中、南充、内江、德阳等地。主要是看当地的川戏，顺便也看有关文物。天热，也没办法。

　　问全家亲人好，祝您

健康！

李致

七月二十九日上

李致：

　　信收到，我身体并不好，不过也不太坏。现在需要好好休息。因此今年九月不回四川了。我对白戈同志说，明年回成都小住（春天或秋天），明年见吧。

　　寄两张照片给你。

　　祝

好！

芾　甘
（八月）二十二日

问候大家。

1985年

李致：

　　信早收到，我写信困难，故未回信。《病中集》可以寄几本给你，但港版已早送完，北京版听说已印好，却一直不见寄来，就这样一天一天地拖下去。沙汀和翰老来信约我六月去四川，我回信说我目前还不能下定决心，我当然想走一趟，可是我身体太差，估计对付不了这样一次旅行，特别是参加讨论会。我劝他们不用等我。你知道我现在就怕开会，更怕开和自己有关的会，无论是批判会或是"学术讨论会"。王韦同志那里我要寄书去，或者寄给你转去也行。从香港回来写过四篇文章，弄得筋疲力尽，不多写了。

　　余后谈。祝

好！

芾　甘
元月廿三日

问候秀涓。

李致：

　　信收到。

　　《近作》四大部分原稿寄上，由你编辑。（另封挂号寄出）

　　目录上打了红圈的七篇过两天补寄。其中选集后记和《论创作》序两篇你那里有，就由你复制吧。

　　祝

好！

芾甘

（二月）十一日

　　问候秀涓

李致：

　　第二次寄稿四篇。尚缺三篇中《论创作》序和十卷本《选集》后记两篇，你在成都复印吧；至于《愿化泥土》后记，俟找到后补寄，这一篇很短，不过三四百字，在香港文汇报附［副］刊发表过。

　　祝

你们全家春节快乐！

芾甘

（二月）十五日

李致：

　　寄上《愿化泥土·前记》一页，《近作四》的稿子齐了。

　　我说过《论创作》序和"十卷本选集"后记由你们复印。

　　祝

好！

问候秀涓和大家。

芾 甘
二月廿五日

李致：

信收到。新疆有个亲戚（萧珊的外甥女）问我要一套十卷本选集，我在这里买不到，现在把她的地址抄给你，希望能替我买一部寄去，书款多少，我下次汇还。

近作（四）用什么书名，你决定吧，我不想花费脑筋了。

《病中集》人文版已出，但至今未到，书寄到后会给你寄几本去。

祝

好！

芾 甘
三月四日

问候秀涓和大家。

李致：

我来京开会，大约八、九日返沪。听说你十日左右去上海，请你设法代我买两套平装本选集。

余后谈。祝

好！

芾 甘
四月二日

问候秀涓和大家！

173

1986年

爹：

您好！

先把您交办的事报告如下：

一月三日，我即把您送邓天裔的年历送去。遇卢伯伯（即卢剑波），他说邓天裔住院。我先后到医院看过邓天裔三次，最后一次在大年三十。二月十三日，邓天裔逝世。昨天（十六日）与遗体告别。卢伯伯说给您发了电报。因你们是好朋友，我代您送了花圈。没先请示，只有事后报告。① 送舒元卉（优秀川剧演员）的书已在一月上旬交给她，她很高兴。她同意我的建议，认为送书比送糖好。看来，我和她均属"清高党"的。

您送国材的钱，因李舒没打听到他的地址，所以拖延了一些时间。春节前，已托七叔转给他。

您在四川出书的稿费，经我解释和说服，已同意全部交出版工作者协会，作为"优秀编辑奖"②基金。请您放心。

四川电视台在春节前播送了您的录像。许多人问我您今年几时回来？我也说不清。

---

① 李致认为这是他唯一主动代表巴老做的事。
② 我们原打算设"巴金编辑奖"，但巴老不赞成。

寄上照片两张。

祝您和全家亲人

春节快乐！

李　致
二月十七日上

爹：

四月从上海回四川。除忙于机关工作外，五月下旬去广州、深圳、珠海等地，约十天；这月一号又去吉林，昨天（十九号）才从北京回到成都。

我很想念您。有一天晚上打电话，小林说您已上楼睡觉，便没有惊动您。其实，我很想听见您的声音，和您讲几句话。当然，要听您的声音，可以听约一小时的谈话录音。录音质量和效果很好，这是我四月到上海的一大收获。当时，我请陈彦为您拍了一些照片，现请李芹带上一本，以资留念。

您建议成立"文革"博物馆，已引起广泛影响。十八日下午，张爱萍同志约我去他家，他要我写信给您，说他支持您的建议。当天，去范用同志家，他说他和一些同志已开始在出版方面注意这方面的情况（这句话未说清楚，也记不清了）。

您的《译文集》，四川仍想出版。您说过，只要我抓，您同意。能否就这样定下来，以便我和出版社商议。

祝您和全家亲人

安康！

李　致
七月二十日上

爹：

　　李芹回成都，交给我您送的塑料照片架①。我十分高兴。因为飞机晚点，李芹回家已在深夜两点半。为研究把照片架放在什么位置，弄来弄去，以至三时多，吃了四粒安定，才继续入睡。

　　您在四川出版书的稿费，除捐现代文学馆的之外，尚存一万多元。现已由人民社、文艺社（《心里话》）分别转给省出版工作者协会，作为奖励基金。川报为此发了消息，出版协会将给您回信。此事完全办妥，请放心。

　　《心里话》，从编辑上讲，我是认真的，但纸张不好，印刷质量差，背脊上的字看不清。我已提出意见，请文艺社再版时改正。我对您表示歉意。不过，《译文集》给四川，我一定自己抓（先把这个要求讲好），请您同意。

　　张秀熟同志六月二十一日给您一信，您收到没有？他盼望您的回信。昨天他儿子来问，现将底稿寄上。

　　问全家亲人好，祝您

健康！

　　　　　　　　　　　　　　　　　　李　致

　　　　　　　　　　　　　　　　　八月四日上

李致：

　　信收到。给张老②的回信已寄出。

　　《译文集》的事现在不能谈，因为（一）前些时候校改的十本小书原稿都在三联，那是为他们编的；（二）"自传"等书还需要

────────
① 照片架：指有巴金头像的大像架。
② 张老：张秀熟。

修改，我一两年内绝不愿拿笔，我太疲劳了。王仰晨①也提过《译文集》的事，以后再说吧。

  祝
好！

芾 甘
八月十二

问候秀涓。

李致：

  信悉。我太累，只能写短信，谈那两件事：

  一、《译文集》，明后年再考虑吧。我现在无精力改稿，交给三联的十种书，又不知何时印出，手边连底稿也没有。

  二、《憩园》稿费不论多少，请代捐赠北京现代文学馆（信箱八一〇一）。

  三、《日记》怎样，以后再考虑。

  祝
好！

芾 甘
卅日

问候秀涓和大家。

爹：

  我知道您写字困难，便想直接和您通话，听听您的声音。但您听力又不好，不知是暂时的，还是听力衰退？甚念。

---

① 王仰晨：巴金朋友，人民文学出版社编审。

《随想录》写完了，报纸给了应有的评价。请尽快把《无题集》寄给我们，以便出《近作》（五）。您放心，我们不会（也不可能）出在香港三联以前①，但也不能拖得过久。四川文艺社拟再版《近作》（二）《探索与回忆》《心里话》。

　　半月前，张秀熟同志邀沙汀、艾芜、马识途同志和我在文殊院吃素席。照了几张相，现寄上两张。

　　问全家亲人好，祝您
健康！

李　致
十月一日上

李致：

　　我这几个月身体很不好，大概编写《随想录》太疲劳，快到了"心力衰竭"的地步。最明显的是听力衰退，所以无法接电话，同你交谈。

　　我六日将去杭州休息七至十天，十六日回上海。我有好些话要对你说，以后再写吧。

　　我想谈谈故居的事，一直没有工夫写出来。我的意思就是：不要重建我的故居，不要花国家的钱搞我的纪念。旅游局搞什么花园，我不发表意见，那是做生意，可能不会白花钱。但是关于我本人，我的一切都不值得宣传，表扬。只有极少数几本作品还可以流传一段时期，我的作品存在，我心里的火就不会熄灭。这就够了。我不愿意让人记住我的名字，只要有时重印一两本我的作品，我就满意了。

　　别的以后再谈吧。

———————
① 巴金重视职业道德，一贯强调遵守诺言。

祝

好!

巴　金
十月三日

问候秀涓。

李致：

我耳病未愈，无法跟你通电话，否则就用不着写信了。写信在我是件苦事。但不写信又怎么办？你知道我的想法吗？我准备写封长信谈谈我对"故居"的意见（也就是说我不赞成花国家的钱重建故居），以为在杭州可以写成。想不到十一天中一字也未写，因为没有精力，也没有时间。回到上海更没有办法。现在把第五卷的后记寄给你，你不妨多想想我那句话的意思："我必须用最后的言行证明我不是盗名欺世的骗子。"

近作（五）明年发稿也行，因为这两年半我就只写了一本《无题集》，不便用两个书名同时在两地印行。而且大半年来我身体差、精力不够，不可能一时找齐全部三十篇的剪报寄给你。目前我的打算是这样：

一、年底或明年一月寄给你《无题集》全稿。

二、如果健康有时间，病情又好转，我要写封信谈谈有关《随想录》的一些事情。

培伯①来过一封信，讲到为吕千②平反的事。这关系到他们子女的前途，的确很重要。她把她送给省市委的申诉书复印本也寄来

---

① 培伯：任培伯，原成都市第六中学教师。

② 吕千：张履谦，任培伯的丈夫，原四川大学教授。新中国成立初期被错划为反革命。

了。你看要怎么办才好。落实政策嘛，应当为她帮点忙。

别的话下次谈。

祝

好！

芾　甘
廿一日

问候秀涓和大家。

李致：

给徐、龚①两位的信，请转交。

培伯事前信已讲过，这是落实政策的事。你看有什么办法早点解决这个问题，我倒愿意帮忙。你也应当出点力。她的信寄给你看看，看后还给我。

她要我给川大去信，我看不妥当。我凭什么去信？我跟川大毫无关系，他们不理，我也无办法。

希望你尽快回信。

祝

好！

芾　甘
廿二日

问候大家。

李致：

信收到。现在把培伯的"申诉书"转寄给你，你帮点忙替她呼

---

① 徐、龚：指徐靖、龚明德，时为四川文艺出版社编辑。

吁一下也好。她在第六中学，以后你可以直接跟她联系。当然我也会写信告诉她。

我在找《无题集》的剪报，一时找不到，连目录也忘记了。找到我会陆续寄给你。我的书房里很乱，找什么东西都困难。你能来谈谈，当然很好，不过要过了十一月，至少要在我的生日以后。明年年初也行。关于故居的事就这样说定了。不修复旧宅，不花国家的钱搞这样的纪念。印几本选集就够了。

出《随想录》合订本，我在八四年就答应三联了，不过我打算写的《后记》要一年后才给他们，因此我通知三联明年年底出版合订本。四川出版社就出"近作"吧。

祝

好！

芾 甘
卅日

问候秀涓和大家。

爹：

我出差到武汉，有时间给您写信。您近来是否还很疲劳？多休息，多散步。

您二十一日的信收到，比二十二日的信迟到一天。

任培伯同志的事（关于她丈夫张履谦平反事），等我收到她的申请书，我会积极去办。这几年，谁找我走后门，如重新安排子女之类，我一般不干。但落实政策之类的事，我乐意为别人效劳。

四川诗书画院要在上海举办展览，要我参加开幕式。如到时（十一月下旬）没有很特殊的事，我可能来上海。如能赶上您的生日，那是再好不过的了。

我知道您还有些事要办，但您身体有困难。如果您有可委托我办的事，我愿为您办好。

我九号回成都。

问全家亲人好，祝您

健康！

李　致

十一月三日上

爹：

我十五日到北京参加对外友协全国理事会，将在二十二日回成都。平常很忙，开会对我，就是休息。也有时间给您写信。

上月到上海看见您，时逢您八十二岁生日，我感到非常高兴。您的确疲倦。预计您好好休息一段时候，体力会恢复。但您一定要认真休息，减少接待来访。小林那天对您的意见，我是赞同的。

照片正在加洗，洗好寄王仰晨同志。

我离开成都前，与省作协、文化厅的同志会面。您赠旧居的书画和其他东西，拟在明年三月前后，派人来取。不知您的意见如何？我也担心来晚了，东西赠其他单位，所剩不多了。

《无题集》出版后，请尽快寄我。

问全家亲人好，祝您

健康！

李　致

十二月十七日上

李致：

信收到。你应当回到成都了。我健康情况并无好转，仍感到十分疲劳，因为杂事多。港版《无题集》样书昨天寄来二册，今天航寄一册给你。此外还有未收集的三短文，过几天也给你寄去，你便可以编近作（五）了。

为旧居取资料，明年四、五月派人来最好，因为我整理东西，需要魏帆帮忙。

别话后谈。祝

好！

芾　甘
十二月廿七日

问候秀涓。

1987年

李致：

　　信早收到。我身体一直不好，动一下就感到十分疲劳，晚上也睡得不好，记忆力衰退。只是午觉睡得很好，忽然想起孔老夫子那句话："朽木不可雕也"，倒有点毛骨悚然。

　　陈晓明交来两张照片，要我转给你，现在寄出，已经迟了三个星期。

　　三篇文章找出来就给你。第二篇是《致青年作家》，发表在今年的《文艺报》上。第三篇是《给李济生的信》。

　　别的下次再谈。另一信请转给国煜。祝

好！

芾甘
一月十八日

问候秀涓。

爹：

您十八日来信收到。

我十日从北京回到成都。十六日去自贡看灯会，并和魏明伦讨论他准备新写的剧本，十九日返家。身体尚可，请放心。

您感到疲劳，我了解。我知道您有些事是必须办的，但"登山之道，在于徐行"，这是乐山乌尤寺一个石碑上的碑文。同时，还得坚持活动。一次不能多走，就"少吃多餐"。对您的健康，要估计得乐观一点。我去年见过您三次，有比较，不是"报喜不报忧"。

谢谢陈晓明为我们拍摄了照片。

最近一个月，有四五个人，问我是否有这样一件事：中央某负责人去看望您，您不见。该同志只好自圆其说："不干扰巴老写作。"然后带秘书走了。我答不知此事，但据我了解巴老的为人，他不会这样对待客人。

我可能五月去日本。如从上海出港，就可以来看望您。

问全家亲人好。

祝您

健康！

李 致

一月二十一日上

李致：

可惜我的听力不行，又错过了交谈的机会。有些事要找你商量，下半年再说吧。我已搁笔，现在心境倒还平静，估计还可以活两三年。这段时间当用来处理后事。所谓后事，除了把捐赠北京图书馆、现代文学馆、上海图书馆、黎明学园的图书资料全部交出外，还有全集和译文集二种，全集由王仰晨负责，译文集我自己在整理，有十本稿子已经交给董秀玉了。这最后两件事，大概都要你帮点忙，出点力。送四川方面的东西我也在准备，一是我的作品，二是照片。

以上的事两年中当可搞完，下次你来上海，当同你谈这些事。

任培伯的事情解决没有？我希望按照政策办事，你能帮忙早点解决。

祝

好！

芾甘

三月卅日

问候秀涓。

李致：

信收到。我写字、谈话均感吃力，但一天总得做点事。没有办法，因为只有我说的、做的、写的才是我自己要说的、要做的、要写的，通过了别人的嘴和手那就不合我的本意了。济生月底可到成都，托他带两本《新文学大系》给你。他今天动身，先去洛阳。龚明德寄来《书简》①校样，我看过已寄还给他了。我想出过一本，以后不出也无所谓。我就只有那么些信，多出读者也不会买；《家书》早给了小林，（王仰晨编印全集时，她会拿出来的）给你那些信也等到那时再发表吧。在这段时间里我最好保持沉默，沉默对我养病有好处。因此，《近作》暂时不出也好。对所谓《巴金传》我也是这样看法。我现在思考的是国家、民族的前途，不是个人的名利。我们绝不能靠说空话过日子。

---

① 《书简》：指《巴金书简》，1987年9月由四川文艺出版社出版。

  祝

好！

芾甘
四月十四日

李致：

  廿六日信悉。对我来说，我按照计划写完《随想录》，而且出齐两种版本，想说的话都说了，该满意了吧！可是想到我们多灾多难的国家和善良温顺的人民，我又得不到安宁，对，人怎么能只考虑自己呢？不管怎样，我提出来：大家要讲真话。为了这个，子孙后代一定会宽容地看待我的。我只能尽力而为。我的确打算今年秋天回成都看看，因为我的时间不多了，只要身体吃得消，我一定走一趟。到时我会写信同你商量，安排日程。当然今年去不了，还有明年，但明年一过，什么都完了，我再也不可能看见成都了。所以我得争取今年去，最好静悄悄地来去，不惊动任何人。

  九姑妈要一瓶花椒油，如买得到就买一瓶交给济生带回。

  你们去日本，在那边文化界我有不少朋友，如遇见我的熟人，请代我问候他们。

  祝

好！

芾甘
廿九日

  问候秀涓。

李致：

　　信收到，知道你们访日演出取得成功，也替你们高兴。

　　我前几天刚写完《合订本》"新记"（不到五千字），现在还感到十分疲倦。《合订本》将由三联书店出版，大约两三个月以后吧。我已对三联说过，《新记》不在任何报刊上发表。

　　关于日本民族我有些看法，他们有优点，也有缺点，但比我们有更多的活力，值得我们尊重、学习。……见面时我们可以畅谈。

　　《书信集》[①]稿费仍捐赠文学馆。但龚明德说的计酬办法我看不妥。受信人没有理由接受稿酬，倘使他为原信加了一些注解，他可以拿注解的稿酬；要是他做了些编辑工作，他可以拿编辑费。你想想看，倘使我把朋友们给我的信编成书册出版，自己拿一半稿费，我一定睡不着觉，因为我感到受之有愧。

　　祝
好！

芾　甘
六月廿六日

问候秀涓！
《书信集》一共寄我六十册就够了。

李致：

　　信收到。估计你应当回到成都了。我最近身体不好，因此什么时候返川很难说定。总之，我闭上眼睛之前要回故乡一次，实现我多年的愿望。我要倾吐"愿化泥土"的感情，我想走走，看看。但照我目前的健康情况，走动十分吃力，会客谈话也缺乏精力，我担心稍微劳累就爬不起来，弄得不死不活，反而增加你们的负担。

―――――――
① 《书信集》：指《巴金书简》。

小林参加《收获》的笔会去了青岛、烟台。等她回来，你找她商量吧。我愿意食住简单，自己出钱。

徐靖来，我对她讲过《近作》（五）可以编辑了。除收《无题集》二十八篇和后记一篇外，还有《致青年作家》、《给李济生的信》（《六十年文选》代跋）、《答采臣》（《怀念集》增订本代跋）、《随想录合订本新记》共四篇。可能还有一篇《复苏叔阳同志（谈"老舍之死"）》，很短，听说要收入舒乙①编的《老舍之死》中，要是发表了，便可编入近作。

《全集》我不送人。你要，你什么时候来搬一套去。

余后谈。

祝

好！

芾 甘

八月五日

李致：

我已回到上海。正点到达。眼前全是上海的景物，仿佛做了一个美好的梦。十七天过得这么快！我说我返川为了还债，可是旧债未还清，我又欠上了新债。多少人，多少事牵动着我的心。为了这个我也得活下去，为了这个我也得写下去。

代我谢谢所有被我麻烦过的人。短短的十七天，像投了一粒石子在池水里，石子沉在水底，水面又平静了。但是我心里并不平静。

我相当疲劳，这几天什么事也做不了，但不会病倒的。后天要去医院拿药并检查。结果怎样，下次告诉你。

---

① 舒乙：老舍之子。

寄上小书六册，每人一册，已在扉页上写明，书寄在国炜处，有一册是宋辉①要的。祝

好！

甘　蒂
廿四日

问候秀涓。

爹：

二十二日信，二十五日收到。

关于任培伯同志提出的事，我可以从宣传部和省政协的角度帮助解决。但"川大及法院都找不到原始材料"，会有很多困难。能否请任培伯同志把她给川大和法院写的材料都寄一份给我，我再向川大和省政协呼吁。

您给徐靖、龚明德同志的信，已寄文艺社。

旧居的事，我完全赞同您的意见。我也不主张兴师动众、花国家的钱重盖旧居……如可能，把现存的小四合院修葺好，摆一个旧居的模型，陈列一些您的著作和照片，就很好了。我理解您的想法，我不会做违背您意愿的事。请放心。

您在杭州休息后，体力是否恢复一些？

我想为四川文艺社说几句话。我希望您把在国内出版《随想录》（合订本）的版权给他们。四川出您的书是积极的，特别是《近作》，冒过一些风险，不像有的出版社发几千册了事。您要是同意，我可以做特约编辑，过问一些有关的事，把书出好。《近作》（五），我也希望提前一些时候给他们。如果您需要休息，可

---

① 宋辉：巴金的侄外孙。

请香香[1]把文章找齐寄我,我来编辑。香香现在成都,过几天将受文学馆派遣去上海。

您信上说任培伯同志提出的事"前信已讲过",但您今年的信都没提到。不知是您记错,还是丢失了一信?

您上封信说"有好些话要对您说",我也如此。您写信吃力,听力不好。我想个办法到上海住两三天,陪陪您。您同意吗?

问全家亲人好,祝您

健康!

李 致
十月二十六日上

李致:

信收到。我仍然摆不脱一些我不想做的事。这次回成都我收获不少,想到一些人和事,我觉得精力充沛。我感到遗憾的是没有机会跟你交谈。能够多活,我当然高兴,但是我离开世界之前,希望更多的人理解我。你可能理解我多一些。

李芹返川前,如来看我,当托她带给你一包你的亲笔信,你好好保存吧。

《近作》中需要的文章还未找齐,共七篇,即:

致青年作家(《文艺报》)

给李济生的信(《六十年文选》代跋)

增订本《怀念集》代跋

《老舍之死》代序

《随想录》合订本新记

《全集》第四卷代跋

---

[1] 香香:即魏帆。马小弥的女儿。

《收获》创刊三十年。

你要的书会带给你。不过《无题集》精装本香港还未寄来。

《巴金选集》特装本你总该送我两部吧。还有，我想听听川戏高腔，替我买点录音带寄来。

别的下次再写。小林夫妇要出差去深圳，十天。

祝

好！

芾甘
十二月十三日

问候秀涓和全家。

1988年

李致：

两信都收到。由于一些杂事的干扰，我到今天才给你写回信。身体还是不好，不过脑子一直很清楚。感到痛苦的是不能工作，譬如清理书和照片。我要把书分送图书馆，把照片分送文学馆、档案局，当然还有你。我很想早把这类事做完，然后安静地写文章或者翻译一本半本书，我还有可以奉献的东西应当交出去。不幸我已经到了油干灯尽的地步了。

你要的书如全集和合订本会交给李芹带去。合订本我只有少数样本，本来决定送你三个姐姐和李舒各一册，这次恐怕来不及了。《无题集》精装本我手边也没有，不过可以去信向三联港店[1]去要。

我写给你的那封短信你要发表就发表吧，我没有意见。

你对李舒说，剑波要照片，李舒给我们照的。不要忘记任培伯的事情。

祝

好！

芾甘

一月六日

问候秀涓和大家。

---

[1] 三联港店：即香港三联书店。

李致：

　　昨天得到川剧院电报，惊悉周企何①同志逝世，请代我在他灵前献一个花圈。生命虽短，艺术永在，他会活在观众的心中。我还保留着去年十月在成都同他喝酒谈笑的照片。那情景如在眼前。

　　李芹来时，会托她把书和信给你带去，你们姐弟各有一册合订本随想录，李舒也有。

　　过两天会把近作十篇寄给你，但其中《致青年作家》《六十年文选》代跋、《合订本新记》三篇你们自己搞个复印件吧。

　　祝

好！

芾　甘
一月十七日

李致：

　　近作十篇齐了。我这里只寄出七篇手稿（或复印件）。还有三篇，即《致青年作家》、《给李济生的信》和《随想录合订本新记》，你可以根据《文艺报》（八七年一月）、《巴金六十年文选》和《羊城晚报》（八八年一月五日）复印。合订本精装我已签了名送你和国煜姐妹共五册，将由李芹带去（李舒也有一册）。本来想把书邮寄给你，但寄书手续麻烦，我办不了，九姑妈现在也不方便。还得想办法。

　　我身体不好，但也不太坏。只是无法工作，动一下就感到疲劳。我需要做一些事情，却什么也做不了，现在只能好好地养病。

---

① 周企何：川剧表演艺术家。

祝

好！

芾甘

一月十九日

李致：

　　李芹来，我说她"突然袭击"，我毫无准备，一大包你给我的信，全忘了交给她带去。尽管我责备自己健忘、不中用，也没有办法把信送到你手里，那么明年再说吧。我保证不让别人拿去就是了。

　　《全集》也忘了交给李芹。这倒"忘"得好！三年内我不把《全集》送人，谁也不送，这才摆得平。《全集》是为做研究工作的人用的，收了一部分我自己不满意的作品，不想让熟人看到。前三卷是《家》、《春》、《秋》，你大概有几种本子了。

　　还有一件事情，崔万秋为他外孙女户口的事，来信找柯灵帮忙。柯灵来找我，要我把原信转给你，看你能不能设法。我说李致会坚持原则，办得到他就办，办不到他就不办。现在把崔的信转给你看看，不行就讲个理由把信退回吧。

祝

好！

芾甘

二月三日

问候秀涓。

爹：

　　您二月三日寄来的挂号信收到。

　　崔万秋希望为他外孙女解决户口问题，我可以试试，但不敢说有把握。所附给市委书记的信，是个草稿，这样寄出去不行。请寄一封正式的信，以便我转去。

省电视台为您拍的录像，小徐已翻录好，他说春节后才有人带到上海。《四川画报》和《重庆与世界》所发您回家乡的消息和照片亦已出版。我又为您收集了一些照片，但得托人带给您，邮寄很可能弄坏。

　　李芹回来，只带了《随想录》（合订本）。《全集》我还得要。第一，工作需要。第二，您早封我为"藏书家"，要收集各种版本。这有什么搁不平的？

　　这几天太忙，明后天我还会给您写信。

　　祝您和全家亲人

春节好！

李　致

二月十一日上

李致：

　　信早收到。打算写回信，却一直抽不出时间。干扰实在多，因此我常常感到苦恼。到现在还不能照自己的意愿安排事情，打发时间，我的确很苦恼。有一个时候我倒希望你退下来帮忙我做点工作，例如整理我的日记、佚文、书信等等，还有在我不能工作的时候，代替我帮助王仰晨编好《全集》的后一部分。现在这些都成了空想①。你还是好好地做你的工作吧，我不赞成用"鞠躬尽瘁"的字样，那太封建了，还是"劳逸结合"比较好。两方面都抓住，不行。

　　柯灵信转给你，你做统战工作，帮忙解决落实政策的问题，可能不算是"不务正业"吧。

　　《全集》你将来会有的，不用急。即使我突然去世，也会睁开眼喘着气，吩咐送你一部全集。这不是开玩笑，我在认真思考。真

---

① 指李致被选为四川省政协秘书长，一时难以协助巴金的工作。

正了解我的人并不多，可能有些未见过面的读者看到了我的心。我并不希望替自己树碑立传，空话我已经说得太多，剩下的最后两三年里我应当默默地用"行为"偿还过去的债。我要做一个普通的老实人。我没有才华、没有学问、没有本领，只有一颗火热的心，善良的心。我怎么会成为今天这样的人？我近来常常在想这个问题。

以后再谈吧。

祝

好！

芾 甘

三月二日

问候秀涓。

李致：

信收到。我不知道你会不会和政协团一起去北京。我请了假。这三个月我身体很不好，真是坐立不安，身心都不舒服。什么也做不了。你提到朝鲜的日记，香香只抄了一半，还有一半即一九五三年二次赴朝的日记，我不曾找出来交给她，不知放到哪里去了。已抄好的日记，我必须先看一遍才寄给你，可是我一直没有时间和精力翻看它。

龚明德编的《书简》印出来了。他替我订购了百册，我让他留五十册（精装二十，平装三十）给你。我看不必主动地送人，熟人想看拿去也无妨。能不看还是不翻看为好。稿费，我说就捐给文学馆吧。

别的以后再说。新影张建珍拍摄的纪录片[①]给你们看过没有？

[①] 纪录片：指纪录片《巴金》。

祝

好！

芾甘

三月廿三日

问候秀涓。

我们家电话号码已改为335049

李致：

我身体不好，什么事都做不了，书和照片只好等下次了。我的近况请李舒告诉你。过几天还要给你写信。

寄上一篇未发表的近作，供你编近作集时采用。这已是三年前的文章了。倘使将来有新作，当续寄给你。

你的旧信一大堆托李舒带去，我本想留着它们，多么好的资料啊！终于决定请你自己保存。以后你替我整理材料，用得着它们。

祝

好！

芾甘

五月七日

问候秀涓。问候大家。

李致：

想念你们。听到你的声音感到亲切，可惜我耳朵有毛病，听长途电话不清楚。我身体不好，可能比去年回川时还差一点，但也不能说很糟。又老又病，活下去总有些痛苦，但对我的国家和我的人民有感情，我始终放不下这些笔。在躺倒之前，我还想搞一本《随想录》续篇，也还想回成都找寻我少年时期的脚迹。能实现这愿望,我就没有遗憾了。我也想同大家再欢聚一次。

别的话下次谈。

祝

好!

芾 甘
(十一月)廿八日

秀涓好!

小林夫妇下月十六应余思牧①的邀请去香港参观两星期。

---

① 余思牧(1925-2009):香港企业家,作家,巴金研究家。

1989年

李致：

  好久未得你的信，不知你近况如何。有几件事找你代办一下：

  一、《近作》不必出下去，十篇文章的篇目可退给我（包括几篇复印件）。

  二、《新文学大系》第二个十年你缺哪几本，请告诉我，以便给你补齐。

  三、剑波来信，说他住医院，希望你去看他一次。艾芜和张老怎样？

  我的情况不太好，但也不太坏。你们怎样？听说国炜不太好，她还住院吗？

  祝

好！

芾　甘
一月廿四日

李致：

  信早收到。我仍在医院，大约八九月回家。回家后可能会感到寂寞。没有人了解我，我的心情颇似晚年的托尔斯太［泰］。我一身伤病，连托翁的出走也办不了。所以我只好写一本《家庭的悲剧》这样的小书。

你有机会过上海时，可找我谈谈。你可以理解我心上燃烧的火，它有时也会发光，一旦错过就完了。……

祝

好！

芾甘

七月廿八日

问候秀涓。

李致：

我同意用"存目"的办法，反正你是责任编辑。我不会让你为难。

我在医院住了半年多，不但写字难，讲话也不容易，这毛病叫作"语言障碍"。估计再活两三年就够了。我还有一件工作就是帮王仰晨编完全集，但愿能办到。

你有空来上海，我当然欢迎。不能来，我也不怪你。《全集》会为你留下一部。据说已出到十一卷，我还只看见一至五，全部大约二十五卷。

话很多，手发抖，不写了。

祝

好！

芾甘

（八月）廿六日

问候秀涓。

李致：

　　《赴朝日记》（二）已校完，共七十八页，现在全部寄给你，外附原稿。我建议你先把这两部在朝鲜写的日记校好，就给王仰晨寄去，而且要连同原稿，将来书印出来，原稿就由王捐赠文学馆。我这里开始整理六〇年的《成都日记》。像这一类的日记还可以找到一些，不过相当麻烦。希望你认真帮忙。

　　祝

好！

芾　甘

十二月廿九日

　　问候丁秀涓。

1990年

李致：

　　长信和在广州寄的信收到。我杂事多，实在疲劳，对自己在要求只能降低标准了。许多话将来见面谈。现在只求你做一件事：把日记全部寄还给我。我目前最需要的就是六五年十一月到六六年八月的日记。希望能办到。

　　祝
好！

芾甘

十一月廿一日

问候秀涓。

李致：

　　书三十二册收到，你们辛苦了，印刷装帧都还过得去，我相当满意。感到遗憾的是漏掉了几篇文章（如译文选集小序等），和用"存目"的办法删去了一篇"随想"。特别是后者，这一办法本身就是一篇"随想"。读者会明白这个意思。这次寄来的是精装本，三十二册已经够了。一定还有平装本，也寄点来吧。在四川恐怕这是我的最后一本书了。我盼望明年能见到你有机会畅谈，算是告别，我要安排后事了。我的近况李舒已经对你们讲过，从杭州回来，病情没有大发展。我也争取多活，但要求不能过分。我们都得有思想准备。

　　祝
好！

芾　甘
十二月廿五日

问候丁秀涓。

1991年

李致：

　　请你再寄五册"大书"来。大概有人批评你编得不够认真。开天窗也不是好办法，当时我不该同意（因为你署名编书不便用这办法）。为什么要存目？这成了一个问题。我仍希望你能来上海出差或休假，我可以同你谈谈怎样料理后事。当然也只能基本上按照自己意思处理，这样省得麻烦别人。我自己现在还不曾完全想好。那天来电话，我听不清楚，接着就断了，你也没有来信。那么下次再谈吧。

　　祝
好！
　　问候秀涓。

芾　甘
一月七日

李致：

　　你打电话来，我没有能去接，也不知你的困难是什么。我要你找王仰晨要全集代跋，是最省事的办法。其实你在图书馆借几本全集把代跋复印下来也并不费力。不管怎样，我明天也要给王写信叫他把你漏掉的几篇代跋寄给你。

还有我寄了一篇《〈写给彦兄〉附记》给安常[1]同志，这短文《讲真话》[2]中收入了的，不过注释不清楚，这是为《鲁彦选集》写的。不单是《写给彦兄》的附记，出版者是上海文艺出版社。

别的话下次写。

祝

好！

芾 甘
一月廿八日

问候秀涓。

李致：

李舒来，我忘记通知你把日记交给他带来。但下半年我要把日记编好交王仰晨处理。我们打算明年上半年发稿，因此希望你在五月内把日记寄回，最好全部，至少先寄一半。

关于《讲真话的书》，遗漏的文章除了十七卷代跋（二）外，都已补齐。代跋共写了两篇，表示两种意见，可能王仰晨已把代跋（二）寄给你了。增订本什么时候出书？

祝

好！

芾 甘
四月八日

问候丁秀涓。

---

[1] 安常：戴安常，诗人，时为四川文艺出版社前副社长。
[2] 《讲真话》：指《讲真话的书》。1990年9月四川文艺出版社出版。

李致：

　　信收到。我最近因热感冒发了气管炎，咳得厉害，服了一个多星期的药，才渐渐地好起来。这是李舒走后发生的事。以前的情况他会告诉你，他还拍了不少照片。你忙，不来也好，你可以开始做整理日记的工作，你看完五十页就给我寄来，我看后再寄给王仰晨，日记至迟要在明年发稿。本来我希望你来，想同你谈谈我一些未了之事，但现在我有语言障碍，谈话不方便，不会谈什么了。不过帮忙我做好《全集》工作也是值得我感谢的好事。此外，托你办一件事：六月二十日李劼人故居举行纪念会，你替我送个花篮去。又故居的工作人员易艾棣来信说成都有一套《成都报刊志史料》（内刊，十五册，二十元以内），他愿意代我买一套。我想你或李舒也能代办，就托给你们吧。最后，问你《讲真话的书》什么时候印出来？有人问我要书。

　　祝
好！

芾　甘
五月十九日

问候秀涓。

李致：

　　长信收到。我最近身体精神都不好，写字实在不易，许多话只好咽在肚里，我已没有精力写什么了。朋友一个个离开了我，今年朱梅[①]在京去世，对我是一个打击，最近又得到汝龙的噩耗，我万想不到他会比我先走。

---

① 朱梅：作家、酿酒专家。

大书①我不会再要，多要。我时间有限，不能浪费了。

只想到一件事：日记复印件暂时不捐赠慧园，仍由你代为保管，因为日记出版前，不能让人随意采用。

我不是悲观，我只是着急。我要同时间赛跑！

祝

好！

芾 甘

（七月）廿一日

问候秀涓。

李致：

日记收到，我看一遍后就陆续寄给王仰晨发排。

最近身体不好，几乎完全不能工作，而未了之事尚多，因此很着急。

张珍健②同志要送我七十多个印章，我感谢他的好意，但是我不愿意举行一种接受的仪式，让人们谈论、看热闹，也不愿意让他把印章送到上海亲手交给我，只为了一刻钟的会见，这样做，我仍然感到很吃力，而且显得不近人情。总之烦你告诉张同志，不要来上海送印章，他的好意我心领了。我看由慧园代收，不好吗？将来还可以在慧园展览。

写不下去了，祝

---

① 大书：指《讲真话的书》。

② 张珍健：原成都市二中校长，画家、书法家、篆刻家。

好！

芾 甘

九月十一日

问候丁秀涓。

李致：

托李舒带这封信给你。关于日记我考虑了两个晚上①，决定除收进全集外不另外出版发行，因为这两卷书对读者无大用处（可能对少数研究我作品的人提供一点线索）。我没有理由出了又出、印了又印，浪费纸张。我最近刚刚看过这些日记，里面还有些违心之论，你也主张删去，难道还要翻印出来，使自己看了不痛快，别人也不高兴？你刚来信说你尊重我的人品，那么你就不该鼓励我出版日记，这日记只是我的备忘录，只有把我当成"名人"才肯出版这样东西，我要证明自己不愿做"名人"，我就得把紧这个关，做到言行一致。对读者我也有责任。我出一本书总有我的想法。为什么要出日记的单行本？我答应你，也只是为了不使你失望。几十年前我曾经责备自己拿作品应酬人，因此大发牢骚，今天在我搁笔的时候我不能再勉强自己了，何况全集出版之后另出日记单行本还要同人文社办交涉。

我写字吃力，不多写了。一句话，日记不另出单行本。

祝

好！

芾 甘

十二月十二日

问候秀涓。

---

① 指某出版社托李致向巴金联系出版日记的影印本事。

209

1992年

李致：

　　你在美国寄来的两封信都收到了。我想写回信，但身体不好，写字越来越困难，而且很痛苦，也没有时间。小晅晅①回来住了一个月，前天一个人搭飞机走了，这个八岁的孩子！差一点带走了我的心。李舒今天也走了，他只住了六天，但来得及给晅晅拍下一些镜头。你和秀涓难得这样长期休假，能多看看，多休息也是好的。珊珊②来信看到，她写得比晅晅好，希望她将来有机会帮忙晅晅学中文。我这次不给珊珊写回信了，整天感到疲劳，什么事都不能做，写一封信也不容易。

　　祝
好！

　　　　　　　　　　　　　　　　　　　　巴　金

　　　　　　　　　　　　　　　　　　　　七月十四

　　问候大家。

---

① 晅晅：巴金的孙女。
② 珊珊：李致的孙女。

李致：

　　信收到。这个月我心情不好，艾芜、沙汀相继逝世，尤其是沙汀的突然死亡，使我十分难过，他还能写，也准备写不少作品，就这样离开人世，太可惜了！你不在成都，他们的最后时刻，我也无法知道。

　　珊珊的信都看到，她读英译本《家》，我很高兴。《春》、《秋》无英译（但有法译本）。我行动不便，不能去美国。

　　画册给你留一本在这里。李舒带的东西太多，我不好意思增加他的负担。我身体越来越不行，写回信实在有困难，明年要找人来帮忙了。

　　别的话以后谈。祝

好！

　　　　　　　　　　　　　　　　　　　　　巴　金
　　　　　　　　　　　　　　　　　　　　十二月十八日

问候你们全家。

1993年

爹：

这是我最近给您写的第五封信。

秀涓病情继续好转。昨天下午我回家取东西，意外读到您的信，我十分高兴。您年近九十，写字困难，还这样关心和教导我，我除了感激之外，心里充满温暖。

你严于解剖自己的精神，对我是一个教育。去年在美国期间，我常常到半夜醒来，就一些大小事件，想想自己这一生。总的结论是没有做几件有意义的事情。有些事当时似乎也有影响，但现在看来"大方向"没对。在出版社一段，的确受到一些鼓励，但基础没打好，经不起风吹雨打，有些好的做法，人走事"亡"。

我在出版社工作九年。前三年属于"十年浩劫"期间，谈不上工作。后五年努力工作，在很多人帮助下出了一些好书。一九八二年底调宣传部，当时我很不愿意去。这一点上海的龚学平同志知道，他辞掉宣传部副部长的职务，转去广播电视——他现在担任副市长那是另一回事了。可是我"传统"观念太深，不敢"不服从调动"，把自己热爱和熟悉的出版事业放弃了。家宝叔多次为此表示惋惜。

在宣传部工作九年非常没意思。分工我联系文艺。第一年，我致力振兴川剧，几乎完全没过问出版工作，好在原出版社社长崔之富为文化厅副厅长兼出版局局长，他和我对出版社事业的基本思路大体一致。一九八四年成立出版总社，原拟任崔之富为社长，但他不幸逝世，只好让我兼任。我兼任三年，花的时间不多，但大的方向没出问题，以积累文化为主，为读者和作家服务，出好书。这个期间，省委曾考虑调我到统战部工作，但原省委书记谭启龙不赞成，他很重视出版工作，担心换人使工作受影响，以至作罢。一九八七年下半年成立新闻出版局，省委派了宣传部另一位副部长担任局长（当时谭启龙已回山东）。张秀熟，马识途和其他几位老同志曾打算提意见，但常委已做出决定。张秀老找我谈过一次，我不好说什么，最后他说："你很坦然，但我很不愉快。"我无法对新任局长做出全面评价。他工作积极，也很辛苦，但不把主要精力放在抓出好书上，甚至根本不抓选题。在几个特区开"窗口"，省内办若干个公司，大都亏本。对出版社搞承包，承包的社会效益多系空话，利润指标却实实在在。有一年，文艺出版社的利润指标，是全国文艺出版社中最高的。在出版局的影响下，大多出版社承包到编室，编室又承包到人。以经济效益为主，哪还谈得上出好书？有些专业出版社的老社长，不赞成这些做法，也因年龄到了退下来或被撤换。我当时在部里名义上仍分管出版，但人家不找你，即使说了也不听。有一年，四川出了六百多万册武侠小说，我们给省委和中宣部写了报告，但没有得到任何批示。实际上，国家新闻出版局的某些领导思想就是混乱的，与过去国家出版局的领导人陈翰伯，边春光，许力以等大不相同。国家新闻出版局某局长甚至公开提出，在年选题计划中可以打百分之五的"擦边球"。至于承包问题，态度暧昧，迟迟不公开表态。为此，我在中宣部开会时多次提出过意见。

在这种情况下，我一般不出席省上有关出版的会议，因为我不赞成他们的若干做法；我去了如不公开表态，即是默认。有不少作家写信给我，或投稿支持过去的做法，或写信批评现行的承包（最激烈的是刘绍棠），我只好表示歉意，说明情况。事实上我也无法再过问省的出版工作了。

尽管如此，我对四川出版工作仍有深厚感情。他们出一次问题，我都感到难过和羞愧，有时甚至睡不好觉。我自责的是，在出版社工作几年，忙于抓书和打开局面，抓编辑人员的指导思想很不够。没建立起好的传统，没有坚实的基础。在"一切向钱看"和拜金主义的冲击下，出了不少问题，我更不应该离开出版社。我不敢说我在出版社就能抵挡这些冲击，但我自信不会为追求利润，出坏书。在宣传部我只能说，在出版社我可以自己干。在宣传部我多次提出意见，甚至批评，人家不听，我束手无策。我只好想在感情上割断与四川出版的联系，但这谈何容易！最近，《光明日报》头版头条批评四川出版界卖书号的情况，我又难过了好久。到目前为止，我并不知道该怎么办。这是我苦闷和彷徨之所在。

我想到的问题还不止于此：

最近，我在医院又重读了您在粉碎"四人帮"以后的全部著作。您常说，没有理想，没有信仰，是最可悲的了。从美国回来以后，无论在机关、学校、医院、科研单位，不少人一上班就谈股票。上班时间可以到外地去收股票，赚差价。一个有在商场上混的人对我说，没有钱打不开的关口。有谁真正在管那些与人民切身有利的事？只要赚钱，什么事都可以做得出来。……在这种情况下，我现在的理想和信仰是什么呢？一个年满六十三岁，参加工作四十七年的您的侄儿和读者，向您提出这个问题，实在是可悲的。您批评我自负，我理解您的心情，但目前我主要的是空虚！

也不能说我没有一点精神力量。很多文学作品中反映的崇高精神，常使我流泪，洗涤我的心灵。我一直热爱快乐王子和那只小燕子。然而，我追求了几十年的光明，究竟是什么呢？我怎么看不到它？现在我的座右铭仍是：

说话要说真话，

　　做人得做好人。

　　您的信打开了我的心扉。这封信是一气呵成的，长达十页，言犹未尽。您可能看疲倦了，休息一会儿吧！

　　祝您

健康！

李　致
六月十八日上

1997年

爹：

您回上海后，我已打过几次电话询问您的情况。知道您好，大家都很高兴。您的生日快到，我提前（争取是第一个）给您老人家拜生。因为到您生日的时候，您会收到很多祝贺电报和信件，我的信有可能被淹没。最近我写了一篇短文章，作为生日礼物寄给您。

在李斧的鼓动下，我编选了一本叫《回顾》的散文集。其中有八篇是写您的，还有几篇与您有关。如果年内能出版，也是我送您的生日礼物。

我们全家祝您健康第一，长寿愉快！
问全家亲人好！

李　致

十一月十日

李致文存·我的书信

曹禺致李致

LI ZHI WEN CUN

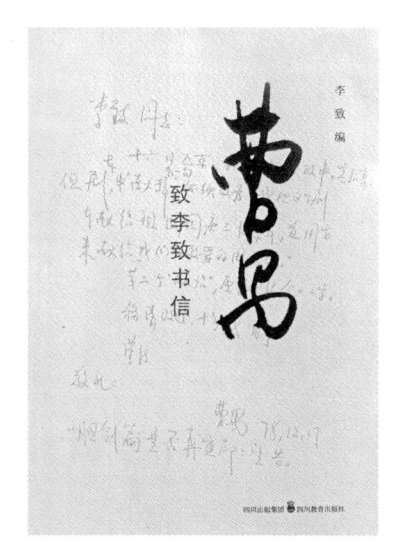

这里收录的三十八封信写于20世纪七八十年代中国改革开放初期。写信人是我国现代戏剧奠基人、戏剧大师曹禺，收信人是原四川人民出版社总编辑李致。

当年曹禺剧作《王昭君》刚发表，李致就赶去组稿。李致的真诚、热情打动曹禺，令人惊讶的是李致能大段背诵曹禺剧作的台词，这给曹禺留下难忘的印象。后来《王昭君》在三个月内出版，装帧、印制堪称上乘。

曹禺与李致交往逾20年，在这批来信中我们发现，最初曹禺称李致为"李致同志"，尔后称"李致老友"，最后称"李致兄"。称谓的变化反映出他们情感的加深与思想交流的升华，以致曹禺说他的书都要拿到四川出版，与四川出版社结成"生死恋"，从中我们读出了作家与出版人纯洁崇高的友谊。

一个出版人可以与曹禺这样的大家就出版图书结成"生死恋"，这是基本价值观的契合，是两颗真诚的心的融合，是崇高文化理想的共同追求。在当下这是值得学习的！这正是我们出版这本书信集的意义。在曹禺先生百年诞辰之际，谨以此书纪念一代艺术大师曹禺先生，记录他与四川出版的一段佳话。①

---

① 该文系四川教育出版社2010年版《曹禺致李致书信》出版前言。

1983年秋，曹禺（右）与李致摄于北京

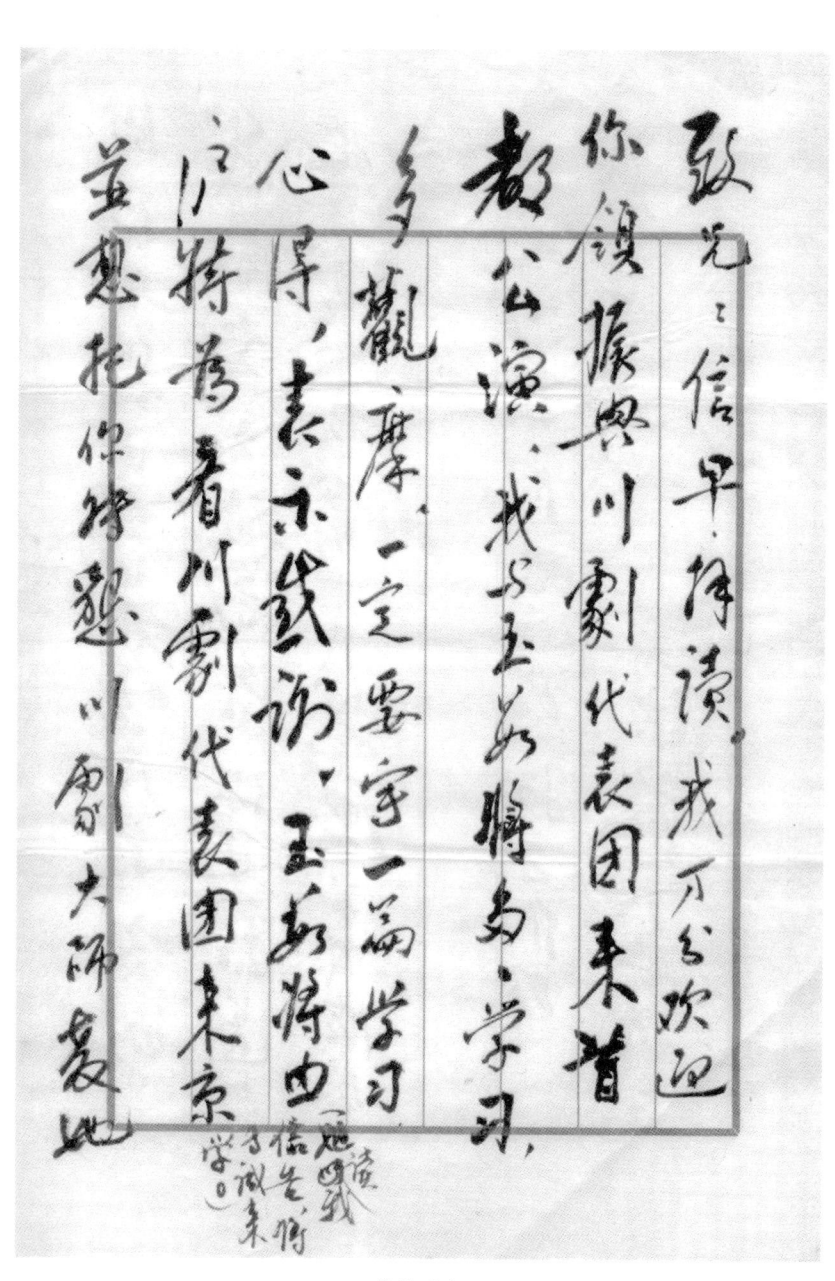

致先生信早得读。我可去欢迎你领振与川剧代表团来首都公演。我与玉茹将务必学习多观摩,一定要写一篇学习心得,表示我致谢。玉茹特因信告诉我来学习,她特为看川剧代表团来京,盖意托你转恳川剧院大师袁地

曹禺手迹

1978年

李致同志：

迭奉来电，昨日已航挂寄去《王昭君》(《人民文学》)两本，内有付印本，改动较多，请以此付印。如仍有错讹，切望代为改正。近影昨已托人摄照，若有可用的，当即寄去。《王昭君》的手稿，多请人抄写，若必须我的亲笔，只好抄一两页奉上。另，有几个意见，不知可否斟酌：(一)此剧的普通本，能否早印出来？因索取者较多，有单印本更好一些。(二)可否由你社请人做些插图。最好请画家仔细读了剧本再画，如画得不满意，便不做插图，也可。①

《胆剑篇》正改着，印刷格式可与《王昭君》一样。我于二十九日飞沪，离京前会把《胆》剧，航寄给你。

在京事仍杂乱。但赴沪也未必能闲下来，大治之年，还应为社会主义建设多做些工作，但总以干本行、写剧本为是，不要弄些"少慢差费"的事情缠住自己。

不多谈了，还应忙去！

敬问

安好。

---

① 后《王昭君》中的插图由四川青年画家徐恒瑜绘。

请阅后面！

曹　禺

七八·十一·廿三

在我寄去的《人民文学》的付印本上的第42页，第一栏的最末一行，王昭君说"……一飞就是九千里？……"这个"千"字应改为"万"字。我查了庄子的《逍遥游》才发现这个误讹，务请改正！

李致同志：

奉上相片①。

抄稿②容后寄，实在太忙，未写成，明（30日）我将起飞沪，大约十天即回京。

祝

好！

曹　禺

七八·十一·廿九

李致同志：

前奉上肖像一张，系《人民日报》摄影记者张雅心所作，此张已向国外发出。若能用，请刊印"张雅心摄"字样。这是他的创作。

另文稿，我由沪返京后，再誊写一张给你。

---

① 指拟用在《王昭君》书上的作者近照。
② 指拟用在《王昭君》书上的作者手迹。

祝

好

家　宝
七八·十一·三十

李致同志：

　　奉上手稿两页，看看是否能用？

　　你真能追！居然把我追到上海，也不放！

　　真是个了不起的出版家。

　　祝

好！

曹　禺
七八·十二·三

王昭君：（望着墙外的青天）

　　母亲，你生我为何来？难道这青森森的宫墙要我来陪伴？难道这苍松、翠柳、望不断的栏杆要我去看管？啊，这一天三遍钟，夜半的宫漏一点一滴，像扯不断的丝那么长。姑姑啊，你错了打算，欠商量，急急慌慌把我送进这三丈八尺的汉宫墙。

　　姑姑啊，你的"德言工容"说得巧，难道我必须在这里等待，等待到地老天荒？一个女人是多么不幸。生下来，从生到死，都要依靠人。难道一个女人就不能像大鹏似的，一飞就是九万里？难道王昭君，我，一生就和后官三千人一样？

　　见皇帝，我已经不再想。就是见了皇帝，又能怎么样？我只想，我只想——我想什么？我想什么？我讲不出，我也不敢讲！

　　盈盈和戚戚慌慌张张走上。

盈盈：坏了，坏了！孙美人出来了。

戚戚：她来了，向我们这边来了。这一定是看门的宫娥看热闹去了，忘记了锁门。怎么办？怎么办？

王昭君：那有什么？她出来看看，不好么？

盈盈：可她是疯子！

戚戚：她，她……

有个声音尖尖地叫着："孙美人到！"

李致同志：

明晨当再写。

草稿按你的排法，重抄一遍。

曹禺

七八·十二·三

李致同志：

早晨奉上一信。此时才见来函。我完全同意你建议如下的排法①，十分好。前信的草稿做（作）废。

曹禺

七八·十二·十三下午

---

① 曹禺剧本的语言富有诗意，特别是有些独白就是诗。如果按新诗的排法，如《家》中觉新、瑞珏的独白分行排，效果很好。李致发现《人民文学》所刊《王昭君》中有一段王昭君的独白是连排，遂向曹禺建议改为分行排，曹禺欣然接受了李致的建议。

王昭君：（望着墙外的青天）

母亲，你生我为何来？

难道这青森森的宫墙要我来陪伴？

难道这苍松、垂柳、望不断的栏杆要我去看管？

啊，这一天三遍钟，夜半的宫漏，

一点一滴，像扯不断的丝那样长。

姑姑啊，你错了打算，欠商量，

急急慌慌把我送进这三丈八尺的汉宫墙。

姑姑啊，你的"德言工容"说得巧，

难道我必须在这里等待，等待到地老天荒？

一个女人是多么不幸。

生下来，从生到死，都要依靠人。

难道一个女人就不能像大鹏似的，一飞就是九万里？

难道王昭君，我，一生就和这深宫三千人一样？

见皇帝，我已经不再想。

就是见了皇帝，又能怎么样？

我只想，我只想——

我想什么？我讲不出，我也不敢讲！

李致同志：

昨日两信，谅达。

今又奉如你们要排的式样的手稿奉上，看看能用否？

祝

好！

曹禺

七八·十二·四

李致同志：

　　十六日飞京。《王昭君》仍在改中。容后寄。但剧本中"献辞"有一句必须改为"我把这个剧本献给祖国国庆三十周年，并用它来献给我们的敬爱的周总理。"

　　第二个"献给"，原为"纪念"二字。

　　务请改过，十分感谢！

　　谨致

敬礼！

曹　禺
七八·十二·十七

　　《胆剑篇》①是否再印？望告。

---

　　① 指《胆剑篇》单行本1962年曾由中国戏剧出版社出版。《胆剑篇》是曹禺与梅阡、于是之1960年创作的五幕历史剧，由曹禺执笔。

1979年

李致同志：

　　一连收到信和书并长途电话，感谢！

　　我实在忙得可以，不仅是各种会要开，而且各种必须写的稿件要写。

　　天天欠债，天天焦头烂额，以致忘给你寄信，无论如何，不回信总是错误的。请原谅。

　　《胆剑篇》改稿，过些天才能寄去，又耽误一段时间，这一年会比你我所想的还要忙一些，以致快成了一个"大人物"了，这种架子实在不好，确是坏作风！

　　问

你好，全家好！

家　宝
七九·一·十四

李致同志：

　　《王昭君》新本收到，此书印得十分精致，见到的都一致说"好"。这要感谢组织工作者，印刷工人师傅、校对、设计、插图艺术家，以及所有的工作者们。这样迅速刊印出来，足见你社工作效率高，团结、合作好①。李致同志，你的话确是算数的。

《胆剑篇》正在付印中，我既忙又病，年近七十，此地工作杂琐异常，因此，耽误较久，但今后当尽力赶出寄去。

我们用了人民日报摄影记者张雅心同志创作，不知按规定有无些稿酬？

我等候《王昭君》的一百本。

感谢！问

安好

曹　禺
七九·三·二十四

李致同志：

请按《王昭君》单行本排印、校对。②

另有航空信奉上。

祝

好

曹　禺
四月六日

李致同志：

得来信慰病，甚感。我患心脏病，但不甚重。请放心。

《胆剑篇》已奉上，航空寄去。略有更改。希望你们在排字、

---

① 出版社总编室曾打印此信送有关部门，大家对曹禺的感谢反应强烈。四川新华印刷厂工人反映，我们印了很多书，只受到曹禺一人感谢。

② 指《胆剑篇》单行本。

发稿时,仔细校阅,看出错字与不妥处,即请改误。

如何排印,我有些意[见],请求考虑。

(1)《王昭君》单行本印得很好!可否即依该本的排印与字体、大小、种种,排《胆剑篇》。

(2)《胆剑篇》的插图,不必再用原图,可否请人再画。但须印得清楚些。

(3)请也印一些精装本。

《王昭君》单行本至今在京书店不见,不知何故?

你们这样印,是否赔本,我很担心。①

贵社寄给我的稿费,我已如数收到,请转告,并致谢意。

我的新剧本尚无消息,现在既忙且病,须日后病愈,空闲时再寄。该本如能写成并发表后,是否仍请贵店印单行本,一定好好考虑。一时尚不能决定也。

各印刷所乱收一些旧稿②,开始很热烈,现已不知下落。我又记不得哪些文章给与何处,我打听一下,再向你报告。向你一再致意,十分感激。

《王昭君》印得那样好,我到处宣传。朋友们都很欣赏,大约稿子将源源而来,你们的努力是没有白费的。

祝

好

家 宝

七九·四·六

---

① 《王昭君》1979年2月出版,当年10月再版。
② 指曹禺的一些评论和散文,出版社拟结集出版曹禺的《论戏剧》。

小棠：①

　　听说你来，十分高兴。我今午有要事，须外出，约过两小时可返，望你等等。

　　实在抱歉！

家　宝

一九七九年五月十一日②

李致兄：

　　来信收到。

　　承你多方帮助，《王昭君》与《胆剑篇》的精装本终于准备好，十分感谢，奉上我的近照一幅，留念。

　　《王昭君》精装本也寄去，请收下。

家　宝

七九·十二

---

　　① 李致去北京看望曹禺，曹禺外出。这是曹禺给李致留的条子，但把名字写错了，小棠是巴金的儿子。

　　② 原件没有日期，日期是李致整理时加上的。

1980年

李致同志：

　　前承致意由四川出版社出《曹禺选集》，我完全同意，但所选剧本略有更改，内容是：

　　（1）雷雨

　　（2）日出

　　（3）北京人

　　（4）家

　　（5）王昭君

　　共五个剧本。

　　前曾告你的同志（我忘记名字）说选《胆剑篇》，我仍觉得《王昭君》（这是粉碎"四人帮"后作，且系周总理嘱托）为宜。务请不要选《胆剑篇》。

　　祝

好！

曹　禺
一九八〇·二·二十

　　承印《王昭君》精装本，实在美，实在大方，出国赠送，为国增光，请告所有协助工作及印刷同志，感谢之极！

通信地址：上海复兴中路一四六二弄三号李玉茹①转。

李致同志：

得来书，我仍赞同去年我们商洽好的计划，即，一本一本地出，最后成盒。

我原说出选集，是听你在京的代理人，说出选集，我才提出这个计划。并非我原意。

你们的印刷工人与校对，尤其是编辑与负责同志，十分负责，令人感激备至。请一一为我致谢！

我三月十八日赴美，五月初回国，返京后，多做一些文字工作，不再想跑外洋了。李玉茹同志托我问你好。我常向她谈你。她十分想见你。

家　宝

八〇·二·二十八

关于板［版］权问题，过去的书可以不必管了。因为文学出版社已出，不便收回，但如他们要问你们为什么印我的书，我可以商谈现在出版法未定，已谈不上版权问题。

至于以后书籍，如你们单独印刷，我们再商量，好否？

我于三月一日即飞返京，与玉茹同行。

李致老友：

前枉驾②来舍，未遇，至以为歉。屡谋电话一谈，你处③保密，

---

① 李玉茹：京剧表演艺术家，曹禺夫人。曹禺的晚年得到李玉茹的精心照顾。
② 枉驾：指曹禺约李致到他家，他又因"急事"外出。
③ 你处：指李致在北京所住招待所。

只好通信。

请于每日清晨或中午来电,约时相见。

如我仍不在家,务请告知电话号码。

家　宝
八号

李致同志:

前两天我接到四川人民出版社编辑部一位蒋同志①的信,他向我要《日出》《北京人》的剧本,要我改好,定稿的本子。

我现在太忙,实在没有时间再看这些旧东西,你们如果想单印我的剧本,就按照人民文学出版社的本子就可以。

千万不要等我。

我很想念你,问大家好。

家宝叔
九·十五

致兄:

收到你的信,你不来北京了,我却到了上海,住复兴中路1462弄3号,我的爱人处②。

来上海是为避开忙不完的琐事,想第一,干本行,写剧本主要是按巴金的意思,把《桥》③的下半写完;其次,修改所有过去的剧本,算是一个定稿吧;其三,如可能,写个新的,或独幕、或多幕

---

① 蒋同志:时四川人民出版社二编室编辑蒋牧丛,曹禺在四川出书的责任编辑。
② 指上海李玉茹家。
③ 《桥》:是曹禺在20世纪40年代没写完的剧本,前两幕发表在当时的《文艺复兴》杂志上。巴金一直鼓励曹禺把它写完。

剧，限期在明年秋季完工，因为1982年秋，可能要到日本一趟。

这三件事做起来，可以从今日忙到离国，也未必做得完。但时日不待，只有拼老命干。我想问你几个问题：

一、前次送寄的《雷雨》与《原野》修改本，你收到没有？何时付排？排后，我要看清样，因为错误还是很多。你社的编辑部，看到，也请为我修改。

我不知对印《戏剧集》具体的安排。时间表是怎样的？我猜，你社的书要排印的，很多。是否排得上号？我问这话，致兄，我确实不着急。因此，我从不讲在1983年要出《戏剧集》。因为我看，你的肩上，工作挤压得重，时间又急迫，到时，是不易完成的。你和我都难办到。虽然，"生死恋"①的决定是敲定了。我看，可能只有往下推。

其实这无关紧要，我就想知道你社是否有个具体的按〔安〕排？有个时间限制？到时，我可以"应卯"。

当然，到1893〔1983〕年底，若能印出，还有两年工夫。但，为期也不算太长。我现在明白一件事，即，乘精神、体力还好，赶紧补过，把从前浪费的时间追回一点，写点东西，由你出版。

二、目前《日出》修改本快搞定了。你如不急，我便缓缓。先把《桥》后半，写出来。这也要费时间。还不知究竟能否写得出？我想把这个戏写到解放前。

三、感谢你，送我很多《胆剑篇》。感谢你的深情厚谊和"有求必应"，使我想起童年时在我父亲衙门里的后荒园中的神树，上面悬挂着很多小小的匾和红布，上面一律写着"有求必应"字样。

四、我不明白你为何不出川？是否你的病还是相当重？我以

---

① "生死恋"：《生死恋》是当时上演的一部日本电影。曹禺以"生死恋"来形容他和四川出版社的关系，即他的作品，无论过去的、现在的和将来的，都交四川出版。

为，你要适当地做些运动。我常游泳，现在心脏病，反尔［而］好些。运动过力，那当然犯心绞痛。你不能游泳，打太极拳，常走路，比光躺着，好得多。

然而，跑出医院，大量办公，且无休止。只等到又病倒，非进医院不可。即便一次比一次重。真得注意。

我最近常想，好人少，好朋友更少，谈得来的朋友也少，因此朋友如你，有病，便担心，这也是自私心重吧。总之，我不愿意听见你病。蒋同志来，问他，他说不清楚，但总似乎你对工作放心不下，没有人为你负责，只好自己强免［勉］出来干。真是如此？蒋同志并未说多少，我奇怪，我总有这样感觉。

真想见你谈谈，也许待我到八十几岁，你也老了，我再到四川看看你和其他的朋友。不过四川的朋友都出来了。我是一个孤寂的人，虽然，别人见着我，我总是好说笑，然心里空空的，我常想，这大概是缺乏感情的缘故。仿佛还有什么事要说说的，却又忘了。祝你健康，全家都好，问嫂夫人好！

家　宝

一九八〇·十·十一

十一月将开人大，我将与老巴[①]一同去北京，那就是十一月中旬或下旬。听说，巴金已归来，我还未去看他。

玉茹嘱笔，告我向你问好，注意健康！

---

① 老巴：即巴金。

1981年

李致：

　　收到你的信，嘱我把剧本全交四川人民出版社出版，我现在已告中国剧协赵寻同志（他是第一书记）我的决心与过去如何答应你的情形，他已完全同意。现在我们可以说正式约定了。

　　你说的功［工］作，即，把《雷雨》等书校刊一遍，我即着手。中国戏剧出版社已出《雷雨》单行本，样式、纸张，极潦草，我是剧协主席，始终不愿发表意见。今后，我要嘱他们不必再出了。

　　你说加插图，那自然好，但万不可用任何剧团的剧照。过去，这件事情有负你的盛情，我是很不安的。

　　新序或后记，我不想写了，因为实在无心思写。我的时日不多，颇想写新剧本，发表后，由你社出版。

　　各处欠债多，必须写点东西还债。但希望今后写出的东西还是看得过去的。

　　致兄，我希望重排，字要大一点，如能与你社的《王昭君》一样，再出几本精装，就太好了！祝好，问致嫂好！

家　宝
一九八一・三・十

玉茹托笔问好。我们真希望见见你。

李致兄：

　　得来信。

　　已告剧协我将在四川人民出版社出全集。剧协已印了剧本，已出单行本二种，我告以不再版，卖完即可。

　　现在学习很紧。

　　俟工作略告结束，即把《雷雨》仔细校看，邮寄你。

　　实在忙，不多写了。

　　祝

你好，嫂夫人好！

家　宝
一九八一·三·三十一

李致兄：

　　最近看了《原野》的电影，我们都觉得还好。如果能在国内上演《原野》剧本，想必有人要看。

　　我有个意见，先印《原野》，以后印《雷雨》《日出》等，你看如何！

　　你如同意，我即找本《原野》校刊一下。不同意，我仍持原议，校改《雷雨》，寄给你。听候你的复音。

　　最近苈甘来，我们常见面，他将于21日飞沪。

　　问全家好，问夫人好！

　　祝

好！

家　宝
一九八一年四月二日①

---

① 原书信没有日期，此为李致收信时加的日期。

你何时来京！最近你社出版情况如何？四川人民出版社是很多作家愿意送稿子的地方。

李致兄：

收到你的信，事情较忙，复信晚，十分抱歉。

我赞同由四川人民出版社出《曹禺全集》，内容除了剧本外，还有什么，我还不敢定。好在还有十年，我想，从现在71岁到81岁，还有十年。这十年，我想再赶写点东西，剧本或其他。我的议论（关于剧本与编剧意见）与散文（我不会写散文，也许今后可以学，学着写好一点的东西），也许可以包括进去。

我从不留底稿，也不留剪报。我将来有文章，较好的，我会剪下，寄给你们。但目前，你是否托人代为收集一些？看看有否值得印的。我的《迎春集》，几乎没有什么可留下的。我的讲演，经我整理修改后，有一部分可以印。我看全集，先不要预告其中有什么内容，不知你以为如何？

我已校对好《雷雨》，用的是戏剧出版社板［版］本（印得最糟，是一种不大用心的，甚至是全不用心的板［版］本）。但做清样用，还是可以。现随信挂号寄去。我校对不仔细，希望你看出毛病，再改正。

我正在校对《原野》，根据是芾甘的文化生活出版社的本子，好容易才借来这本。借主凤子①，希望改了后的《原野》旧本，仍还给她。不知办得到否？

我非常高兴，看见四川人民出版社在《人民日报》上，受了赞扬，这是你和四川人民出版社的所有工作者应得的荣誉。我以为四川人民出版社是中国人民的出版事业，有远见，有干劲，严肃、负

---

① 凤子：剧作家。

责的好同志才能办出这样的事业。

听见你有心脏病，我十分吃惊，惦念。你是心怀宽敞的人，不应有此病，大约你太累了。或者困难多，事事都要操心，才使你病倒吧？你一定要完全（但也不一定，这要问医生。）疗养好，才工作。如心脏病不太重，仍应散步，打太极拳，做些运动，才好。你信中字里行间露出要赶紧工作，怕迟了的情绪，这不好，不符合事实。你绝不会如你所想的那样严重。你会完全恢复的，你会做出不少，不少的事情！这是无疑的。请你为日后更多的大事要做，保重身体。劳累了，必须休息一阵。我曾如此告苇甘。然你又比他又年轻多了！

我于五日将赴扬州，十日前即返京。时间短促，还得在那里说几句话。其实，本想在那里，略事休息的。

《原野》校完后，即寄去。仍请你和你的同事们改正。

祝
你好，嫂夫人好！

家　宝

一九八一年五月二日

李致兄：

连奉两书，回京后始读到。关于《戏剧集》《戏剧全集》《全集》，我以为用《曹禺戏剧集》较妥。我写剧不多，只有九本（除写了一半的《桥》外），称《全集》颇可笑。《桥》你若能弄《文艺复兴》刊载《桥》两幕两期给我，我很想，据巴金意，续写成一个整剧，那也不过十本，若用《戏剧全集》似乎有广告性，但不大实在。其他，我试想三个路子：

一、今后，七十一岁后，要多写"戏"。能多少，便多少。我意至少五本，到八十一岁。

二、独幕剧集，我记得曾改编《镀金》两幕，若谋来，看看可否列入。如今后，能写些独幕剧补入，也未可知。总之，我六月后，除必要的社会活动，开会外，我不想参加了。

三、关［于］《论戏剧》，据说零散的有一些，不知你社能否代为收集一下，挂号寄给我校读，再挂号寄回？我素不留剪报。四川大学中文系出了中国当代文学研究资料曹禺专集，上册有曹禺著译目录，但谈创作似亦不多。也许，日后再写一些。过去文章总要先看看，是否能用，不知也。我正修改《原野》，此本较难。须一些时间，无论如何，我当尽力在这两年把你所定的剧本校毕出版。然而，必须你与你社大力支持，各方寻觅资料，提出意见，才成。

你身体好，但轻了十几斤。似亦不妙，若是运动减食，以至于此，还好。不然，仍宜再查验。你说，怕两年中有事务变动，因此，急需刊印拙著，想后继无人。我是十分感谢，并同意的。如能再［在］二年中出齐，当然好。但夜长梦多，事与愿违，也是可能。我目前手下无《蜕变》《胆剑篇》，前半年，你社似寄一批《胆剑篇》，后遍查家中书柜无着，不知何故。

电影剧可不收。今后若写新剧，将发表在期刊（《收获》我欠债甚多，甚他刊物也不少），但书必在四川人民出版社，你说出大32开，分精平二版本，书前有作者照片及手迹，插图3~5幅，都想得极周到。

匆匆，再致谢忱。

祝你

好，祝全家好！

家　宝

一九八一·五·十三

李致兄：

　　《原野》已较仔细地校对，并改动一些地方。这本子是十二版（文化生活出版社）。我虽尽力用心改，但仍恐有不少错误。你太忙，请你手下的编辑们细看一下。我忽发现写此剧本并非为了写"复仇"，而是为了写"农民受尽封建压迫的一生和逐渐觉醒"，我当时的觉悟不过如此。我很想在新本后，写一个短短的后言。如能今年内出版，最好。因为此电影大约在最近在国内放映。《原野》重读，使我惊异昔日胆子确大，今日都大不如从前了。我将继续写剧本。

　　改动大处：

　　（1）大星的形象；

　　（2）"鼓"改"磬"声；"老神仙"改为"老道姑"；

　　（3）"洪老"改为"老魏"；

　　（4）有些句子改动了。

　　但绝大部分保留原样。

　　我的年轻时照片正在各处觅寻、翻拍，即将寄给你。

　　问嫂夫人好！

　　问全［体］编辑们好

问你好

家　宝

一九八一·五·三十一

　　我十分挂念你！你如得闲来京，我们将畅叙一下。

致兄：

　　久未奉书，十分怀念。日来身体如何，［？］前由蒋君[1]告知，

---

[1] 蒋君：即蒋牧丛。

你体重轻了，这是好事。但还是不要过劳。四川人民出版社的工作，看来极繁重，深深希望你量力而行，不要坏了革命本钱。

九月将到，你说要来京，不知何日实现，颇想见你，一倾积愫。近来事多，我愿少理，但终于拉去，真不知如何是好。

我想今后，尽力杜绝琐事，致力于《戏剧集》①，并补写《桥》的后一半。如可能，写点独幕剧，试试，究［竟］如何？尚不可知。

总之，时间不多，年过七十，如再不赶写点东西，将遗憾终生。

幸有你鼓励我，你多年对我的深厚情谊，催我前进。如今，"当面输心背面笑"的风尚，实不可取。我想，早晚，社会上这套西洋把戏应该撤［拆］穿，也必须撤［拆］穿！

  祝
你和嫂夫人好

家　宝
一九八一·八·二十八

收到《王昭君》再次稿费四百零五元，谢谢！

---

① 《戏剧集》：即《曹禺戏剧集》。

1982年

致兄：

两个月前，给你写了信，只写了一大半，便搁下。以后发高烧，进医院，高烧后，想续写，托孩子们把未写完的信找来，又找不到。现在只好重新写信。

我十分想念你，十分想知道你的近况。久未通音讯，仿佛我们许久没有见面，已记不清，我们前次晤面是在去年哪一月。这次病后，忽然感到疲乏、衰老，医生说还要动手术，把胆结石取出来。若再拖下去，日后愈弱，胆囊炎病重，则手术后，较难愈合。

总之，病后，颇想念老朋友。现我仍在北京医院，养息，等待手术。

关于我的全集问题，我是早和你商定，明确由四川人民出版社出版的。前曾邮去《原野》修改稿，希望能早些看到清样，我再亲目校对。最近我的记忆力益发差了。不知四川人民出版社究竟收到没有？

我还准备材料，续写《桥》，也可算做一本戏。不然这个戏只写一半，便放下，究竟可惜。我很想知道四川人民出版社关于出全集的按［安］排，我好按时把我的旧剧本，一本本修改好，寄给你。

前一阵，有人以个人身份，劝我同时由中国戏剧出版社，以上、中、下三册出我的全书，硬说这种办法与四川人民出版社出全集，并行不悖。我当即严词拒绝。我告来人，我已完全答应四川人民出版社出全集，不能更改。一年前，该社副主编陈默同志与其他编辑来我家商谈同时出版，我早已声明不能同意。不知忽然又有这种劝说，现在究竟搞些什么？

我怕中国戏剧出版社，又不顾我的主张可能来和四川人民出版社磋商。如果有这类事情，请你告诉我，我将和他们直接谈判。作者的书应该由作者本人决定出版的地方。这是作者的权益，不能强勉。

致兄，我总感觉，你那方面似有些困难。我想起你说的一句笑话，"生死恋"。任何他人无权干涉"生死恋"的自由。

我未复信，很久了。我对不起你。病中更希望你能写几个字给我。

出书是小事，我还是惦记你的健康。有精神，告诉我，你的身体如何。

问嫂夫人好，全家好。

祝

早日康复。

家　宝

一九八二·二·七

如立刻复信，即请寄北京北京医院北三楼307室曹禺。如收信迟了，请寄北京木樨地22号6门10号。

致兄：

收到你两封信，并《书友》。

巴老十卷选集[①]修改本都已寄给你，我更应从速寄去《戏剧集》

---

① 即《巴金选集》（十卷本），四川人民出版社1982年出版。四川人民出版社以一年的速度出齐，这在当时实属不易。

修改本。

　　这两天，我正在北京医院等候胆切除手术。不久，即把《日出》修改本寄四川人民出版社。我大约在北京医院医治一个月。以后或在上海疗养。你来信，请寄北京人民艺术剧院转给我。我出院后的地址，北京人艺会知道，转寄。

　　你最近短笺，看来是你的亲笔。想你已上班了。十分惦念你的健康。请代问嫂夫人好。全家好。

　　祝
工作顺利。

家　宝
一九八二·二·二十三下午

李致兄：

　　你好！

　　有两件事，须麻烦你：

　　（1）我前一阵，寄旧剧本的修改本和信给蒋牧丛同志都无回复。我怕万一邮失，又去查。若丢了，即便太可惜。务请告牧丛速回信，收到哪些本子和信？我曾请他提意见，也未见复。

　　（2）我的女儿万欢①放暑假，她将来成都，并游峨眉、乐山等地。她无处住。你能否介绍一个地方住？不需要钱，更好。要钱，就得少一些。她是学生，简陋点，是无妨的。她吃食自备。请你想个办法，立刻告诉我，或介绍另一个朋友，我再写信去。

　　（她由北京到西安，再转道到四川。）

---

　　① 万欢：曹禺的小女儿。1964年在北京，李致上班，万欢上学，同在一个车站等车。万欢是少先队员，活泼可爱，李致在共青团中央《辅导员》杂志工作，自然就认识了。同年暑期，曹禺陪巴金的女儿李小林来团中央宿舍看李致，带着万欢，原来就是李致在车站认识的小姑娘。

245

其次，女儿还想到西安，我无熟人可找。这也是个住处问题。你有熟人，可否为她谋一住处，住房要便宜。她在西安是参观，住不了几天。如你无办法，我再托京中朋友，看看有无办法。

（3）我十分无礼，用这些琐事相烦。听说你病了，才由京返川，究竟好了没有，我十分惦念。请你告诉我现在的病情，是否已见好？

（4）你如在病床上，请告诉秀娟［涓］复信。欢子的事，如无办法请即告我，我再想办法。

叨在至好，我才如此麻烦你。一切，都原谅我吧。

我正在改写《桥》，在上海有材料，有些好意境，似乎今年年底，这部新剧本可以完成。但需要安静与时间，不能受干扰。因此北京人艺30周年纪念，我不参加，全国文联的会，也不去开了。其余《明朗的天》《王昭君》《胆剑篇》，因无需大动，暂放下。但如急要，我放下《桥》的写作，即把这三本东西略事修改，寄去。

以上都请你或你的秘书告诉如何处理。请即复信。

最近许多事，都不大愉快。容我见着你，再细谈吧！

敬祝

健康并问秀娟［涓］好

家　宝

一九八二·六·十六

李致同志并转牧丛同志：

我去了几次信，都未见复。

我只是急于想知道前几次航寄的书与信，究竟收到与否？"文化生活出版社"的几个旧剧本约五本，《雷雨》《日出》《蜕变》《家》与《北京人》，都费点精神修改的。遗失了，不只可惜，是我再无精力做修改了，请务必复信，以慰下怀。

现已仔细读完《王昭君》，只改一处。即《献辞》中第一行"感谢华主席和以华主席为首的党中央……"，把"华主席和以华主席为首"的字样删去，改为"感谢党中央"，就成了，即可发排。我就不寄《王昭君》的修改本了。

前托寄来《胆剑篇》简装本两本来，不知何时才寄到上海？来了，即修改，寄去。我已觅得《明朗的天》，不久也修改寄去。

我正在写《桥》，前半（前两幕）也要大改动一下，好与此时准备写出的后半协调。我不参加北京人艺卅周年纪念，也不开全国文联的会，只为了专心致志写这本《桥》。现在正收集资料，写片断，想结构中，确有些吃力。我答应给《收获》发表。但写成此稿，今冬未必能脱稿，大约从现在起不断写，明春末可写成。我很喜爱在《文艺复兴》杂志发表的旧稿两幕，那是用了极大精力、体验生活、收集资料写成的。因此，如印成为书，希望在新剧本后，附印登在《文艺复兴》上原来的两幕，不知可否？

此外，我希望你们能帮我收集一些资料。因《桥》整个地点是重庆。重庆在1943年（也不一定限在1943年左右，只要四川的各种报告文学、生活琐事，街头巷尾的生活小书都要。）前后的世态、风俗、言语、袍哥的用语和生活、各种小［吃叫］卖声，滑干［竿］上路，前呼后应的行话，孔祥熙或其他要人的贪污案件（案件大，已被进步报纸披露，却又被蒋家王朝草草了事，但为进步人士大加攻击的丑闻种种）……又如重庆或上中等人住的房屋（在嘉陵江边的）与在歌乐山上的最讲究的别墅或南岸山上孔祥熙与四大家族为他们自己盖的最阔绰的别墅，或为他们的情妇添置的别墅，这些别墅详细描写或他们如何豪华的布局与他们生活与排场。

我已有的这种种材料，都不够，需李致兄牧丛同志大力帮助收集。

我听说重庆文史资料有这类材料，成都文史资料，也未常［尝］不可。但这类文史资料不可能借出。还是要收罗那些街头小店的书籍，小通讯。最好，能找到这段抗日时期的小说，描写重庆或成都的小说、报告文学均可收。画报更好。

如不能收集，不能寄来，可否告我这些材料的名目，哪个书店出版？我好在上海去找。（《雾城斗》一书，我已看，这类解放前地下斗争的书，我不大须［需］要。）在成都的四川抗日时期的生活、风俗、习惯，也未常［尝］不可。

实在麻烦，但也确不得已，只好麻烦你。可否托一位老重庆搜集一下？

你们都忙，不知行否。如困难，就告诉我，我还是可以另想办法的。

前请李致兄代为万欢来成都时觅一暂时住处，不知可否？务请李致兄即复，极感。

十分感谢。敬祝

安好

家　宝

一九八二·六·二十

李致兄：

我托你代为收集资料种种，这只可当作闲话，万不可当真，你们的事如此忙迫，我还在加重你们的负担，这确是太不成话。其实这些资料，我可以找上海的四川朋友寻问。巴金老了，且忙。实在无办法，我找他托人帮我，也不难的。

只有一件事，请你费心。女儿万欢暑假中要到成都、峨眉一游。她问到李致叔叔能否代觅一暂时住处（房费最好便宜一点）。她是学生，随处都可以将就。请你给我复信。万一有困难，我可以再想别的办法。但务请即早复信。最好能详细讲一下，如何接头，何时接头种种。

实在麻烦,甚感不安。

敬祝

安好,问秀娟[涓]同志好

家　宝

一九八二·六·廿一

致兄:

感谢你和四川人民出版社托牧丛飞京带来《原野》,得到新书,十分喜欢,装桢[帧]美、大方,印刷讲究,插图有几幅很好。

即将赴日,十一月四日即返京,玉茹和我同行。

回京后总有些事,但总要找出时间赶写《桥》或者别的什么。

闻牧丛说,你身体甚好,我很是欣喜。但总宜劳逸结合,为日后更好地工作,更多地工作。

送上我的字,甚丑。叨在至好,不以为丑也。

家　宝

八二·十·二十

李致同志:

闻你已来沪探望叔叔,又听说你将进宣传部①,不再搞出版事业。此亦意中事,是不可抗拒的历史发展。从四川人民出版社想,是大损失。也许从整个的大事业看,这样安排很正确。

---

① 李致原为四川人民出版社总编辑,1982年底奉命调中共四川省委宣传部工作。李致热爱出版工作,但又必须服从组织调动,后兼任四川省出版总社社长。四川文艺出版社完成了《曹禺戏剧集》的出版工作。

我经常思念你和牧丛,有你们这样有心人搞出版事[业],人们是愿意多写点文章,为读者看。作者也可以欣赏一下自己的东西装璜在美丽、高雅的板[版]本里。

似乎《蜕变》早已航空挂号由沪寄往牧丛,请询问一下。请珍重身体,不要发胖。

家　宝

一九八二年(十二月十日)①

致兄:

十二月十二日信由玉茹转到,听说带甘已能适应病房环境,稍觉慰安,然此次跌伤,如大病一场,真是伤些元气。我一俟痊愈,即飞沪看他,当然也无用处,只是见他一面,谈谈,总好过一些。

巴老总是关心朋友,病中还嘱你出书事。其实,使我最着急的,倒是目前,迟迟未能动笔,不能早些把《桥》写出来,使他徒徒关怀,不见成果,觉得对不起他。

你说出我的剧本,要负责到底,我是很感谢的。一生总想写一点确有点水平的东西,而今,却有思衰力竭的样子,很不甘心,这几天,病下来,知时日不多,确是明白生命的意义在于有点东西,拿出来,而不在于取求什么了。

明年一年[季]度能否把稿子出齐,看现在病状,可能有点问题,但如能在明年一月初即赴沪,在上海又能安心写作,也许明年二季度末,会交出全部稿子。其实,明年能否出版,并非大事。晚些出,毫不足虑。只希望在你亲自关注下能印出书来,无论何时,都是次要的。

你心脏好,眼无毛病,这都是好消息,一患重感冒,头很昏

---

① 原书信无具体日期,依据李致收信时的记录。

沉，似你的健康状况还不如我，你要求自己严格，平日工作太重，这大概是根本缘故。

工作惯了，难于自制，还是请从长远打算吧。

前为赴日，四川人民出版社的印刷装订工人费了大力赶出《原野》若干本，送给日本朋友，他们确是赞美这样的版本，我也觉得很光彩。我现在作为给牧丛的信，提了几句，不知适当否？不可用，就不必拿出来，已说得太迟了。

问秀娟〔涓〕嫂及诸侄好。

家　宝
一九八二·十二·廿二晨

1983年

致兄：

　　来信诵悉。

　　即将会晤，十分高兴。

　　我前日动个小手术，取下喉头活体，究竟如何？需节后才知，医生说，用喉头镜看了，并无异征，不会有问题。

　　我住北京医院，门禁较严，探视需带工作证或介绍信。我的电话是556031转560找我。探视时间是一三五七日，但如无其他病变，不久即回家。返家前，当电话告知你。

　　祝

新年快乐

家　宝

一九八三元旦

致兄：

　　信早拜读。我万分欢迎，你领振兴川剧代表团来首都公演，我与玉茹将多多学习，多观摩，一定要写篇学习心得，表示感谢。玉茹将由沪特为看川剧代表团来京学习（她读我信告，将专诚〈程〉来学），并想托你转恳川剧大师教她一二出川戏，尤其是《打神告庙》，她耳闻我多次宣扬，更想学会，学明白，以广学识。

再，北京人艺正在排演《家》，一群演员托我请求看川剧，为增加一点知识。

你说给戴卫①写的小幅字，给你，当从命。但我已忘记大小，见面时，你告我是若何尺寸，定办。我字之拙而俗，你是知道的。你既教我写，我就厚着脸皮写。

问嫂嫂好。孩子们好！牧丛兄好！

家　宝
八三·九·五

致兄：

振兴川剧来京②演出，大得成功，奋发首都戏剧界，确立信心，至可庆贺。

近几日，屡电未通。颇愿与你一见，畅谈一次。看你实在太忙，无时闲聊天。万一能抽空前来，便极好。不然，也望能通一电话。

承嘱告，写了两张字，似比以前的条幅小些。字极拙劣。相知如你是不会见笑的。

请代问所有四川戏剧界朋友们好。

家　宝
八三·十·十八

---

① 戴卫：画家，曾为《曹禺戏剧集》设计封面并画部分插图，深受曹禺称赞。

② 1983年秋，振兴川剧晋京演出，曹禺和夫人看了几场演出，即《巴山秀才》《绣襦记》及《丑公公与俏媳妇》《禹门关》。时任中国戏剧家协会主席的曹禺，为振兴川剧晋京演出举办了讨论会。曹禺大力肯定振兴川剧，后又著文称振兴川剧口号的提出是"空谷足音"，必将对全国戏曲产生影响。

李致兄：

奉上为左清飞①同志题字，请转交。

问

秀娟［涓］嫂好！

家　宝

八三·十·二十

---

① 左清飞：四川省川剧院演员，在《绣襦记》中饰李亚仙。1983年秋，左清飞曾随李致拜望曹禺。

1987年

李致兄：

  连病数月，最近又动手术，尚未痊愈。文艺出版社邀约出席"名酒节"实不能参加。务请代为辞却，不胜感谢。专此专请安好！

曹 禺

八七·八·二十二[①]

---

 ① 1982年底李致调离出版社后与曹禺的工作联系逐渐减少，加之曹禺生病住院写信不便，此为曹禺给李致的最后一封信。

附 记 一[①]

家宝叔和李阿姨：

  上半年，曾托高占祥同志的秘书带了一本我的散文集《往事》送给你们，想已收到。目前清理信件，找到家宝叔给我的三十九封信，我觉得很有价值。与省戏剧家协会研究，拟在他们的一个内刊上发表，供研究家宝叔的同志参考。我写了一个《前言》，作了一些注释，删掉个别批评别的出版社的话。我恳请家宝叔同意。久没通信，很想知道你们的近况。家宝叔的身体好些了吧？李阿姨辛苦了。我的字迹潦草，怕你们看不清楚，所以把它打印出来。

   即颂

俪安

李 致
1996年11月4日

附 记 二[②]

  我珍藏着这三十八封信，是曹禺写给我的。

  这些信没有收入《曹禺全集》。1996年11月，我把信整理出来，征得万叔叔（我这样叫曹禺）同意，在四川省剧协的内刊上《四川剧坛》首次发表。在我把《四川剧坛》带到北京前几天，万叔叔驾鹤西去，我只得含着眼泪把它放在万叔叔的遗像下。1997年1月21日，得到时任总编辑王晨的支持，《光明日报》刊登了其中十封书信，以"表达广大读者及本报编辑

[①] 此系李致拟发表他藏的曹禺书信，此封为他致曹禺及夫人的信。
[②] 此系四川教育出版社2010年版《曹禺致李致书信》后记。

记者对这位文坛巨星的哀悼与怀念"(《光明日报》编者按)。

我对北京人民艺术院有一种特殊感情。其中之一,是我和濮存昕的友谊。他曾希望我把这三十八封信捐赠给北京人艺博物馆。说实话,我舍不得交出原件,但一般的复印件又觉得拿不出手。正当我在打算自印一本小书时,四川教育出版社社长安庆国看中这个选题,几位老出版人对此也表现出很高的热情。这样,这本书信集得以正式出版。

获曹禺评论奖的廖全京为本书作序。出版前言把出书的意图说得很清楚,无须赘言。除曹禺的三十八封书信外,附录了四篇怀念曹禺的文章[①]。感谢李小林和万方、万欢的支持,充实了本书的内容。

谨以此书,纪念曹禺诞生一百周年。

2010年9月1日

[①] 其中李致的《何日再倾积愫——怀念家宝叔》文见《李致文存》之《我与出版》卷。

|附|

生命的意义在于有点东西拿出来
◎ 廖全京

巴金的时代过去了。

曹禺的时代也过去了。

他们为之倾注毕生心血的中国现代文学和现代戏剧,还在变化中延续。

没有了巴金、曹禺的中国文坛和剧坛,仍然需要他们的思想,他们的精神。

这也许正是出版曹禺致李致的这三十八封书信的意义。

作为中国现代文学艺术史上的双子星座,巴金和曹禺的友情是那样的浓烈,那样的真挚感人。对这一段七十年的生死相交,曹禺在1992年4月27日给巴金的信里做了这样自然生动的概括:

"我八十二,你八十八?加在一起,有一百七十岁,我们还在不断通信,这是多大的幸福。芾甘,你使我感到幸福,你是我的真朋友!老朋友!"

他们之间不仅是朋友之交,而且是通家之好。在巴金和曹禺的家人之间,在曹禺和巴金的家人之间,在两人的子女之间,始终保持着一种暖融融的心灵关系。

曹禺给巴金的侄儿李致的这些书信就是一个例证。

这并不是单纯的私人之间的书信往还。这里有前辈对后辈的关心爱护,肯定鼓励,更有两代人对国家、民族的文学事业、文化出版事业等的真诚的热爱和无私的付出。这里流贯着曹禺的也是巴金的精神——维系着中国几代知识分子的生命的精神。

通读这三十八封书信，我强烈感觉到乃至触摸到了曹禺晚年的一颗不宁的心。在曹禺的内心深处，始终翻滚着痛苦。用女儿万方的话说，"痛苦是他的天性"（《灵魂的石头》）。在上个世纪三四十年代，他的痛苦源自时代和社会的残忍和冷酷，源自他对人类的怜悯。这种痛苦如心灵的魔，在《雷雨》《日出》《原野》《北京人》和《家》中"郁热"地搏动。50年代初以后，他的痛苦则与政治化的艺术大气候有关。他无形中受到了束缚（给他安排的院长、主席、领导等，实际上也是一种束缚）。尽管他也写了《明朗的天》《胆剑篇》，但他自己深知，观众在这两部戏里，没有看到当年那个天才，没有看到那个天才的激情奔放的华彩乐章。1976年在中国发生的一场巨大的政治变动，终于使陷于绝望的曹禺听到了春雷滚动的脚步。然而，新的痛苦随即相伴而生：他又被安排了许多职务，他又陷进了无穷的会议和外事活动之中。这时，他强烈地感到一种创作的冲动，同时，又强烈地感到自己老了，写不好了，写不出来了；即使写出来了一些（如《王昭君》），他又怀疑自己写的东西是不是真的好！这时的痛苦，源自焦虑，源自一种急于写出东西来而客观、主观又决定了他不能写出来的矛盾。从他当时写给李致的信中，可以读到这种状况和心迹：

在京事仍杂乱。但赴沪也未必能闲下来，大治之年，还应为社会主义建设多做些工作，但总以干本行写剧本为是，不要弄些"少慢差废"的事情缠住自己。

（一九七八年十一月二十三日信）

我实在忙得可以，不仅是各种会要开，而且各种必须写的稿件要写。天天欠债，天天焦头烂额，……

（一九七九年一月十四日信）

近来事多，我愿少理，但终于拉去，真不知如何是好。我想今后，尽力杜绝琐事，致力于《戏剧集》，并补写《桥》的后一半。如可能，写点独幕剧，试试。究竟如何？尚不可知。

总之，时间不多，年过七十，若再不赶写点东西，将遗憾终生。

（一九八一年八月二十八日信）

字里行间，透出他的无奈和焦灼。这是一位真诚的、有才华的艺术大师的良知和创造欲望交织而成的冲动。记得，当年有艺术家在眼见春回大地而镜中的自己却已满头白发时写下过这样的诗句："狂来欲碎玻璃镜，还我青春火样红。"曹禺当时的心境，庶几近之。

巴金的心，始终是和曹禺相通的。巴金能理解曹禺，总对曹禺说知心话。就在李致和曹禺通信的同时，李致的四爸巴金在一九八三年给曹禺写信提出忠告：

希望你丢开那些杂事，多写几个戏，甚至一两本小说（因为你说你想写一本小说）。我记得屠格涅夫患病重危，在病榻上写信给托尔斯泰，求他不要丢开文学创作，希望他继续写小说。我不是屠格涅夫，你也不是托尔斯泰，我又不曾躺在病床上。但是我要劝你多写，多写你自己多年想写的东西。你比我有才华，你是一个好的艺术家，我却不是。你该少开会，少写表态文章，多给后人留一点东西。把你心灵中的宝贝全交出来，贡献给我们的社会主义祖国。（钱理群《大小舞台之间——曹禺戏剧新论》）

此类的真心话，巴金不止一次给曹禺说过。这一点，可以在曹禺给李致的信中得到印证。1982年12月22日他给李致的信中就说："巴老总是关心朋友，病中还嘱你出书事。其实，使我最着急的，倒是目前，迟迟未能动笔，不能早些把《桥》写出来，使他徒徒关心，不见成果，觉得对不起他。"这使曹禺无奈、焦灼、痛苦。他心里是有真宝贝的,然而,种种绳缕缚紧了他,他有无法解脱的痛苦。

巴金自己努力在晚年给后人留下了五集沉甸甸的《随想录》,他鼓励曹禺"多给后人留一点东西";曹禺也强烈地希望自己多写一些东西,并努力挤出时间创作。据万方说,多年以来,她爸爸手边一直有好几个笔记本,里面记得最多的是他想写的戏如《黑店》《外面下着雨》《岳父》等戏的提纲。曹禺和巴金他们两人,不,他们那一代艺术家,将自己心中的艺术与自身生命的价值看做是一个同样神圣的、圣洁的东西。曹禺给李致的三十八封信里,有一段我以为最重要的话,那就是:

  一生总想写一点确有点水平的东西,而今,却有思衰力竭的样子,很不甘心,这几天,病下来,知时日不多,确是明白生命的意义在于有点东西,拿出来,而不在于取求什么了。

(一九八二年十二月二十二日信)

生命诚可贵,创作价更高。这创作,主要并不为钱,更应当与老板的钱袋和官员的权势、政绩无关。从这些书信里,我感悟到什么是生活的最好方式,什么是真正健康幸福的人生,什么是生命的力量。同时,我也为曹禺最终未能写完《桥》,最终未能写出多年想写的作品而遗憾。当然,没能写完和写出,还有更深层的原因。其中的许多东西,值得我们,更值得后来人深长思之。

通读三十八封书信,我强烈地感觉到巴金、曹禺那一代人对生命的意义的认识即"拿点东西出来"的质朴踏实的劳作精神,在他们的子女身上,准确地说,在后一代人的身上,再一次令人欣喜地展现了出来。我觉得,收信人李致代表着一代人,代表着当年的四川人民出版社的那样一群人在与曹禺对话。在这场延续多年的对话中,曹禺则代表着老一代作家,一批名作家——两代人,一条心,一股劲,为中国的文学艺术事业,为中国的出版事业呕心沥血，孜孜不倦，辛苦操劳。这些信就是直接、间接的生动记录。

你真能追！居然把我追到上海，也不放！

真是个了不起的出版家。

（一九七八年十二月三日信）

这也许是曹禺对李致的第一印象，应当说，这也是曹禺对当时的四川人民出版社的总体印象。曹禺的这句话，把人带回到上世纪八十年代前期的四川出版界。那时，无数的文艺书籍仿佛洪峰突至，国内外经典作品如甘霖滋润着整整饥渴了十年的中国读者的心田。在时任四川人民出版社总编辑李致的主持下，四川出版人解放思想，大胆改革，"立足本省，面向全国"，一批老作家在粉碎"四人帮"之后的近作一部接一部于四川问世，规模宏大的《现代作家选集》陆续出版。四川人民出版社向曹禺约稿，并慎重决定在精心出版《王昭君》之后，迅速而隆重出版《曹禺戏剧集》。精诚所至，金石为开。李致和四川人民出版社实实在在的办事作风和办事效率，尤其是他们纯朴、真诚、热情的奉献精神，深深打动了曹禺，他放心地将《曹禺戏剧集》交由四川人民出版社出版，并由此与他们结成"生死恋"。细读这期间曹禺给李致的信件，整个出版过程及其细节历历如在目前。

沙汀致李致

李致文存·我的书信

李致与沙汀

中国社会科学院文学研究所

李敏同志：

三日夜奉委，经研究决定照此处的同意。

我对排版迟疑甚久是，我将尽力送将。第一卷编就，当留月底或六月底或四月后与所审阅。既是选集，应力求格调风月之与水平较高编为精华一卷。

我估计约可二十万字。第二卷争取下半年编成，因为别的事情加其校改一下的两中篇与其相近，这东西写作修改都迟都许迟了。不过也不妨打作应过来，第三卷的编选工作比较简单，记得在上海，你决师借得存三册的简节故此琐碎也。

1978年

李致同志：

　　寄出《过渡集》后，又给您们一信，要求您们简复我，收到没有？您们不是催我交三卷的稿子么？而《过渡集》还是费了好大气力才找到的，并抱病进行校订，编了目次。这也可说讨好之至了！可是您们竟支［只］字不复！

　　您们是否不愿意续出这部选集了？千万不必客气！不出，就搁下来好了！我是在病中，仍在进行第九四卷的编选工作，尽管我需要的最初版本，比如由林如稷、谢协清两位在成都印行的《我所见之贺龙将军》，至今尚未找到！

　　总之，您们若果不愿意出书了，也望明白见告！
致礼

沙　汀
五·十二日

李致同志：

　　前日曾寄杜谷同志旧照十一张，以备您们选用，想来已知道了。兹又寄陈选集①题记修改稿一件，望您审阅后转交李定周同志！他没有出差吧？代为致意！祝冬安！

　　　　　　　　　　　　　　　　　　　沙　汀
　　　　　　　　　　　　　　　　　　十一月·三十一日

　　在所寄照片中，在北京住宅阳台上和两个孙子合拍的一张，希望能备［被］采用！不管哪一册都可以。

　　又启。

李致同志：

　　文联开会期间闻您曾来北京，竟未能一见，至今尚以为歉！您们派来的编辑两次我都见到了。第一次谈到《鲁迅评传》问题，因而谈得较多。曾庆瑞同志如能做到他在导言中所提要求，这倒是一件值得高兴的事。他前日又有两封信给我，因为同志们照顾我，已由许觉民同志处理去了。

　　至于您们准备出版何其芳选集事，我们没有意见。而且由您们来办这件事也合情合理。因为所里的事务忙乱不堪，最近又将搬往东郊暂住，以便另建新的办公大楼，事情也就更麻烦了。因此，我们的意见，由您们先拟一个篇目，然后大家互相商酌，作出最后决定。如果由我们搞，那将拖延时日，不知要何年何月才能定夺了。

　　您们要我出一本从未收入过集子的小册子，我没意见，但是我没时间，这事也得由您们代劳搜集。但是，我想，就连"文化大革命"前两三篇新创作的东西全都编入，恐怕字数也嫌过少。那么，再等个年把，或者将其他未曾编集，而又免［勉］强可以保留的东

---

①　陈选集：指《陈翔鹤选集》。

西，也收进去又如何呢？恐怕也太少了。看来还是搁一搁好。

我曾一再请托您帮我找一份文化部门揭批田禾那个发言，您至今没有兑现。因为我一直想搜集一些这方面的材料，写一个"四人帮"的代理人在四川的反革命活动的中篇小说，也有不少设想，只是苦于材料不足。仔细想来，"批林批孔"以后，四川的"帮派"所串演之丑剧，特别是革命人民群众的反映，可谓多矣！您们如果能在这方面帮我点忙，我可以为您们写个中篇！

当然，这首先得有材料：书面的和私人谈话记录。二呢，目前工作过紧，得明年才能根据所掌握之材料具体进行构思。而最决定的因素是材料！

高缨同志听说早下去了，这很好！

匆致

敬礼！

沙　汀

一九七八·七·二十

李致同志：

您们注意出版四川地方作家的选集，我觉得好。不少省区都出全国性的选集，就颇有重复之感。以我们现有的印刷能力和器材说，也是一种浪费。其实，可办、应办之事并不少啊！

《鲁迅评传》的导言，我早看过了，感觉作者的一些主要观点不错，并以之推荐给文研所其他负责同志。目前，作者已返北京，但因我正住院体检，将由其他同志约其面谈，提供一些必要参考意见。但我迟早总还得约他面谈一次。您们这项工作抓得好，是件大事。准备写鲁迅传的人，有，但最好能多有三两种版本。

有关我的选本，还是由您们先提个选目吧。我实在提不出来！如以"四人帮"垮台后写的为准，即将三篇悼念性的文章编入，字数也少。即或放宽尺度，把"文化大革命"前三两篇谈创作的文也收进去，字数上的问题虽然勉可解决，但已失之过杂。因为现已收集到七篇《敌后琐记》，如能再搜求篇把，将过去经过蒋记检察官删过的加以增补，倒还勉强像个样儿！但又恐东西陈旧，您们未必愿出。此书曾由艾芜经手，准备在桂林出书。后纸型放烂，就搁下了。

您们肯在材料上帮些忙，我确乎有决心写一个以"四害"在四川从嚣张到垮台为主要内容的中篇。今年因故以致返川之行一再衍愿，每年回家乡住段时间从事写作的计划则一直未变。因为我设想写的两三篇东西，地方多在四川，而且还必须在四川补充材料！

出一本陈翔鹤选集事，我很赞成，且已托人向冯至谈过了。他也很高兴，表示愿意和商量着编选这本集子。

疲累不堪，就写到这里吧。匆复顺致

敬礼！

沙 汀

七八·八·四日

李致同志：

昨天接到你社二编室一份三年规划草案，我有以下几点意见。

（1）李劼人的作品，从内容到语言，最具有四川地方色彩。有《李劼人研究》，而无他的作品，看来值得考虑。

（2）出一册《陈翔鹤选集》，好。是否也可考虑出一册陈炜模的选集、一册林如稷的选集呢？我记得，解放后林写过好几篇研究鲁迅的文章，不过并非"权威"之作而已。

（3）有关新的作品，孩子未出世前，不要先把名字定了，特别不要公之于世。一旦胎死腹中，作者岂不大出洋相？揭批四害的东西，我是决定要一试的，而成败则颇难预料。

（4）《近作集》，也不好编，前已有所陈述，并有出版《敌后琐记》建议。《电影文学剧本》大标题下，无具体项目，使我想起了拙作《嘉陵江边》，你们可否找来翻翻，大体尚可入选吧？

（5）川籍作者一般喜用方言、土语，考虑编一册辞典，如何？……

敬礼！

并请致意二编室的同志。

沙 汀

一九七八·八·十六日

耿其富是否即松鹰？他那本东西，我看过初稿，加工后会很不错，是本好书。省委宣传部还有个李铁雁，写过一个中篇，您们社里可能有人知道。你们同他有过联系否？又及。

我曾向"人文"问过，他们准备重版《大波》，未提到是否还要出《死水微澜》，您们是否向"人文"联系下呢？作者还有《天魔舞》，只在报纸副刊上发表过。又及。

李致同志：

二编室寄来的《何其芳选集》编目及附件，早收到了。但我至今仍不能对选目中任何一项表示意见。因为对《选集》编目中不少作品，不是未曾读过，就是虽曾读过，可早已记不准确了。主要之点还在这里，文研所早已有个机构负责编辑其芳同志的文集，它既是组织批准的，又是其芳同志的家属同意了的。即或我对某些文章的去取有意见，我也将先向这个专门机构的编辑同志提出，由他们进行研究后作出最后决定。其芳因自文研所创建以来，就负责主持全所工作，他的才能又是多方面的，著作甚丰；特别他本人去世了，在刊行他的著作上不能不慎重从事。而您们的选集，更不能不同文研所编辑的文集相配合，即在文集编目的基础上来确定选集的编目，千万不能操之过急！我认为这是一种真心爱护其芳同志，对一位全国知名的、党的文学工作者的负责态度。您们看来也正是用这种态度来从事选集的编辑工作的。因此，我特别要求您们待文研所的文集编目确定后，彼此通过协商，来正确解决您社准备出版的选集的编目。并请告诉您社的二编室，如有问题需要商量，请与邓绍基同志联系。专此奉复，顺颂

选安！

沙　汀
一九七八年十月十一日

1988年

李致同志：

　　前几天给您的信，不知收到没有？今天我又得到荒煤同志的秘书来信询问，而且较为准确地作了说明，荒煤的《选集》共为三卷，约一百余［万字］。

　　这部选集，是荒煤的秘书，应四川出版社之邀，在荒煤本［人］同意下编选的。编辑中，出版社曾一再提过编选上的这样那［样］要求、建议，可终于也把书编出来了，符合出版提出的要求。

　　书稿是去年初，经荒煤校订后寄出的，可是一直没有音信。经过查问才知道原责任编辑刘慧心出国时将稿件转交朱成蓉同志，而几经易函催询，但始终没有回音。

　　荒煤秘书严平提供的这个线索，将有利于您帮忙查询。因为尽管您已不管出版方面的工作，四川出版社的主要干部您总熟识，而且宣传部总会有人员严管出版工作，这对查询也很方便。

　　致敬礼！并盼复示！问邢秀田同志。

沙　汀
八八年七月十七日

我有一点建议，如果出版社硬不接受荒煤的选集，可考虑早日退还原稿。又及。

去西昌邛海度夏的问题，希乞费神解决。成都的气温使我的哮喘又发作了！三及。

李致同志：

今天收到你社送来两册成都会议时，伟大领袖和导师毛主席选的两本诗集。谢谢你们！我早听说过，也很想读读，直到今天算实现了。想你一定给芾甘兄寄得有，不知尚能找两三份给我送老冯等熟人否？我十三日动身，盼能早日费神送下。若不收费，当用你的名义带给老冯他们。

匆致

敬礼

沙汀

九·十日

李致同志：

毛主席所选《诗若干首》，无论如何，请再代买五套，因为好多同志都得送。林林同志且已致函给我，要这一套书。今日见面后，又提及此事。因他做对外工作，需要这一套诗选。

匆致

敬礼

沙汀

二十四日

李致同志：

  人民文学出版［社］王仰晨同志要我代他买毛主席所选编的那两册有关四川的诗集，还有周总理的诗集。此公同巴公、同我都相识有年，人很不错。请你务必代买一下——各一套。能买两套更好！因为我的已经送了人了。该款若干，他日见面时奉还。你能代我先将送王仰晨的各一套挂号寄去，则更为感谢！因为近日冷冻较大，也较忙，我已多日不出门了。

  敬礼

沙　汀
十六日

李致同志：

  来信及附件均收到。附件抄后即寄还。

  我是前天才出院的。但尚在服药，医生及所内同志也都要我再休养一个时期。以后即上班，恐怕也只能每周去三个半天。但是，需得动用脑子，则当不止三个半天。

  首都医院这次检查结果，还没有发现不可救治的"隐患"。主要还是肺气肿和慢性支气管炎，以及脑主动脉硬化。圣陶老人也住同一楼，毕竟年龄大了，一时尚难出院。

  我现在算免［勉］强有个所谓"家"了。但也无非日常生活方便一点、安静一点，少一点"作客"的气味而已。房子则是一位同志借给我的。

  你说的对，巴公和我都有个"争分夺秒"的问题。他身体较我好，但社会活动较我为多；我呢，健康情况则比他差远了。上次他来京，未见到。我近几月来，也少给他写信：怕打扰他。和济生通信较多，因为他精力冲［充］沛，足以应付！想说的太多，十月面谈吧！匆致敬礼！问候你爱人！

沙　汀
九·十六日

艾芜前天带队到鞍钢、大庆去了。这两处都是他旧游之地，又听了两位部长的报告，此行定获丰收。曾君已将《鲁迅评传》上册交所里了。我同荒煤、觉民都决定尽力给以帮助。我但希望他本人能与"导言"一致，或基本一致，感到更好！又及。

《青杠坡》下月出书。《短篇选集》早已付排；《过渡》及其他书也付排了，但今年内是不都能出书，就难说了。知念特及。

沙　汀
十七日

李致同志：

寄赠的书及附信，都已收到。《闯关及其他》抄写好后，盼即寄来，我将尽快改好寄还您们审阅。《近作》亦当尽快使之能凑成个小册子。但主要还在中篇。可以说，我比您更着急！一瞬之间，一年就过去了！再这样下去怎么成呢？所以近来有时相当发烦。

川戏看过两场。本来很想多去看几次采［彩］排，出些主意，结果未能如愿。一则最近较忙，二则我怕熬了夜会失眠，所以只是向文艺界有关人士，——也仅限于熟［人］做了点联系工作。近日这里的一些群众活动，想来已从大参考上知道。我就不多说了。简单说，局面生动活泼，形势大好！

匆致
敬礼！

问候您爱人。

沙　汀
十一·廿八日

《何其芳评传》是谁写的？我已经看过了。明日将向牟决明[鸣]同志谈谈我的一点建议。我认为这本书作者已经花了不少工夫，基础不错，可以改好。又及。

李致同志：

二编室寄来的抄件，已经收到。《闯关》何时能抄好寄来呢？至盼！

您寄来的剪报和信也收到了。写那个中篇，我也相当着急！可是仓促从事是不行的，还得进行一些必要的酝酿和准备。您寄来的两批材料，当然需要，但我更需要的是，一、批林批孔以后一些大的事件的具体情节："四人帮"有关限制悼念总理有些什么条条款款？具体说法如何？何时、通过些什么渠道下达的？群众怎么自发追悼起来的？各级领导对此又是什么态度？最好举一两个实例！除此而外，我最需要的是，普通干部、人民的生动反映。

我已经有过两三个构思了，但都不够理想。大的事件发生、发展的过程及其结果，是需要事先弄准确的，如我上面说过那些。但我想反映的却是群众的态度和看法，以及当时的一般风尚。请您注意这个，并望多方支持。

匆致

敬礼！

沙汀

十二·九日夜

《何其芳评传》业已拜读。并已向牟决鸣同志提供了点参考意见，由她综合各方意见告诉您们吧！又及。

1979年

李致同志：

信、书，前后三次的，都收到了。没有回信的原因很多，但我这两天却比较清闲了。原计划到昆明去的，因为同志们怕我受累，家里又不能全走光，所以尽管干不了多［少］事，还是决定留下来"守寨"。

新年以前，我记得我曾回您一信。还拜托过您一件小事。如果您从我家里取去的书简中，有蒋牧良的信，就帮我复制一份，或摄影后将底寄来，因为我答允过牧良的女儿，这事不能失信！

《青杠坡》先后取了六十册，送光了！但前天又特别搞到十册，缓两天就一定寄您！其实，我寄回四川的，也只有五册光景。好多该向之求教的，都未送。这本书，看来琢磨太不够了。缺点和不足之处甚多，说不定还有错误。我曾向熟人戏言，这可能是我最后一篇小说！

您说的话极是。但才气、生活、精力有限，着急又有何用？与其老来出丑，不如另找门路。去年一年，真过去得太快了！但您不用发愁，我正在考［虑］为您们搞本东西。新的，得慢慢来，就是要给我充分的时间。总理六一年的两次讲话，想来已在学习。他讲得多好啊。在当前、今后都有极大指导作用！

我说正在为您们搞本东西，不用讲是旧作。近作可以稍缓一下，因为预感搞得来不如旧作结实。您们代我抄写的《敌后琐记》，一共已有七篇，正修改中。另外，我想从选入选集的三十年代的旧作中，选集个五六篇，进行认真加工，合为一册，名之曰《编余集》，您们要吗？

其芳的选集，为找茅公题签，我跑过两趟路。他很快就同意了。可尚未寄来。至于选集的题记，决鸣同志要我写，我已写出初稿。修改后还得打印出来，送有关同志审阅，最后才能定稿。时间可能在昆明会议以后。因为所里一些老同志都走了，又得让他们都审阅。

我一下就密密麻麻写了两页，我羡慕您信写得那样简练！祝新春康乐！

沙 汀

七九年·二·七日

李致同志：

（1）我两本新出的小书，将由高缨同志转您。（2）《编余集》拟收三十年代短篇五至六篇：《汉奸》《撤退》《平平常常的故事》《我"做广告的"表兄的信》和《莹儿》（此五篇均见短篇集《航线》），其他是六至七篇《敌后琐记》，您们代抄的，目录就不写了。（3）所选短篇，按照当时的条件说，主题思想、艺术都还可取，颇有敝帚自珍的意思，颇多作了不少修改、加工工作，将来您们看后，行，又行，不行，退我收了！（4）来日无多，谁不想多写点东西，但也得从实际出发，既不能撇开一切，不闻不问，也不能不顾死活地干，此点望能鉴谅！（5）《闯关》如不出，当付一定抄录工资。匆致健康！

芾甘兄前晚已会见，谈话不少，但尚未尽所欲言！

沙　汀
二·十九日

李致同志：

上次寄您的编余集目录，您们审阅后觉得怎样？如以为可，下月即可寄出。这十二篇东西改得较多，也较乱，可又无法另抄，付排前只有麻烦您们想办法处理了。我杂事较多，有时颇以为苦。匆此，顺祝健康！

沙　汀
三·二日

李致同志：

信收到。其芳选集题记，正征求意见中，修改后即寄您。李劼老该出个文集。艾芜同意，当然也应该出。我可不能同意——等我翘了辫子后看吧。编余集所辑各篇，容我再看一遍，争取于月底前寄出。《闯关》的问题，已给青年出版社谈过了，他们还得考虑。

专致
敬礼！

沙　汀
三·十七日

我估计青年出版社可能让您们出《闯关》。我已同他们打招呼，因为我没时间改写！又及。

李致同志：

您好！《编余集》已寄出多日，收到否？如不可用，盼即退回。《闯关》如何处理，青年出版社尚无回音。我目前也挤不出时间加工。因您们"二编室"来信催还原书，兹特挂号寄还，抄件则暂时留下，如何处理，等以后再说。匆此，顺颂编祺！

沙 汀
四·十一日

李致同志：

前两天正在给你写信，牟决鸣同志带了一位您社的编辑同志来，说你即将来京。她们走后，我就没有把信写下去了。写了几行，只好作废。到今天快一星期了，犹不见你来京，所以只得草草写上几句。至于你所询问各事，我同那位同志谈之较详，这里我就不赘述了。

敬礼！

沙 汀
一九七九·五·十一日夜

李致同志：

附信收悉。近患感冒，好在已经没问题了。请释念！集子的引言我直接寄您。给二编室的信，及《小鬼》改正文，因为横竖得由您审阅。老实说，我颇担心这本东西出版得太仓促了。内容也杂一点。匆致

敬礼！

沙 汀
六·十四日

李致同志：

　　人老了，脑子不够用了。您那天来，我竟自忘记将带上海的东西交托您了。便中望来取去。还有，如不便，一时不会去省医院，请将那张眼药方单退我。我想自己再看看。就把该药用了再说。不能继续使用，也还可照旧用法可放。我怕搁久了会失效。

敬礼！

　　随手抓来一张废纸就写，太不礼貌了！请原谅。

沙　汀
即日

　　我前天感冒了，正治疗中。看来尚无大碍！又及。

李致同志：

　　寄您的稿件、信谅已收到。是否可用，您们有何意见？务请明白函告！如可用，何时付排，我毫无意见，只有一点要求，务必让我看看清样！

　　匆此，即颂编祺！

沙　汀
六·二十四日

李致同志：

　　来信收到。因在病中，迟复，乞谅！我那个集子的清样，您们肯让我看看，很好。因为《闯关》不仅未大改，校对都没有来得及校对！《敌后琐记》等寄出后，才记起有几处还得斟酌。清样如本月二十前寄来，就直寄我家里好了。如月底或下月初方能寄出，寄出之前，请先来信告知，因为我准备离京疗养。还有一事，集名《涓埃》，请估计，一般说来是否稍嫌费解？若然，还是照您们的原建议改过来，叫做《朝花集》吧！怎样？请酌！

　　致敬礼！

沙　汀
七·十二日

李致同志、二编室同志：

　　经与冯至同志商酌后，我们已经请文研所临时抽调了白虹〔鸿〕同志负责专门集辑、整理陈翔鹤同志的作品，因为我和冯至同志对翔鹤同志的作品都不怎么熟悉。好在他的作品不多，他家属也信赖白虹〔鸿〕同志。在选编好后还得征求有关方面提出意见，不致发生差错，或较大差错。我估计，今年当可向您们提出编目。《何其芳文集》编目，大约年内也可确定。而且您们的选集，一定会在文集出版之前问世！致敬礼！

　　关于翔鹤选集问题，请直接与白虹〔鸿〕同志联系。

沙　汀
十·十一日

　　此信今日已给曹饶〔曹礼尧〕同志一阅。

李致同志：

　　三日信奉悉。经研究后，既然您们同意我对拙著选集的安排，我将尽力先将第一卷编就，并写好自序，争取本月底或四〔月〕初寄您们审阅。既是选集，应力求按我自己的水平说，编得精当一点。我估计约可二十万字。第二卷争取下半年编成，因为我准备认真校改一下那个中篇《青杠坡》。这本东西写作、修改，都过于匆忙了。不过也不敢于修改过多。第三卷的编选工作比较简单，《记贺龙》而外，决将《涓埃集》中的几篇《敌后琐记》收入。因此，

《涓埃集》初版销完后就作废吧，已无须再版。此外，拟将建国后所写散文报导［道］作为一辑加，看来也会接近二十万字。或者用我那篇《敌后七十五天》代替，使其在内容上更为一致。当然，究竟如何，等到编选时再作最后决定。

创作五十周年，老艾著作等身，佳作不少，的确令人高兴！但即使对他，我也要求您和其他同志简单从事为好。对我，更宜不声不响。特别当前正在大力恢复党的传统作风，更应多加注意。至要！至要！祝健康！

请代问编辑部同志，我不另回他们信了。乞谅。

沙 汀

三·十三日

李致同志：

茅公逝世，叫人精神上很难受。加之，最近琐务又较多，《闯关》今天才校订好。序，选集的，也写好了。兹特附上一卷目录寄上。《闯关》则已挂号付邮。如果需要重抄，则请代为办理，费用由我承担。

二十个短篇，除开《代理县长》，我都不作修改了。目次则按写作时间先后排列。《访问》曾于去冬发表于《四川文学》。时间，即写作时间已记不清楚了。凡有目次上排错了的，务请编辑同志加以更正。如按时间先后出书，散文报导［道］多属三十年［代］末、四十年代初写的（主要是《记贺龙》《敌后琐记》），应编为二卷。三卷则选解放后的。不知您们以为怎样办较恰当？

巴老已会见三次。不久主席团开会，还会见面。而且，他离京时我已决定去机场送他。

《代理县长》需要改的地方，另纸附上。匆祝编安。

向文艺编辑室的同志们问好。

沙 汀

四·十六日

短篇，按近三年新出的版本付排。这一部分，除《代理县长》，可否不看校样？这次我一定要负责看校样！但望彼时我已回到成都休养。又及。

李致同志：

解放后的一卷，我决定将《青杠坡》编进去。但必须大改，太写得匆忙了。我早已考虑过这个问题，又先后向两位老朋友征求过修改意见。改起来远较《闯关》费时费力。如需重抄一遍，以不就印出的本子改较便，就请代为重抄；只是你社的稿纸太单薄了。选集序文还得改，可能交《文评》先发。

敬礼。盼复！

沙 汀

四·十七日夜

1982年

李致同志：

　　今天突然一下接到您们三封信，及八〇年九月通知。弄得我午休也耽误了！现已五点，仍然非常激动。

　　寄出《闯关》这样久了，您们突然来这一下，令人莫解。索性不出劳什子选集了好吧？真不知道此后还得淘多少冤枉气！既然您们已公布要出三卷本，又非将三记包揽进去不可，我已编好的三卷又如何安排？

　　您的主意真太多了！巴公也曾劝我选一本长篇，既然您三记都要，就都编进去吧，作为第一卷。其余三卷，则请按我的编排，不必再干扰我了。当然这也可增选三五个短篇。那就出个四卷本才合适。否则也可不必再考虑什么选不选集了。即一卷"三记"，二、三、四卷按我已定的编排，不能动。我已来日无多，不要只顾您们方便。

　　如果这样，就请先按"人文"新版本排《淘金记》《困兽记》，两月后交旧《还乡记》，争取今冬改出来。我为三卷本写好的序，只好作废，我也不准备另写了。

　　彼此非外，也请想想我的年龄、我的健康情况！

　　盼复。祝编祺

沙　汀
八二・五・七日

若果您坚持出三卷本，那就只好抽出《青杠坡》，并抽出几个短篇。《青杠坡》我花了一个月时间才改出来。

《淘金记》我既无增改，就准备不看校样了。这样，您该能在校对上保证质量吧？也望见谅。又及。

李致同志：

您们如有胆量印行这样一本巨著，望即派人来取第一卷部分译文及导言。否则，请回我一信，以便向介绍人和译者交代。沈从文同志信，千万退还给我。

匆祝

编祺。

沙汀

十月七日

1983年

李致同志：

　　以一个木工，而能勤勤恳恳钻研方言俚语，我认为是值得给予鼓励和支持的。但我常在病中，实在无法作具体处理，所以只转寄给您们了。

　　我翻了翻，觉得有一部分不错，是否可以选录一些，刊于《龙门阵》，以资鼓励？其实也有一定现实意义之处。当然，无需您亲自处理，您批几句，由其他有关同志来处理也就行了。处理如果得当，这也是广开才路一例。

　　希望您能在中央、省委的领导、指示下，为四川文化艺术界开创一个新的局面！是所盼祷。致敬礼！

沙　汀
八三·元月十七日

李致同志：

　　一月、三月两信，都拜读了。我只料定您会相当忙的，没想到您还病了一场！您去省委后，我希望您把出版社抓得更紧一些，不能放松。当然，不必事必躬亲，抓大政方针也就行了。而从我的感觉来说，当务之急，必须再物色一些同志充实编辑部。稿件多、人手少这个矛盾不解决不行。

十本精装选集一卷,还有几册平装,都先后收到了。稍后,我将专函李定周同志,这里我只是顺便提一句。高缨同志曾有信来,说是文艺界对您负责管文艺和出版工作,反映不错。我尚未回他的信,因为他谈到一位青年作者的家庭问题,我不了解情况。

凡是涉及私人生活问题,除了私交深厚,一般情节十分恶劣者,我都感觉不宜轻率发表意见。马识途同志来京开会,也谈及此事,我也未与之深谈。我一贯的态度是,人民、党,培植一个作家不容易啊!……

因为小说评选工作,筹备茅盾学术讨论会,颈椎病又弄得人心烦意乱。就写这一些吧!谢谢您对那位木工的关心。祝大安。

沙 汀

八三年三月廿日

我并不是介绍那位木工的书,但求能得到编辑同志的指正,或选刊几则。

请代致意高缨同志!

您们赠送的书刊,都收到了。谢谢各位同志。又及。

李致同志:

阳翰老明晚即乘车率文联代表团赴蓉。本有随其回成都住个时期,因为三十年代一位老同志将由香港来京,颈椎病又相当烦人,只好过一向再说了。

兹有托者,文学所特派朱静霞、袁学慧两位同志前往成都收购抗战时期书刊,务请鼎力支持,并请予以接见,或者由文艺处的同志同他们谈谈,为他们解决一些收购中的困难。如写介绍信件。

这事当然会耽误您一些时间,但对文学所的研究工作都将起到应有的促进作用。

　　劳神之处,实至感荷!匆致敬礼!

沙　汀

八三年九·廿八日

1984年

李致同志：

上星期早上，碰见吴雪同志，言即去机场飞蓉看川剧汇演。想台端近来一定很忙吧。

近日阅九月一日《川剧学习》，《重视对讲白艺术的借鉴》《川剧作家冉樵子》，都不错。前者叫人想起过去参加川剧现代戏改编的一些往事，也很悼司徒。冉樵子之名，我这个川剧迷第一次才知道，想不到《刀笔误》是他写的！而且写了不少好戏！我觉得此公的剧作应出专集。

我写此信，主要想通过您，能得到八二年的《川剧艺术》季刊。八三年和以后出版的，当然也希望帮我代购、代订一分〔份〕。人老了，久居在外，总时常想念家乡。而争取每年回成都住一段时间，可已经两三年多钉在北京了！……

您前次在北京"座谈"，一定增长了不少见闻，这对省委宣传部今后必将大有好处。祝工作顺利、身体健康！

沙汀
八四年十月九日

上海文代会后，听到一些议论，但是不知其详。您无疑比我清楚。但从所有议论看来，这次上海文代会的做法，倒是值得深思。又及。

李致同志：

另外还有一件事情，我已写信告诉李维嘉同志了。现在特别再向您反映一下。国庆那天，冯牧同志向我说，总会拟提名周克芹[①]同志参加一个访问团，去一次国外，不知四川会不会同意他去。

我因两年不曾回四川了，情况了解不多，只好说，克芹的家庭纠纷已在组织帮助下解决了，可能同意他出国吧。也没有再多问什么，就扯谈旁的问题去了。

当然，总会可能只有这么一点想法，最后是否决定提名他去，并向四川征求意见，尚不可知。我也从未参加过这类工作的讨论。因为克芹是川人，更不便问。

我想，不管如何，既然知道有这么一回事，事先向您反映一下，也属必要。祝工作顺利！

沙　汀

八四年十月十日

李致同志：

昨天暖气已经来了，可叫人并不舒服！当一想到还将度过漫长的冬季，就有点闷气。原想到福建住一个月，随后一想，语言不通，风习人情毫不了解，住下来实在太不便了。因此，决定于本月十号左右，回四川留住一段时间。

我预计住一个月。先在成都住十天，主要是治口腔长期不适顽病，也将请一位老中医看看内科。在成都的时间，我主要的希望是，能得到一些安静，谢绝来访者，更不参加社会活动。十日后，就去我过去熟悉的几个县的公社看看。

---

① 周克芹（1936-1990）：作家，茅盾文学奖获得者。

新巷子本可以住，但有一大难处，三十五年了，那里的厕所依然故我。而今年龄大了，又动过手术未及一年，头脑平日就常感昏晕，排便时蹲久了，大有跌跤可能。如在乡间，还可以到田野间解决问题，可惜又是都市！所以决定到"锦江"住。

我写此信，是希望在住蓉治疾、下乡访问时，得到您的支持。详细见面谈吧！住锦江事，已叫刚虹①代为联系。祝工作顺利、身体健康！

沙　汀
八四年十一月八日

能够为我提供一些值得访问的人物的有关书面材料。我也将量力而行，前往作些访问，尽管地区、对象陌生也行。又及。

---

① 刚虹：杨刚虹，沙汀女儿。

1985年

李致同志：

　　流沙河同志的访问记既已在上海发表，可能在《妇女生活》方面引起强烈反应。因为有的人是不服输的。而如果这样纠缠下去，老实说吧，对于她们也未见有利。因此希望您尽力把这股火捂下去，就此结束叫嚷了两年多的宣传战！匆祝日祺，新年好！

沙　汀
八五年元月二日

李致同志：

　　您好！这里有点事向您反映一下。我原本听说安旗同志到美国讲学去了。听戈壁舟说，并不曾去。但未告诉我何故未去。近日安旗本人来信，才知道原因颇不简单。

　　主要是，柯岗向中纪委"控告"她，说"十年动乱"时曾有谋害的意图。中纪委，也许是西北大学，接着派人到四川文联了解，而文联的回复似乎也多少证实了柯的控告。因而她出国讲学的问题，也就一直搁下来了。

　　据我所知，安旗参加过派性斗争，有错误。但是，她到西北大学有年，且对李白研究有一定成就，并不曾坚持错误，志愿以研究李白为终身［生］事业，人才难得，应该加以爱护。我同她工作有年，对柯某也熟悉，两个人可说一在天上，一在地下，不能比！

沙　汀

八五年一月二十四日

她也并不想出国，但她对柯的诬陷很气愤。柯的为人，您也了解一下。二十五日又及。

李致同志：

昨夜写信，只谈了安旗的问题。今天，准备再谈谈她爱人戈壁舟同志。八一年吧，我回四川不久，他也由西安到了成都，我们常相接触。

在接触中，每一谈起他们仓促离开四川的问题，我就不以为然，劝他们照旧回四川好。因为他们是四川人，亲属都在四川。他同意了。其时成都市正准备成立文联，崔［桦］同志当然是欢迎他，而且立刻向肖菊人同志汇报了。

一切都很顺当。戈返西安后，当即向西安市委宣传部汇报了事情的经过。结果市委同意了他的要求，单等四川调函一来，就让他离开。可是直到于今两三年过去了，可是成都并不曾通过省委组织部或者直接去函商调。所以，去年他是以特邀代表身分［份］参［加］作协代表大会的。前年，西安文联分配新居，也没有他这个市文联负责的份了！

这件事，也希望您费神查一查。如何？他两夫妇的年龄都不小了。从我的观感说，两人都相当正派，只是安旗心胸狭碍［隘］一点而已。四川文学界人才不多，这又不是向邻省拔壮丁，请您设法帮帮忙吧。

还有，阳翰老和我写信后，昨日已经见复。巴老一则说到时再说，最后却又认为我们可以不必一定要和他一同去，并望我们在会上代他说健康情况。您说这怎么办？！

敬礼。

沙 汀
一九八五年元月二十五日

李致同志：

返回北京后，我就着手清理巴老历年寄我的书简。分量不少，只是纸张已经发黄，容易破损。因而至今拿不定主意：邮寄吧，势难免于损坏；就在北京设法复制一份给出版吧，又担心影印时有困难。且不知这得花多少钱。因而犹预〔豫〕至今。原想直接写信同出版社联系，可不知写给谁好！

于老想不出妥善办法后，因为事不宜迟，我又秉性急燥〔躁〕，就只好麻烦您将我的一点想法，也就是上面提的，便中转告出版社了。

北方秋高气爽，较之成都，是一优点。但是干燥，皮肤甚感枯萎，有一点不适应。而且，再过月余，早上就不敢到河滨散步了。

见到聂书记①时，请代问候。我行前没有来得及去看望他，至今犹感歉然。匆祝大安。

沙 汀
一九八五年十月九日

李致同志：

我到京已十天了。可是直到昨天才出门参加社会活动：鲁迅先生逝世五十周年纪念座谈会。

---

① 聂书记：时任中共四川省委副书记聂荣贵。

在座谈会上，碰见社［科］院中国文学所的刘再复同志，曾经谈及出版纪念何其芳同志逝世十周年回忆、悼念文集的事。四十年代，其芳在四川做了不少工作。他又是四川人，因此，我们都希望得到您的支持！切盼便中给四川出版社打个招呼，希望他们顾全大体，多加照顾！

前日得济生兄信，巴老已经到杭州休息去了。有关《随想录》的笔记，到京

……（此信缺页）

1986年

李致同志：

我虽远在北京，四川的工作仍然时在念中。作协理事会后，大同[1]、克芹曾向我谈到四川分会可能近期召开代表大会，进行选举。今日得之光同志来信，知已着手筹备。

这事您当然知道。分会领导班子的团结问题，您更清楚……

然而，不管如何，您这位省委宣传部管文艺的部长，应该在代表大会安排领导班子前后，应用省委和群众付与您的权力大显身手！正像抓川剧和出版事业那样。而我绝不是要您为现有党组成员打圆场！对他们的缺点、错误，也该择要进行批评。至于克芹，让他搞创作吧！

理事会闭幕后，我还曾给党组三位成员一信，提了些工作上的建议。主要是切盼四川能多出人才作品。在同大同、克芹面谈时，还曾大加阐发……

我返京后，因为来访者都认为您在文殊院为我拍摄的半身像很不错，我曾写信请您为我复制几张，可是至今连回信都没有！

当然，您工作忙，所托之事，又不足道，我这里不过顺笔提提而已。为李劼人故居事，我曾写信给文化厅，想来您已经知道了。

---

[1] 大同：唐大同，诗人。曾任四川省作协副主席。

匆祝冬安。

沙 汀

八六年十一月三十日

请带我问候聂荣贵同志。

李致同志：

今天奉读手书，真是喜出望外，因为李眉前几天从成都返京，说您不在成都，出差去了。

李眉是李劼老的女儿。她回成都，是为了安排他们于劼老逝世后捐献给国家的故居、图书、文物诸事。因为"李劼人故居文物保管所"将于春节开馆，而内部却空空如也！

目前，主要是请求省图书馆、博物馆〔将〕其捐献的图书、文物转移至其故居，亦即文物保管所。为了求得各方面的大力支持，她曾经邀请您参加座谈，可是您出差了！而恰巧肖菊人同志、杜天文同志也都不在成都，甚至连张秀老也到西昌去了。

在李眉返川前夕，"保管所"负责人来找过我。为此，我很快就给文化厅杜天文同志去了封信，代"保管所"向他寻求支持。主要说明两点：一、这不是李家索还已经捐献的图书文物，而是为使"保管所"像一个"文物保管所"；其次，据说所有捐献的图书文物因为一直在库房里睡大觉，已经招致各种损害，何不如交"保管所"公之于众？当时还没想到进一步向您寻求支持。

这是建设精神文明的内容之一的大事，我相信，您准会鼎力促其早日实现！明年六月是李劼老的寿辰，具体时间虽然记不准了，据李眉说，将返川为她父亲默祷、致哀，我也准备回川参加。

巴老声誉日隆！来信所谈之事，我早知道了。近来，凡是有关称道他的文章，我都看了。读了他那篇《我绝对不宽恕自己》，更是万分激动，联想起不少往事。

匆复，祝槐安。

沙 汀

八六年十二月十一日夜

我比巴老不过小一月半，写作时间又晚，东西当然写得又少又差！年来可也常感困乏。最近还去过两次医院，单这封信，您就可以想见我的健康情况。又及。

此文见《文汇月报》。

1987年

李致同志：

　　我送您的《文集》精装本一卷、二卷，想来已经收到。作协四川分会的代表大会后，党组、书记处是由哪些同志组成？谁负责作党组书记？书记处又是以谁为主？

　　我有一点建议，不要让克芹同志参加党组了，当然也不能让他作书记处的书记，支持他专心做好他的长篇，然后继续深入生活吧！我们要保护生产力。同时，要鼓励负［责］日常工作的同志写作理论批评文章。去年总会召开理事会期间，我向大同就谈到过。

　　大同是写诗的，光景他还想继续写；之光呢，似乎也还不愿放弃创作。可是他们两［俩］还比其他同志熟悉四川文学界的情况，而且进行创作的时间已不短了，这也就是说他们都有一定创作经验，那就改改行，搞理论批评吧！

　　从川西文联起，直到"文革"，我不全是抓文联、作协一类单位业务方面的组织工作过来的么？但我并不失悔！只是有时犯过一些错误，主要是"左"的错误，伤害了一些同志，至今想起还有歉意。但我自问还没有存心整过人。

　　许久不见，对于四川文艺工作又难于忘怀，因而今天特别向您提出一点建议，供您参考。同时，我更希望马识途同志发挥更多更大的作用，以期不负群众对他的信赖。

这里天寒地冻。去年下雪以后，因为担心哮喘复发，我只下过两三次楼，一般都捂在家里。可也什么事不能作［做］，年岁不饶人啊！

　　今天已是农历正月初六，"小破五"都过了，让我给您拜个晚年吧！

沙　汀
八七年二月三日

　　您答允给我去年我们在文殊院拍摄的照片呢？请不要忘记了。又及。

李致同志：

　　二月二十五日手书奉悉。真没料到，您会在川医住了那么久，病情也不轻，幸而现在已康复了！尚乞此后多加珍摄！我呢，两个多月来，几乎不曾下过楼了！怕感冒，致使哮喘复发。但是，失眠，便秘，有时还便血，也弄得人什么事摸不上手。

　　得克芹信，欣悉您、马识途同志，还有之光、大同，一致支持他专心创作，摆脱日常行政事务，这很好！可是，既然党组他还参加，我总不免多少有点担心。请您回顾一下建国以来，我们不少作家，几乎都变成社会活动家、文艺团体的行政组织工作者了，单这一点，就造成不少损失。因而这两年，我总爱谈保护生产力的问题。

　　当然，工作总得有人来顶起干，这种同志，最好是钻研理论批评。之光、大同在分工问题上意见尚未一致，恐怕都想能挤时间搞创作吧？匆复祝春安。

沙　汀
八七年三月五日

　　去年冬天，我曾给李定周同志一信，向他介绍一部作品，我自己还要买一册《沙汀选集》第四卷。可是至今不曾有支［只］字见复！我介绍的那本书，曾在长江出版社印行过，是修正补充后的稿子，书店不会轻易接受，这是可以理解的；单买选集第四卷，当然也有困难！但该回我一个信吧？又及。

李致同志：

您好！全国人代大会闭幕不久，我曾给马识途同志一信，我已动员仲呈祥同志回川工作，希望他能同意，并作出安排。这在仲到电影艺术中心之前，我就向作协分会党组的同志提过这项建议。无如小仲一心向往钟惦棐主持的电影艺术中心。现钟已逝世，我曾同他又一次提出，希望他回川工作。他大体已同意了。所以我才给识途同志写了信。不知他向您谈过没有？久未得到回信，切盼复示！

敬礼！

识途同志处，我就不另外写信了。

沙汀

八七·五·十日

健康情况欠佳，我准备六月间回成都疗养。济生也决定六月返川，为协助一位作者为巴老写传记。又及。

请代向聂荣贵同志问好。还有，您为我加印那次在文殊院拍摄的照片呢？三及。

文艺界不少同志都逐渐老化了。而我竟未想到连刘元恭也退休了！因而有条件地增加新生力量问题，应该经常加以考虑。不知您们认为小仲符合条件否？马主席，不置之不理，您不会吧？四及。

李致同志：

　　张秀老和我联名给您的信，谅必已收到了。昨天在文殊院与大同同志闲聊中，才知道各地都纷纷由党委出面争取保留一个文学刊物。竟连过去素不关心文学艺术事业的党委也出马了，显然以为被砍掉不光荣。

　　据大同说，由于出现了上述情况，尽管作协党组已经将绵阳市的《剑南》列为保留地方刊［物］之一，省委宣传部可能将推迟一些时间作出决定，让大家的情绪平静一点再作决定。我觉得也好。但是，我迫切要求仍然该从实际出发，以定取舍。

　　绵阳市解放后已经出现了克非、刘俊民和刘汤，近几年又［在］党的关怀和人民的哺育下出现了吴因易、赵敏。至于《剑南》的编辑方针和版面情况，我就不赘了。匆致敬礼！

沙汀
八七年九月六日

李致同志：

　　您好！这里有件事想向您提议一下。昨天碰见荒煤同志，闲聊中谈起他在四川文艺出版［社］准备出版他的选集一事。据他说，稿子寄交出版社已快两年了。原拟编选四册，随又缩编为三册。可是，至今仍无出书信息，而原责任编辑又他去了。

　　既然责任编辑换人，他很担心出书问题势将再拖下去，不免有些苦恼。我告诉他，两位责任编辑我都不熟，但我同您交往时间则相当久，您对四川出版界的情况熟悉，而且直接负责过这方面的工作，我可以转请发挥一点促进作用，争取至迟八九年出齐。他听了相当高兴，特别八九年恰好是他在全国性刊物发表作品的五十五周年，多少有点纪念意义。因此我特别赶在八八年到来前夕，向您提出我的诺言，千乞鼎力支持！

还有，巴老在成都、新都的照片，我希望有一分［份］！据济生来信说，摄制得很不错嘛！匆祝新年快乐！

沙　汀

八七年十二月二十八夜

1988年

李致同志：

　　我已预定端阳后飞返成都。这里什么都好，就是风沙太大。我又身居十三层高楼，入冬以来，最近才偶尔下楼走走！

　　当然，成都潮湿，可是夏季则比北京凉爽。实在太热，还可在组织的照顾下，到卧龙自然保护区或者峨眉山风景区小住一些时间。而主要是子女几乎都在四川，主要是成都，总想同他们能常聚首。

　　这里有件事得麻烦您一下。建国以后，"文革"以前，我主要是搞文联、作协的行政组织工作，只是写了些短篇小说、散文报导［道］！不料离开"昭觉寺"后，由于是"靠边站"，竟然写出《青杠坡》这个中篇！

　　七十年代末，调来北京后，由于同事诸公，如荒煤诸位多方照顾、鼓励，我又于八三年完成一个中篇《木鱼山》！一九八五年，由于远在五十年代就进行过构思，根据我川西解放前夕的见闻，写出了《红石滩》，这也是个中篇！

　　《青杠坡》早已在"人文"出单行本，并已收入四川出版的选集。《木鱼山》的单行本则出版于"上艺"。《红石滩》则出版于湖南文艺出版社。转眼建国四十周年就到了，这三个中篇又全都取材于四川，我希望能在您的支持下，将它们［合］起来出本集子！

此事如蒙鼎力玉成，实至感荷！如何处置，盼于我返川前见告！匆祝健康！

沙　汀
八八年五月十九日

我昨天刚把三个中篇校订完，合起来约有三十三（万）多字。而如果四川毫无办法，我将另谋出路。不过，我多希望四川能出版啊！健康！又及。

李致同志：

听说您出差了，不知回来没有？今天是九月七日，再过两个多星期我就将返回北京。

您曾经说过，秋凉后将邀我一道去百花潭修建《家》的工程。而如果您还有兴致，又有功夫，啥时候我们就一道去看看吧。

早就听说川剧"三小"中出了几位新秀。我已多年没有看川戏了，这些新秀的表演艺术我倒想领略一下。这也得靠您介绍。

最近哮喘已好多了。倒想适当作点社会活动。上面提到的，也就是我的希望。

相当疲累，不多写了，余容面谈。此致敬礼。问候您夫人。

沙　汀
八八·九月七日

1989年

李致同志：

  联系口腔医院事，看来一时尚难告成。因为最近各文教单位都在贯彻中央三号文件，川医想来也不例外。您当然也更加忙了。那就缓一步再说吧。

  寄上《走向神坛的毛泽东》，请您同您夫人阅后即退还我，勿再转借于他人，因为我家里还有人等着阅读它。成都似乎没有发行。

  我前天去龙泉镇求一位治疗呼吸系统疾病的医生诊脉，因为哮喘又发作了！祝您和您夫人夏安。

沙 汀
八九年八月二日

  惊悉周扬同志逝世消息后，我的心情如何，您会推想而知。但我尚能控制自己的感情。又及。

张爱萍、李又兰与李致的通信

李致文存·我的书信

LI ZHI WEN CUN

李致与张爱萍、李又兰

中华人民共和国国务院

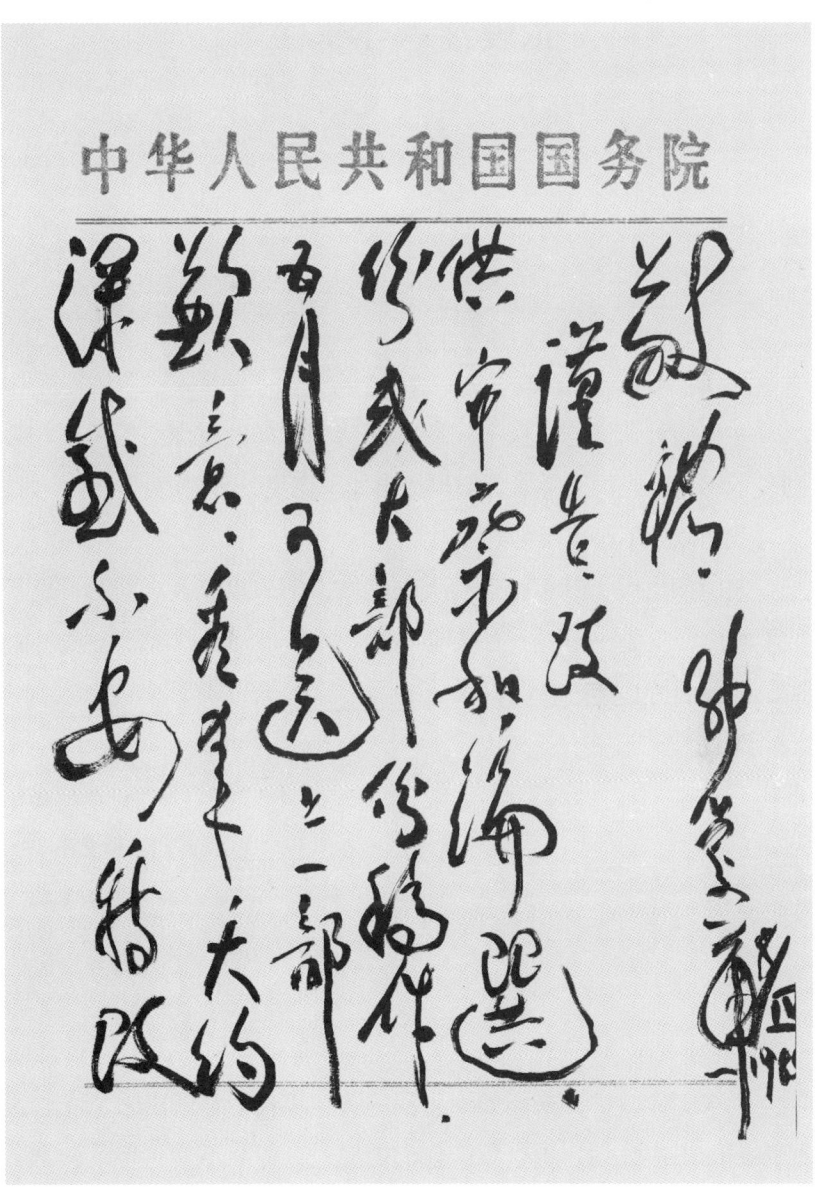

张爱萍手迹

张爱萍、李又兰[①]

李致同志：

　　并出版社诸同志，关于出版我的诗词选问题对你们的关怀与鼓励表示感谢，经再三考虑，仍再提出如下意见，请考虑：

　　我仍以为不必出版为好。

　　如确须出版，其篇幅还要大加缩减，不求篇幅多。同时，发行数不求广，主要在印刷上力求精一些。

　　请多烦劳！实感有愧！

　　谨致

敬礼

张爱萍

18/Ⅴ

李致同志：

　　近来工作较忙，未能如期将我的《纪事篇》整理出来，既耽误了你们的工作计划，更有负于你们的厚爱，深感不安，特致歉意。

---

① 张爱萍（1910-2003）：老一辈革命家，时任国务院副总理兼国防部部长，诗人、摄影家；李又兰（1919-2012）：新四军女战士，张爱萍夫人。

看来，大约五月可送上一部分或大部分稿件供审察和编选。

  谨告致

敬礼

张爱萍
1985年8/Ⅳ

李致同志：

  爱萍同志的《纪事篇》不知您是否看过，有何意见，很想听听您对此稿的看法，我们还想待小样出来后做些修改和增删。另外，还有您对此书的前言是否写就？张扬同志处索要爱萍同志的照片早已寄去，至今未见回信，不知下一步做何安排？有何打算？望能告我，我们非常想听听你们的意见。

  此信请杨超同志处裴秘书转上。

  爱萍和我均向您问好！

李又兰
10/4

李致同志：

  粗看了你留下的小样（出版社寄来的并未收到，又兰同志曾寄给张扬同志两信也未见回音，不知收到否？）对是否出版和出何版本，均请你与出版社同志再商量商量，不必勉强出版社同志。要出版社同志认为确有必要就出，否则也可作罢，我本人是无任何怨言的。

  如出版社同志仍决定出版，则请将出版计划、是何版本？封面、内容、次序排列？字体大小（小样的字似嫌小些）？装帧等，一并告我们，共同商量。至于内容将选篇略有增减，待修改后，并得到你的复信后，即将小样送上。为个人小事，诸多麻烦你和出版社同志们，深感不安，特致歉意。

谨此致敬礼，并代候张扬同志撰安！

张爱萍

21/Ⅶ

张老和又兰同志：

前寄两信和精装《纪事篇》两本，想已收到。昨天（廿二号）接张老在八号笑非①儿子信上的批示：在李跃武和李六乙给张老写信的同时，他们到省委宣传部来谈了情况。第二天（三号）下午，我即去市第一人民医院看望了笑非同志。春节前，笑非同志检查出头部有瘀血，我们帮助他转入省人民医院，并立即动了手术。我初五去看了笑非，情况相当良好，瘀血已引出；动手术第二天腿就完全正常。请你们放心。对川剧艺人（特别是老艺人），省委和宣传部领导是关心的。周企何同志有脑溢血，发病后立即送医院，一小时多即逝世，不是他们信上所说"没有抓紧"。你们何时来川，请提前告知，以便为你们安排川剧。

许川同志向你们致意、拜年。

即颂

俪安

李　致

二月廿三日

---

① 笑非：李笑非，川剧表演艺术家。

李致同志：

　　信敬悉，寄来《纪事篇》二本已收到，特致谢意！又兰患感冒未复，甚歉！我收到《纪事篇》后很感谢你的热忱关怀，但又觉得抱歉，因不知出版社赔了多少钱，从出版份数到纸的好坏，虽比不上别的文集，更不如将帅诗词选，但《纪事篇》本不能赚钱，自当赔本，请问张扬同志：赔多少，由我自己补偿，不好再增加出版社更多麻烦。安好！

　　　　　　　　　　　　　　　　　　　　　张爱萍
　　　　　　　　　　　　　　　　　　　　　27/Ⅱ

　　如另写信或寄书，请直接寄我宿舍或军委办公厅。
　　附及

李致同志：

　　前几天收到你来信后，即复一信，想已收到，而你说的寄来的廿本至今尚未见到，如未寄出，请直寄中央军委办公厅交我。

　　最近我到处收到好几个地方的同志来信说他们买不到《纪事篇》，问是何出版社出版。今又来信告诉我他们已向省文艺出版社去信订购，有辽宁、福建、江苏等，各订二三千本。但不知四川文艺出版社收到这些订购信否？同时，想知道出版社是否打算再版？请你代为查问一下。其原因是我想在再版时有一篇再修改一下（略做些修改，包括校正，但费工不大），请转告出版社同志将他们的意见即告我（经你或直接与我联系均可）。我速将修改稿寄上。我想，如真有人要订购几千本，对出版社不会有什么坏处的！你的意见如何？请即复。又打扰你们了。

315

致
　敬礼！

　　　　　　　　　　　　　　　　　张爱萍
　　　　　　　　　　　　　　　　　12/Ⅲ

又兰大姐：
　　您好！
　　寄上三件东西：
　　张老和巴老合影，放在小信封里；
　　我的短文中，有一张照片，是尚昆同志、张老和我，在北京看达县川剧团演《史外英烈》前休息时合影。不知当时您为什么没有去？
　　这五年，我有关振兴川剧的发言。您一贯关心川剧，所以寄给您看看。好在字比较大，眼睛可能不费力。
　　我们全家都关心您，并向您全家问好！
　　希望能得到您的回信，即颂
夏安！

　　　　　　　　　　　　　　　李　致　敬上

张老和又兰大姐：
　　《张爱萍传》和大姐的信都收到，谢谢。
　　我最近因心肌缺血在医院输液。秀涓有幸先读张老传记，我每次回家她总要给我讲一两个张老的故事。李斧今早从电脑发回李炳银的评介，李芹也来邮件表示希望有机会再去看望张老和李阿姨。
　　张老九十华诞时，我代表一家三代发了贺电，想已收到。
　　你们的身体都好吧？务请保重。

即颂

健康长寿愉快！

李　致
2000年4月2日

李致同志：

　　寄来佳作《往事》一书，收到，谢谢！读起来很亲切，清澈、流畅，令人回味，希望今后再读您的新作。

　　听到小芹兄妹们在国外学习、工作有成就，为你们感到高兴！孩子们能够自强自立是最大的欣慰！祝贺春节愉快！健康！

李又兰、张爱萍
12/2

李致同志：

　　谢谢您转寄来的赵蕴玉老师画集和近期出版的《龙门阵》，载有您的大作《牛棚散记》等数册。

　　希望不断读到您的新作。

　　给赵蕴玉老师的信，亦请您代转。何时再来北京？

　　祝愿阖家安康美好（包括在海外的）。

李又兰
18/11

317

李致同志：

收到您的大作①，一口气读完了。鲁迅对我们那一代人现实印象、影响极深，现代的年轻人不知还有多少在追寻？！

寄您一册儿子写父亲的书，您翻阅后有何高见还望能告我。

新年将近，祝愿您俩和孩子们安康幸福！辞去文联主席，写作也不要过累！

又兰
2007.10.18

李致同志：

您每年一册书，年年出硕果，写书、编撰都是辛苦的脑力劳动，恰逢五一劳动节，向劳动者致贺！

寄上一册《人与生物圈》，内有我女儿张小艾写的《寻找沧桐岗》，供您闲暇时翻阅，她是搞环保生态的，跑遍了四川巴山地区的高山峻岭，寻找长征特别是当年他爸爸踏过的足迹。

祝愿您和小丁安康，也代问小斧小芹及下一代工作出色，生活愉快！

李又兰
29/4

---

① 大作：指李致的《一生追寻鲁迅》一文。

李致文存·我的书信

与其他友人的通信（以姓氏笔画排序）

LI ZHI WEN CUN

马小弥

小弥：

　　最近生活情况如何？

　　去年的《四川政协报》上，有一篇《巴金抚育遗孤》，复印后忘了寄你。昨天的《四川日报》上又有一篇《罗淑：四川的"社会革命斗士"》，已剪下。现一并寄上。

　　昨天打电话到华东医院，绍弥①知道是我，也来说了几句。因此更想念你。香香和淘淘②都好吧？

　　我今年住了两次医院，一次是心肌缺血，一次是头晕。在医院输液，情况均有好转，只是动笔比去年少。五嫂③病情稳定。大姐八十了，身体还可以。她们都问候你。

　　今天是李伯伯④的96华诞，我们一起为他祝福！

　　即颂

冬安

五　哥　2000年11月25日

---

① 绍弥：马小弥的弟弟。
② 香香和淘淘：均为马小弥的女儿。
③ 五嫂：丁秀涓，李致的妻子。马小弥与李致情同兄妹，她称李致为五哥。
④ 李伯伯：马小弥称巴金为李伯伯。

马识途[1]

马老：

  我重新提笔以来，您给了我很多指教和鼓励，使我努力上进，不敢懈怠。特别是您去医院动手术前，为这本书[2]题写了书名，我极为感动。我将继续努力，不负您的期望。

  献给

马老

李　致
2001年冬

---

[1] 马识途：作家、革命家。
[2] 这本书：指李致的《昔日》。

马献廷[1]

献廷兄：

　　大函捧读，十分愉快！

　　您又有新作问世，我极盼能尽快阅读。您不必"适可而止"，只是不要当成任务，注意劳逸结合即可。迷上照相是好事，但请悠着点，否则未到九寨沟即把胶卷用完，实在可惜。当然更不要制造"丢失相机"的事件。写到这儿，我又想起那些令人难忘的聚会。

　　我今年春季不太好。心肌缺血和高血压，到医院住院治疗一月多。最近较为稳定，但也不敢大意。只是又有白内障，阅读和写作均受影响。一年来只写了十篇短文。老伴秀涓的身体也不太好。我们经常谈到您，回忆一些往事。

　　《晚霞》杂志社希望您能赐稿。

　　即颂

秋安！

李　致
2000年8月18日

---

[1] 马献廷：（1929-2018）作家、文学评论家，笔名黑瑛、弋兵，曾任中共天津市委宣传部副部长、天津市文联副主席、天津市作家协会副主席。

李致兄如晤，久未通信，十分想念。

　　从两个多月前我又到我女儿家去"避吵"（邻居家装修），日前才回到自己家里。回家后收到北京陈蓉寄来的《李林译文集》，想是你委托寄来的。在这以前得知巴老去世的消息，默悼之余注意报刊上的一些纪念文章，只在文艺报上见到一则关于你的消息，想你也到上海去了，所以也未及时通信。巴老逝世不仅让人们哀悼，同时也引发了人们对作家良知的呼唤，人们对巴老有着高山仰止般的崇仰，说明老人家在中国人民心中燃烧的真善美的火种依然未熄，这若可让巴老地下有灵感到些许安慰。人们都感到巴老仍有许多话有待说出，《随想录》也远未写完，但人们也深信巴老留给人们的希望的火种将会永远燃烧下去。我特别记起那年我们去北京京西宾馆开会时，那位主持人代表官方对巴老所谈的那一番话，现在想来让人感慨万端。在会上我们几个省市联合发起的那个座谈会，事情缘起也与这个"背景"有关，只是大家"尽在不言中"罢了，如今巴老已然仙逝，我们也垂垂老矣，往事历历，许多事已不堪回首，但时代正在前进，这是令人欣慰的。我没有机会在巴老面前亲聆教诲，但巴老的书却是我的思想启蒙的老师，巴老也永远在我的心中。前些日子我很想写篇怀念的文章，但想说的话又难以尽性表达，想来想去还是作罢了，说实在的，巴老留给人们的是一个十分沉重的历史性思考课题，人们也只有在历史不断前进的进程中才有可能逐步地解读它。

　　拉杂写了一些，心绪也一时难以清晰地整理。想到你的77岁生辰吉诞就要到了，原想说些祝贺的话，又把话题扯远了。还是祝你要多保重，并嫂夫人百年安康，书不尽意。

献　廷
05.12.6

　　过生日时写有小诗一首抄去一阅。

七十八岁生日抒怀

七十八载无限事,是非多是事后知。
焉知岁月过几载,又须从头论妍媸。

一生五度沧桑变,横流过后未成鱼①。
劫后回眸人间事,常新多变耐寻思。

法无不改中华史,民心方寸试金石。
万岁俱称尧舜禹,何如改革任先驱。

苍生难逢天平岁,抖擞民魂此其时。
衰志虽无济世力,也乘佳兴裁小诗。

李致同志:

你好,嫂夫人好!

《终于盼到这一天》收到了,由于文字朴实亲切,图文并茂,内容的思想感情上和自己多处相通、相同,所以很快就通读了一遍,读后感受很多。本来,在过去苦苦盼着"这一天"之时,那日子该是十分苦涩的,但你在"这一天"到来之后再回首之时,欣慰之余,心态那样平静,心境是那样开扩〔阔〕,说明过去的那番苦涩,给你心灵中留下的已是超脱于苦涩的一种升华,这让我也非常感慨,对过去那段日子,虽已不堪回首,但也并非不应回首,有些事到了我们这种耄耋之年的年纪,再去回首,无论是感情的感受还

---

① 成鱼:典出《左传》"匪禹,我其鱼乎!"

是思想的认知，都会进入一个更高的境界。佛家讲这种境界的取得叫"悟"，现代人则叫作"超越"，这种"悟"或"超越"，只有从"那一天"中的苦涩中走过来才有可能获得。珍惜这些东西吧，（我的那篇小文章也放到你的大作里，跟着一起留芳了。）留下这些东西吧，我将十分珍惜这本书，也要把它留下来，至少是在我的心中，它将让我感觉我自己的"夕阳"也增添了光彩。我这一段身体不太稳定，眼睛也有些模糊，不多写了。听说你视力已大好非常高兴，看你的近照已是满头白发，也不曾有些感慨。我生日时荣你电话问候，谢谢，望多保重，代问候嫂夫人！

献 廷

22/4/（2006）

献廷兄：

作为挚友，我经常思念阁下。

有关情况，在前不久通话时讲过，不赘。我已任三届省文联主席，明年一月换届，不再担任了。多点时间，休息或写作均可。

寄呈"往事随笔"《一生追寻鲁迅》。此文已刊上海《鲁迅研究·秋》。你如有空，请不吝一阅，并给指正。

我和老伴（丁秀涓）经常谈到你，遵嘱代她向你致意。

即颂

冬安！

李 致

2007年11月18日

王一桃[1]

一桃兄：

　　大著及来函收到。谢谢。

　　拙作两本，其中《书，戏与故事》封面不理想，重印一次，以致延误时间寄您，请原谅。《巴金教我做人》一书，珍贵的是前半部巴老给我的192封信，后半部我写巴老或与巴老有关的文章，《往事》和《回顾》上大多有了，只不过集中起来翻阅方便一些。《书，戏与故事》共有34篇，有9篇选自《往事》，其余的第一次收入集子。以上均请指教。

　　我最近也受白内障困扰，影响阅读和写作。您动了手术，我也准备明年去动手术。我的心肌缺血，住了一个多月医院，目前已有好转。

　　即颂
春祺

李　致
2000年4月19日

---

[1] 王一桃：香港诗人，文艺评论家。

李致先生：

久未联系，常在念中。自从在成都与您一叙，几年来脑海里一直浮现您的音容笑貌，还有您笔下的"世纪良心"巴金的高大形象。最近闻说您又有新著问世，不知能否赐赠几册？我曾跑遍港九大书店，都说书已售罄，可见所受欢迎的程度。

巴金先生诞辰一百周年时我曾有一首诗祝贺，此诗获《人民日报》海外版刊登，影响深远，连美国的作家、读者也都来函称许，这是值得告慰您的。

我目前仍驰骋于世华文坛，编《世华文学家》和《香港文艺家》二刊，和您在四川诗人之乡遥相呼应。盼您收到此函后能回我一信，以释久念。谢谢！

　　祝
好！

王一桃
〇五·八·四　香港

王 火[1]

王火兄：

十七日来信收到，它使我很感动。

起凤大姐逝世，我当然知道你的心情。因为我知道你们的为人，知道你们的爱情，知道起凤大姐生病期间您对她的精心照顾又不愿她长期痛苦的复杂心态。我不敢给您打电话，更不敢立即来看您。我找不出什么话可以安慰您。李芹和李斧看见我的日记，主动给您发来邮件。尽管推迟若干天，看见您我仍无话可说，我说不出"节哀顺变"之类的话。那天我控制不住自己，流了不少眼泪，惹您伤心。我不是一个感情脆弱的人，我是被你们崇高的爱情所感动。报上说起凤大姐逝世，为你们的爱情画上句号，这并不准确。起凤大姐一定期望您健康地活着，她在您心里绝不会消失。你们的爱情是永恒的！

今天是您的生日。按惯例，我该给您打电话，但也不知该说什么。我把您的信念给李芹听了，也说了我的为难之处。她建议我给您写封信，我就写了，但言犹未尽。相信您一定理解我。

---

[1] 王火：作家，所著《战争和人》获茅盾文学奖。

问王凌和亮亮①好!

紧紧拥抱!

$\qquad\qquad\qquad\qquad\qquad\qquad\qquad\qquad\qquad\qquad$李　致

$\qquad\qquad\qquad\qquad\qquad\qquad\qquad\qquad\qquad\qquad$2011年7月17日

① 王凌和亮亮：王火的女儿。

王西彦[1]

李致同志：

　　惠赠《叶君健近作》和附信拜收，谢谢。

　　你们把这套书编成"近作丛刊"，我以为是很好的，也提高了出版它们的意义。从报上消息，知道你们还在编出四川已故作家的选集，这个打算更好，更有意义。非常佩服你们的努力。

　　我那本《近作》什么时候可以印出？等它印出时，除规定的赠书，我还要请您代购五十本，书款和寄费都在稿费内扣除。

　　听说你们出版社曾出了一本关于彭德怀同志的好书，能否给我代购一本？

　　匆祝

近好

王西彦
八月十一日

---

[1] 王西彦（1914-1999）：作家，四川人民出版社曾出版《王西彦近作》。

王照华[1]

李致同志：

　　您好，又很长时间没有见面了，念念。

　　听说您现在到省出版局工作了，好啊，希望你们能出版更多更好的书。

　　最近我到上海出差，见到了毛振珉[2]同志，她在上海人民出版社工作。她说你们四川出版社思想解放，出的好书较多。我也有同感，这点可能与老兄的作用分不开的。

　　……

　　祝

全家春节愉快。

王照华
元月十七日

---

[1] 王照华（1921-2009）：曾任共青团中央第九届书记处书记、中共中央组织部副部长。

[2] 毛振珉：曾任共青团中央《辅导员》杂志总编辑。

李致同志：

　　来信和书早已收到，因忙，拖至今日回信，请谅！

　　读来信，特别是悼念戴云同志的文字[1]，引起我许多回忆，在那林彪、"四人帮"横行的日子里，在严峻的考验面前，老戴是值得学习的，值得纪念的，我在他住院时专门看望了他，死后我去看了他的家属、孩子，死得太早了，可惜得很，我们后亡只有学习他的长处，继承他的遗愿，弥补一下他过早去世的损失了。

　　我现在情况尚好，身体也还可以，前几日看到李彦、盘石、秦式，他们都还好，盘石工作不甚舒畅，一时也帮不上忙。

　　我家志强，调到北京工业大学二分校技术处工作了，搞他的技术工作还努力，去年底他当了爸爸，有了一个小女儿，现住在家，还好！志强在四川上学几年，对四川印象很深，蛮有感情，对你们编的《龙门阵》兴趣甚浓，我让他有机会再到四川去一次，到时一定去看望您们。

　　致
敬礼！

　　并祝健康全家好！

王照华
四月四日

---

[1] 悼念戴云同志的文字：指李致的《"生前友好"戴云》一文。

车　辐[1]

车辐兄：

久没见面。兄近况如何，颇为惦念。

宗江兄托人带来送您的《卖艺人家》（黄氏兄妹相册），现请文联通讯员转呈。上次曾请时川同志转送的《巴金的两个哥哥》想必收到。

有便请来电话。我的电话：85182426。

即颂

暑安！

李　致
2005-08-16

---

[1] 车辐：老新闻记者。

戈宝权[1]

李致同志：

　　你好！

　　这次在成都时，能有机会见到你，感到很高兴！特别是承你赠送了你社新出版的书籍多种，至为感激！谨祝你社多出些新书和好书！

　　我在返回北京的途中，一边看看车窗外的秦岭景色和奔腾的嘉陵江的流水，一边细阅看《唐宋明朝诗人咏四川》一书，觉得刘开扬同志注释的这本书很好。书本有多处地方提到"锦城"或"锦官城"，注释中只介绍了锦城的地点，但没有讲出为什么叫"锦城"。我在成都时，看到6月25日的《成都日报》上有一篇《成都城的变迁》的短文，倒讲得比较清楚，可参看。

　　我随信寄上我编写的《马克思恩格斯选集中的希腊罗马神话典故》一册，请你教正！

　　此致

敬礼！

戈宝权
1979年7月17日

---

[1] 戈宝权（1913-2000）：文学家、翻译家。

巴　波①

李致同志：

　　您好！

　　今年三月回成都，由于时间相左，未能见到您，抱歉！

　　国庆期间，在北京见到好友徐放同志，得知他将赴四川开会，一托他代我向您致意，在您关怀下四川出版社出我的小说选，其效果和影响实出乎我意外，趁此深表感谢！二有一事向您推荐，请裁夺。

　　徐放同志是《人民日报》群工部负责人，更主要的他是诗人，在囹圄中，他作了《唐诗今译》《宋词今译》，前者已由人民日报出版社刊行，后者亦将由该社发刊，现在是他整理了自己的诗作，并由胡风写了序，我向他建议给四川人民出版社，因此就来麻烦您了！当然处理此稿，决定于诗稿质量，决定权还在编辑。由于该社诗歌编辑张扬同志系前友，理应回避，因此没有直接向他介绍。

　　近收到周臻王群夫妇新居的彩色照片。得知你们是楼上楼下邻居，见面时烦转告一声，照片收到了，并问候他们。

　　此致

敬礼！

巴　波
1984.10

---

① 巴波（1916-1996）：作家。

石天河[1]

李致同志：

　　蒙惠寄《巴金的内心世界——给李致的200封信》，真感到这样的书是应该焚香洗手来读的。从巴老给您的这200封信中，我们分明看到一个把毕生心血奉献于世人的伟大作家，他对文学工作是如何的一丝不苟；他对亲人朋友的感情是如何的真挚；他热心地帮助别人，而对自己的一切都非常淡泊。他一再表明，不要修他的故居，不要花国家的钱为他搞纪念活动，甚至说："我没有才华，没有学问，没有本领，只有一颗火热的心，善良的心。""我想做一个普通的老实人。"——这样的话，读来真可以沁人肺腑。

　　巴老是永垂不朽的。前年，巴老去世后，曾有人轻薄为文，诋毁巴老。我当即写了一篇长文，给予严正的驳斥。可因为我当时出于激愤，思虑未周，文中有许多现时"禁用"的词语，国内刊物都未敢发表。后来，拖到去年，才由一位朋友转到重庆的一个叫《东方诗风》的网站上发表了。虽然时间拖迟了，没有能起到迎头痛击的作用，但发表之后，网上读者还是有说"好！驳得大气磅礴"的。可见公道自在人心，个别轻薄子的拙劣表演，是不可能损及巴老之崇高声誉的。

---

[1] 石天河：诗人、文学评论家。

谢谢您赠给我这样难得的好书!

祝您春节愉快!

石天河

2007年2月11日

龙 实[1]

龙实同志：

得到您寄赠的《战地日记》，十分高兴。秀涓已拜读完，我也拜读近尾声。我们没参加过战争。所以读您朴实生动的文字和看那些有特色的画，很有兴趣。我的眼睛不好，大字本我看得清楚。

我们1950年相识在重庆沙坪坝，后又在市中区作邻居。您是我的领导，又是朋友，还是我加入中国作协的介绍人。我一直尊重您。我至今记得几次在您寝室的聊天。还记得您平反后到出版社来看过我们。

张文澄、李高平[2]同志先后去世，我也怀念他们。

我在一九九五年离休。现被选为省文联主席，但并无实际工作。秀涓生病十年，我的主要精力在照顾她。也挤空写些往事随笔，出版了《往事》《回顾》《昔日》等散文集，将陆续寄呈请您审阅。目前，我的膝盖骨患退行性关节炎，行路不便。

即颂

---

[1] 龙实：原中共重庆市沙磁区委宣传部长。
[2] 张文澄：原中共重庆市沙磁区委书记；李高平：原中共重庆市沙磁区委组织部长。

健康长寿
全家幸福

李　致

2003年1月6日

冯 至[①]

李致同志：

　　来信及《找红军》一册（还有上次寄来的《夜归》），已收到，谢谢。

　　《陈翔鹤选集》已选定。我因为太忙，"序"还没有写。约在下月（三月）可以将选稿及"序"一并寄上。

　　《杜甫传及其他》，我想先征求一下人民文学出版社的意见，再寄给你。因为过去是人民文学出版社出的书，总要通知他们一下取得他们同意才好。

　　至于我的"近作"，我想先不收集出版。因为形势发展很快，我写的那些东西还要经受一些时间的考验，晚一点出版才好，不知你以为如何？

　　此致

敬礼！

冯 至
（一九七九年）二月八日

[①] 冯至（1905-1993）：诗人，四川人民出版社曾出版《冯至诗选》。

李致同志：

　　现将《陈翔鹤选集》改正稿奉上，前打印稿作废。付排、校对，请以此改正稿为根据。

　　您在北京时，编辑部来函问及"近作"，我想缓一缓再收集。至于"诗集"①，我将于六月底从西德回来后，编好奉上。

　　前者您在东风市场相遇，曾谈及《诗经》今译，不知能否考虑？当然，首先要看"今译"的质量如何。

　　此致
敬礼！

冯　至
（一九七九年）六月二日

李致同志：

　　我在六月里到西德去了一次，七月中旬又来到黄山。方才接到家里来信，说四川人民出版社曾函索我的"诗选"的稿子以及照片手迹等。我因为两个多月以来都在行旅中，未能编选我的诗稿，一再延迟，甚以为歉。我约在九月回北京，到京后才能编选，您赶不上今年发排了。出版了什么好书？念念。

　　此致
敬礼！

冯　至
（一九七九年）八月一日

---

① "诗集"：指《冯至诗选》。

李致同志：

非常抱歉，直到现在才能把"诗稿"寄上。原因是我在十月一日才回到北京，我用了十几天业余的时间把诗选好、编好。收到后请复一函，因为我没有底稿。

下边几件事，有的请您决定，有的请排印时注意：

1. 关于照片，来函说是要"近照"。但是我的诗止于1959年，若用"近照"，似乎不大合适。我现在给你寄上两幅：一是1950年照的，一是1979年的，用哪个，请你决定。我个人倾向于用1950年的（我1959年后，没有写新诗。）。原照片用完请寄回。

2. 诗页，我用红铅笔标明次序。没有红铅笔标明页数的，都不在被选之内。

3. 每首诗，都从另一页开头，不要接着上一首排。只有《北游》十二首、《暮春的花园》三首、《给友梁遇春》二首，可以联着排。

4. 原稿中的引号【……】请改为"……"或《……》。

5. 诗后都注明年号，一律用阿拉伯字母。

6. 诗用大五号字排，千万不要用仿宋体字。

7. 排好后，希望能把清样寄给我看一看。

8. 诗集名，就叫作《冯至诗选》吧。

9. "手迹"我许久不用毛笔写字了，这次是用钢笔写的，不知能用否？若不能用，就不必要"手迹"了。

此致
敬礼！

冯　至

（一九七九年）十月十三日

李致同志：

前奉来书，继蒙电话相邀参加了泸市①名酒节盛会，不胜铭感。但九月七日我将赴意大利访问，行前需做些准备，时间比较紧迫，难以应邀赴泸，深以为歉，仍希鉴谅。我久有至贵省观光的愿望，现失此良机，实属憾事。但愿将来能实现此愿望也。

四川出版了不少好书，可喜可贺。这是和您的远见和具体指导分不开的。我对您表示敬意。并祝

健康，工作顺利。

冯 至

（一九八七年）八月十八日

---

① 泸市：指四川泸州市。

冯骥才[1]

李致同志:

  您好!

  我昨日已安抵天津。在川期间受到您的关心照顾，特别是您坦荡大度的作风和炽热的事业心，给我留下深刻印象。

  我很感谢您。特别是由于您对事业的感情感染了我。在上海时，几次见到巴老，一直与小林和鸿生在一起，大家也常提起您来。

  我把"艺术创新小说集"的工作做好，已经推掉上海文艺出版社，此情况同时已写信告诉徐靖。

  一个城市，头一次吸引人去，往往由于文化的特色，如果去过一次再想去，必然是那里的人情了。但愿今后有时间和机会再去四川看您。我们交了朋友了。

  子龙[2]过几天归来。我代您问好。下个月我有几本书出版，一起寄去。

  恕我刚回来，信债如山，匆匆数语，专此问好

冯骥才
1982.10.28

---

[1] 冯骥才：作家、艺术家。
[2] 子龙：蒋子龙，作家。

李致同志：

您好！许久未见，却常与四川来的文艺家谈起您来。今年秋天我或许有机会去川，届时当趋访。

潘虹①是我的好朋友，她个人经历的不幸，使她必需［须］离开四川。她深感四川待她极好，但您会理解一个有名的女艺术家逢到此种境遇难以摆脱的困扰、压力和苦恼，调离几乎是她唯一的出路。希望您能给她帮助，使她心无负载地投入艺术事业。恳请您支持了！

随信拜托巴山大才子魏明伦携去拙作一册，供闲时翻翻则已。

恕不赘笔

此祝

春安

冯骥才

1990.3.27

---

① 潘虹：电影表演艺术家。

匡 越[1]

匡越老师：

我不常去文联机关。你上月寄出的书，历时近一月，我昨天才收到。迟复为歉。

现已遵嘱签名盖章用特快专递把书寄回。

巴老和我的祖籍是浙江嘉兴，我们是同乡。我一贯尊敬教师（特别是小学教师）。我已进入八十二岁，我的小学教师已不在世了，但我仍怀念他们。

书中有一九四二年我上小学时，巴老为我写的四句话：

读书的时候用功读书
玩耍的时候放心玩耍
说话要说真话
做人得做好人

这四句话影响了我一生和我的下两代。成都有些小学把它作为校训。你可以把它转告给你的学生。

---

[1] 匡越：读者。购了李致《四爸巴金》一书寄来请签名。

附上名片，上有我的地址和电话。

即祝

新年快乐！

李　致

2010-12-25

伍松乔[1]

松乔同志：

我答应过送你巴老的手迹，现送上：

巴金亲笔写的"《赴朝日记（一）》1952三月十五日—十月十五日"。朝鲜战场非常艰苦，巴老的日记写在一个两寸长一寸宽的小本上，其字之小甚过小黄蚂蚁。上世纪八十年代后期，巴老请人抄写在稿纸上，自己写了这个书名。巴老委托我校看这份日记，我留下了这篇手迹。

明信片两张。其中一张有巴老签名。

你长期从事报刊文学编辑，坚守文学阵地，成绩显著。我向你和你的同事表示敬意。

李　致
03-09-22

---

[1] 伍松乔（1948—2017）：报告文学家，曾长期主编《四川日报》副刊。

任白戈①

李致同志：

　　去年在北京时谈到《四姑娘》电影，魏传统很热情地［题］了一首诗赞赏此片。我以为此诗有助于《四姑娘》一片的宣传。据说该片外地演较少，在四川须要好好宣传一番，望您告诉文艺处的同志抓一下此片的宣传工作，组织文艺界川剧界的同志写稿。此诗亦望能发表，如能缩影制版发表则更好。专此即致

　　敬礼！

任白戈
1983.2.25

李致同志：

　　杨尚昆同志要买四川人民出版社的《近代稗史［稗海］》和《曾国藩传》两书，望您们能寄给他。他说接到后即付款。

　　还有他说过去送给他的《龙门阵》望继续寄给他。

---

① 任白戈（1906-1986）：革命家、作家，文艺评论家，时任四川省政协主席。

……

　　　　　　　　　　　　　　　　　任白戈
　　　　　　　　　　　　　　　　五月十三日

书寄走后望给我一通知

华君武[①]

李致同志：

新年快到，送上一卷请正。这也是我今年自己认为是一张好卷，权作贺卡。

谢谢在成都你们自己掏钱请客。

祝

安

华君武

7/12/97

---

① 华君武（1915-2010）：漫画家，四川人民出版社曾出版《华君武漫画选》。

刘云泉[1]

云泉：

　　寄上照片一张，以示我对你的感谢。

　　我先认识你的字，后认识你这位书法家。那是二十五年前，我选定了你写的隶书《周总理诗十七首》做封面。以后，作为读者和观众，我喜欢看你的画读你的小品。我到文联开会，总得到办公室看看你的新作，与你闲聊几句。你不在文联办公，我走过四楼，若有所失。

　　祝

新年好！

李　致
2006-02-05

---

[1] 刘云泉：书法家。

刘 杲[1]

李致同志：

　　前几天在研讨会上听人念了你的书面发言，倍感亲切。没想到几天之后收了尊著：《往事》《回顾》和《我与出版》。惊喜交集，如逢故人。非常感谢你的惠赠。我知道四川有个李致转眼已经十多年了。回想七十年代末、八十年代初，那真是风起云涌。当时在你手上四川的出版崭露头角，光彩夺目。谁能料想以后的变化呢。抚今思昔，不禁感慨系之。

　　我也老了。1993年底退居二线。现在偶尔参加一点出版界的活动，或者发点议论供管事的同志参考。要说对出版事业的心态，可谓旧情难舍。但总的讲毕竟是日渐"淡出"了。这也是合乎规律的。

　　谨祝
新年快乐！

刘 杲
1998年12月26日

---

[1] 刘杲：出版家，曾任国家新闻出版署副署长。

刘杲同志：

  为了保存资料，四川教育出版社出版了《李致与出版》，请您有空时翻翻，给予指正。我的手有些发抖，没有题字，仅盖了"李致敬赠"的图章。另一小薄本，是被终审抽掉的文章，一并呈上。

  即将立夏，预祝
夏安！

李 致
2014-04-28

刘绍棠、曾彩美[①]

李致兄：

你好！久疏音问，没有忘记我吗？寄上我刚出版的中篇小说集，暇时一阅。请以你满腔热忱和权限所及，支持我们的《中国文学》。

我患重病，尚未复原，不能多写。非常想念你。紧握双手！

绍　棠

84.12.12

李致兄：

您好！

一别三月，念甚。想你不会再撞玻璃，因而未通意向，乞谅。

有一件事，麻烦给我打听一下：

四川人民出版社出版我的选集，责编是徐靖，她在四次作代会期间几次和我联系，都没有找到我通话。

我给她写了信，但她一直不给我回信。此人脾气很大，不知是否生我的气。因此，请你问一问此书进展如何，给我一个回音。

---

① 刘绍棠（1936—1999）：作家；曾彩美：刘绍棠夫人。

弟于上月以得票第二位当选为北京市人大常委会委员，此非对兄"夸官"，而是让兄知道弟在北京的人缘儿，弟当珍重。

紧紧地握手！

绍棠

85.4.2

李致兄：

你好！

两次与马识途（老革命、老作家）同志会面，知道了你的一些想法。

但是，目前我与四川文艺出版社发生了一些困难。我的《春草与狼烟》，作为"中国大众文学丛书"之一种由四川文艺出版社出版，本应在5月23日出书，以纪念中国大众文学学会成立一周年和"讲话"46周年。接刘永康（文艺编室编辑）来信，此书只征订了一万册，所以尚未开印。他希望我拉一些订数，以便尽快开印。

我大为惊诧，极不愉快。所有出版我的书的出版社，都是甘愿赔钱的，没有一家提出过这样的要求。最近，浙江文艺出版社和北京出版社出版了我的精装书，一个4400册，一个10600册，赔钱也不惜工本。刘永康本想的赚钱的心情我是可以理解的。但对我提出此种要求，似乎过分。因此我给他回信表示，此书可以不出，我绝不拉订数，这太使我丢脸。

同时，我应蒋牧丛要求签名给"大众小说丛书"一个首篇，也声明作废。

我准备坐十年冷板凳，你看一看我4月29日在《光明日报》的文章。

握手！

绍棠

85.5.9

李致兄：

　　拜接吾兄贺卡，异常激动。小弟在红帽子楼之遥祝吾兄1995年老当益壮，康乐如意，有一分热，发两分光。本想寄呈新出版的一本书作为节礼，忽见名片地址，由该址与过去不一样，不知何故？待核定后再行补寄。

　　今年是我创作生活45年，校定出版《刘绍棠文集·大运河乡土文学体系》第12卷，成立了刘绍棠研究会。文集定将奉赠1套。

　　另外，拜托你替我讨债。

　　四川文艺出版社的《峨眉》，拖欠我的中篇小说《牛蒡过河》的稿费，已经两年，过了1994年12月31日，就是第三个年头了。约稿时很热情，作品发表后便说经济情况不好，待好转后再补稿费。旷日持久，再无音信。我与四川文艺出版社关系久远亲切，是你我合作建筑。现在，只有向你这个老社长诉苦了。请你过问一下，欠债还钱，我不计利息（一笑）。

　　握手！

绍　棠
1994.12.26

李致同志：

　　遵嘱寄上照片两张。用绍棠单人照（1995年3月）较好，此为获奖摄影，绍棠自己也很满意。我俩那张是1994年10月主持第一届北京写作文化节时所照。照片洗得太暗，怕印出来眉目不清。

　　我出国期间，房子装修，全部物件都挪了位，杂乱无章。接您电话，即翻箱倒柜，也寻不着。今早无意中才在衣柜里发现了（因无比珍视，所有照片特意珍藏在衣柜里，健忘症！让您见笑）。就因粗心大意，照片延误了好几天，很抱歉。

　　原来给您寄刘著时，只有平装本（精装本至今尚未购得），现补寄一卷平装本及《村妇》。《村妇》如绍棠绝笔巨著,但出版至今无任何反应。我倒是心里有数。不平则鸣;周年忌辰,也许我将写点文字,寄托哀思,弘扬精神……

昨日收到您寄来的《回顾》,重读了《绍棠,我非常想念你》一文,感谢您对绍棠的真挚友情,我也一样深深敬重您。

祝您全家新年快乐!

曾彩美
1997.12.28

江永长[①]

永长并所有编辑同志：

得274期《四川文艺》，发现拙作《我学会用电脑》一文，被删掉约五百字（附后）。这五百字，主要是描述我学习过程中所遇的困难和家庭生活情趣，也有调侃，并无政治性的和其他的错误。我与你们一样，编辑出身，对有错误的文字，也做过修改，但修改前一般要与作者商量。为保持作者的风格，对可改可不改的地方，绝不凭个人爱好随意变动。记得八十年代初，为改动剧本《王昭君》中的一个字，我打电话（当年打长途电话相当麻烦）给作者曹禺，取得到他的同意才动手。这是对作者的尊重，也是编辑应有的修养。不注意这点，将会失掉一些作者。如果稿件不能采用，可说明原因，退给作者。二十年前，我有篇文章被成都一家报纸退回，我没有意见。后来这篇文章被《人民文学》采用，我并不就此责备成都的那位编辑。因为选稿的标准不同，不能用一个标准强求他们。

以上说法是否有当，盼听到你们的意见。

即颂

编安！

李 致

2005年3月27日

---

① 江永长：时负责主编《四川文艺》报。

江　明[1]

江明兄：

9.21.来函敬悉，获益甚多。兄整天研究重大问题，令弟不胜钦佩。

兄居首善之区，博览群书，竟不耻下问，令弟推荐图书，实不敢班门弄斧。但不推荐又是"罪责难逃"——兄真活学活用《联共党史》矣！

现斗胆向兄推荐严秀（本名曾彦修，人民出版社前总编辑，颇有胆识）新写的《一盏明灯和五十万个地堡》。一盏明灯即阿尔巴尼亚，五十万个地堡说明其黑暗统治也。该书以大量史实，披露斯大林统治的阴暗面，可供参考。

重寄《润物细无声》[2]，系弟老朽健忘，岂敢要兄"反复学习"？有趣的是兄6.21.的信，竟写成9.21，把6字翻个"跟斗"，超前楷模。弟今达古稀之龄，均垂垂老矣！

兄常以弟之"短柬"为由，限制来函字数，弟亦不敢僭越。

---

[1] 江明：《中国青年》杂志原总编辑，曾与李致同在四川人民出版社工作。
[2] 《润物细无声》：李致的一篇散文。

祝兄和王韦嫂

健康长寿！

弟　李　致　顿首

1999年6月26日

汝　龙[1]

李致同志：

  您的来信拖了这么久才回信，务请原谅才好。

  我译的十二卷集（契诃夫，俄文版），本来上海译文出版社已接洽出版，并在去年年底索去第一、二、三卷译稿，但我收到来信时，他们还未做出决定，因此我没法给您回信，只写信去催了一下。最近他们回信说，12卷集中的小说部分已决定接受出版，但戏剧部分已另有译稿，不准备接受出版。……您原想出版十二卷集，倘我没同别的出版社接洽，本来是乐于交您出版的。现在则木已成舟，只好请您原谅。不过十二卷集的戏剧部分如果你社愿意出版，我是乐于照办的。戏剧部分是12卷集的第九卷，约60万字，在契诃夫的著作中，以至19世纪文学史上都占有重要地位。只是这一部分虽已译完，却还需要仔细润色一下，我打算重译一遍，交稿时间大约要到81年或80年。请你社考虑决完后通知我。

  12卷集还有散文和书信部分，是10～12，共三卷，约150万字。现在他们也还未做出决定。倘他们不准备出版，我再同你社商量。

---

[1] 汝龙（1916—1991）：文学翻译家，代表作有《契诃夫小说全集》等。

您讲起十几年前我们会晤过，我确实记不大清了。我想，一见了面也许就会想起来的。如有来京机会，请光临一叙为盼。

　　祝好

　　赠书均收到，有的印得很好。谢谢。

汝　龙
8.15

安庆国[1]

庆国：

　　目前出积累文化的书很困难。感谢你承诺出版《曹禺致李致书信》。

　　背面是中国华侨出版社编辑郭岭松给李斧的邮件原文。该社已出版《我的四爸巴金》（增订本）和《巴金的两个哥哥》（增订本）。我已请李斧转告郭岭松，我与四川教育出版社达成出版《曹禺致李致书信》的协议。

　　我当然支持四川的出版社！

　　仅向你通报这个情况。

　　即祝

夏安！

李　致
2010-07-28

---

[1] 安庆国：时任四川教育出版社社长。

严文井[1]

李致同志：

　　十三日信收到。"近作"样书三十本早收到，谢谢！

　　不料向我要书的人多了一些（我没敢主动赠送），不知能否再给我十本；如果这个要求太过分，我就购买十本，所需之款，待复信收到后即汇上。祝好

文井
10.23

---

[1] 严文井（1915-2005）：作家，曾任人民文学出版社社长。

严永洁[1]

永洁同志：

我不知该怎样安慰您，因为我现在也很痛苦。

元旦前收到您的贺卡，您说："我二老均好，勿念。"没过几天，突接噩耗。我和秀涓十分震惊，一下转不过弯来。当天下午我给您打了电话，您在休息，是宋秘书接的。从宋秘书那儿，我得知谭老*走得安详。这对您对我们也是一种安慰。

我到四川省委宣传部工作时，谭老已任省顾委主任。他一贯关心精神文明建设，重视文化艺术，倡导振兴川剧，给我留下极深的印象。关于振兴川剧的，我写在《谭启龙与振兴川剧》这篇文章上。该文在"纪念振兴川剧20周年征文"中获荣誉奖。它获奖，不是我写得好，而是它记录了谭老关心川剧事业的功绩。在振兴川剧20周年的活动中，川剧研究院要出一套丛书。丛书的书稿一下收不到，便先出了我的《我与川剧》。这是临时动议的。我手中虽有些文稿，但很不全，原想再写几篇，等一两年再说。但目前个人出书很困难，自己得掏两三万元，而这套丛书由文化厅拨款。"过了这个村就没有这个店"，所以我就交稿了。振兴川剧不能不写您，文

---

[1] 严永洁：曾任中共四川省委宣传部主管文艺的副部长。谭启龙（曾任中共四川省委书记）夫人。

章一下赶不出，我用了您一张照片加上较长的说明（115页）。在224页上，还有"他（李致）经常鼓励大家学习严永洁同志对艺术一丝不苟的精神"。不知您看见没有？

  话说远了。您和谭老长期患难与共，以濡相沫，感情深厚，他突然离我们而去，您当然很不习惯。但您一定要节哀，保重身体。您还要完成谭老的回忆录，您自己也有许多可写的东西。我们有20年的友谊。您在工作上给了我许多指导，又热情鼓励我写作。1993年秀涓生病时，您写了一封长信来劝慰她，令我非常感动。现在我们异地而居，不能经常相聚，但我和秀涓的心，会永远和您在一起。我的女儿和儿子（曾到5号楼为您照过相）也要我问候您。

  原文艺处的秀田、福昌、仲炎、丹枫、志英等同志都要我代他们向您致意。

  即颂

健康长寿

李　致
2003年1月29日

严庆澍[1]

李致同志：

一个新名字，却是老战友，阔别重"叙"，兴奋何似？有侪辄盛赞四川人民出版社的劲儿大，（每天可出一本新书）原来是阁下手笔，"后生可畏"旨哉斯言（恕我"老气"），因此作为一员"大将"，吴正贤（文艺编室主任）同志的干练是必然的了。

请原谅我身处病房，对远客毫无招待可言。

话题扯回来，我当然乐为"第二故乡"效劳，问题是东西太粗俗。别抱怨我多日无回讯，我是"一介病夫"，精力体力不足，所以没处理信件，但对贵社来说，我已做了两件事：一、《长相忆》已请北京出版社苏予（即"未名团契的张瑀"）寄奉。二、吉林人民出版社周雨（旧大公同事）追稿，无奈何寄了两本拙作给他，说明不论用不用，一律寄回贵社。现在第三件事是我已找到十八本拙作，稍为浏览后当即挂号寄奉，拟请：

（1）先看一遍，不用则来日务请掷回。

（2）有必须注解的俗语、谚语、歇后语时请开列见示，自当尽来奉复。

---

[1] 严庆澍（1919-1981）：作家、记者，常住香港。笔名唐人、阮朗、颜开等。1945年，严庆澍和李致同为地下党外围组织未名团契的成员。

（3）《香港屋檐下》等尚在找寻中，请稍待。

（4）《阮朗中篇小说集》打算出几本？还有些什么要做的？（稿费请慢慢发给，出版后再说可也）

我大概一月底（下旬）返港，准备试试有限度工作，但看来仍要回来治疗，届时再函告。我住"香港九龙艳马道十一号二楼"，抵达后当再写信。目前来信请仍寄至广州市省人民医院东病区107室。

握手

严庆澍

1980年除夕

正贤①同志和老战友们安好！

国辉②、正贤同志：

信谅收到，未见复示，甚念。

国辉弟谅已勿药，盼多珍惜。《长相忆》正在寻找（出版社已改组），日内当挂号寄你，勿念。（请多提意见）

《香港屋檐下》复印本收到未？《黑裙》及《香港风情》收到未（两书中都有中篇两篇），长春市吉林人民出版社寄你《泥海泛滥》及《第一个甲子》收到未？又一月二十四日在穗挂号寄你《芭芭拉的故事》收到未？

有点啰唆吧？请勿笑。

目录（约稿）拟妥未？乞告。有写两个中篇希望"挤"进去，未知来得及否也？

---

① 正贤：吴正贤，时为四川人民出版社二编室（文艺编室）主任。

② 国辉：李致学生时的名字。

握手

严庆澍

1981.4.5（在穗付邮）

（来信寄：香港九龙艳马道十一号二楼）

杜 谷[1]

李致兄：

送上小说一本，聊博一笑。

书中记的是四十年代我在川大创建的社团"文学笔会"，以后绝大多数会员都走上了革命道路。但是，它的作用要和破晓相比，那又小巫见大巫了。

问秀涓好

杜 谷
1999.12.9

李致兄：

遵嘱送上拙作一本，请令爱指正。

夏嘉非常怀念耀邦，也非常想看到怀念耀邦的文章。听说你已经收到了那本书，很高兴。等你收回了那本书，望借她一读。

我贺你七十生日一诗，是胡诌的，不合格律，得稍加修改：

---

[1] 杜谷（1920-2016）：原名刘令蒙，七月派诗人。曾任四川人民出版社副总编辑。

峥嵘岁月七十年，于今头白身未闲。
夜读三更神益健，日书千言力尚犍。
往事梦萦情脉脉，故交魂牵意绵绵。
升沉不忘青春侣，翰墨相亲因凤缘。

另有谢韬赠我诗二首，顺录于后，供你一赏：

平原诗社剩几人，花落花开冬复春。
凋尽标梅冰雪烈，苍筇老干饮露生。

匆此顺颂
撰安，并秀涓同志。

       杜 谷
      2001年2月17日

李友欣①

李致同志：

　　承蒙剪寄尊作《巴金的心》，拜读之后，受益良多。大作写得亲切朴实，用事实说话，较空泛而夸张的写法，更足以说服人，感染人，文末引用"快乐王子"的典故，更加深了文章的蕴含。此时此际，当文化、文艺纷纷扑入高潮大海，许多拜金主义文人千方百计捞钱，不以为耻，反以为荣，这篇文章就更具匡世省人的意义。

　　关于巴老只讲奉献，不求索取，自奉简约，热心育人的高尚操持，我还记得耳闻目睹的一点事例，供您参考：

　　大约在1954年，靳以同志来川体验生活，一段时间住在省文联。一次在问谈中，他谈到巴老当时任上海文联主席，并非挂虚衔，而是差不多每天都到机关办公。但巴老不仅不要工资，机关按例每月送他一点车马费，他也拒绝收受。

　　1962年，沙汀同志爱人黄玉欣患癌住院，手术时发现转移得满腹皆是，已无法疗治。沙汀同志要我与省卫生厅交涉，买点进口治癌针剂。卫生厅碍于制度规定，未予批准。沙老无奈求助巴老，巴老因给香港报刊撰文，换取外币，买了一种日本产的治癌针药寄来。直至黄玉欣同志病殁，针药也未用完。

---

① 李友欣：作家，曾任《四川文学》主编。

1977年，沙汀同志尚未平反"解放"，为释烦闷，他到北京、上海走了一转，找朋友谈心。回来后，他向我谈及：在上海见到巴老时，当时巴老历经丧妻及多种折磨，身心受到极大摧残。他宽慰巴老说：黑夜已经过去，我们大难不死，现科学大有进步，医药条件也大有改善，我们活到80岁当不成问题。而巴老却含笑说：活着是为了多给人民做点有益事情，不然，活着是什么意思？……听至此，我心灵不禁为之一战！悔恨自己浪抛了多少宝贵光阴！惜乎自己碌碌终生，一事无成呵！而沙汀同志在晚年疾病缠身，犹能奋力振笔，写出那么多好作品，这不能不说有巴老的精神感召吧？

巴老同鲁迅一个共通之处是：他们的一生，是把文学当作共同的事业，在关心同志、扶持新人方面，他们毫不吝惜地用去了自己多少精力与心血！自己写作的时间，仅占他们生命的最多不过三分之一！但这是不必为他们惋惜的。因为没有前者，他们就不可能在自己的创作上取得那么真正辉煌的成就！

我对巴老了解甚少，盼您也能在这方面为巴老"歌功颂德"一番，它的教育意义可能更为深广。

紧紧握手！

李友欣
三月十七日

李济生[1]

济叔：

信和刊物收到，谢谢。我订有《文汇读书周报》，但上月18—20日我去北京参加中国文联全委会，21日上午去送别冰心。回成都报纸不全，没看到您写冰心的文章。可否复印一份给我？

我的确胖了一些。这并不好，要减肥。

四爸的病使我们紧张了一段时候。春节前，我准备了买飞机票的钱。李芹主动表示要从加拿大回来陪我去上海。幸好四爸转危为安。但总使大家不放心。

张弘[2]的文章是采叔[3]寄我转去的。编辑人看了以后认为太长，与我商量，拟分两次刊出：一次刊张弘与巴金的关系，一次刊张弘自己的经历。我向采叔报告，他无意见。只是拟第二次刊出的至今没消息，也没有告诉我原因何在。昨天偶然遇该刊编辑部主任，我就此事提醒了他。趁此我也问了您的怀曹禺文，他说五月号发。我又谈到编辑和作者的关系，希望他们注意。

我也遇到这类事。从外地来电话约稿，十分热情。稿寄去后，长时间无音信。

成都的变化的确较大，不知您有无机会回来看看？我在学电

---

[1] 李济生：巴金胞弟，曾任上海文艺出版社编审。
[2] 张弘：巴金的友人。
[3] 采叔：即李采臣。

脑，这信是我打的。

即颂

春安！

问三个妹妹好！

李　致
1999年4月6日

济叔：

今天得您24日来信，行程十天。

有关三爸的文章，我只有这一篇。是健吾[①]伯的小女儿寄来的。您那儿还有吗？采叔要我和李存光编《剪影》，存光拿出目录，但最近老与他联系不上。《巴金教我做人》出书后，我只写过一篇与四爸有关的，即《不知如何弥补》（刊去年《人民文学》）。

马老、王火、杜谷、之光等都收到您编写的文生社的书。书中的工作人员名单，成都的漏了高寿峨，魏□□是重庆的不是成都的。国煜姐也收到书，她要我感谢您。这个回忆录是很珍重的。

马老安装心脏起搏器后，身体不错，每天上午写作。省上同意出版《马识途文集》（约30卷）。有一个编辑组，马老要王火和我作顾问，参与讨论。大同是乘汽车受伤的，至今还躺在医院。车辐精神状态很好，我在曲艺界迎春会上见到他。

问三个妹妹好！祝您

健康长寿

李　致
2000年3月4日

[①] 健吾：李健吾。

李健吾[①]

李致同志：

　　你的来信，还有四川宣传部的来信，我都已收到。我迟了许多天才寄回信，因为我在等清华大学查找和复制我的旧稿子，同时我也在等旧《大公报》刘□□同志的回信。我早年的东西很难找到，而早年我记得写了不少东西。本来应当将"散文选"寄过去，因为"等"，只好迟些日子。因此"总序"不免也就迟了下来。请你不要着急，总会有个头绪的。

　　老巴已经到了北京，不过我们还没有见面。人大在开会，他一定很忙。不过总有机会见面的。我月底要到山西跑一趟，可能有半个月的耽搁。匆匆，此祝

安好！

健　吾
（1981）11.30

李致老侄：

　　匆匆一面，已经二月有余。手头杂务多，一直没有写信，原因

---

① 李健吾（1906-1982）：笔名刘西渭。戏剧家，文艺评论家。

是"总序"迄今没有写成。这对我说来，是一个大难题。如果写不出，最后来一个"后记"怎么样？

明天我将回老家走一趟，因为临汾蒲剧院一定要我去，说："张庆奎演剧生涯五十年大庆，一定我要回去。"我想顺便到老家运城走走。可能一路没静，我动脑筋考虑一下"总序"。

老巴这回来，忙得很，昨天通了个电话，说他又在害感冒，夜晚小玲[林]还要拉着他看两场电影。我们只好"再见"。那个小弥来，说起你那边和宁夏的事。她发现我在看借来的不全的《文艺复兴》杂志，忽然想起了你，说你应该赶快复制，把它印出来。《文艺复兴》是我和郑振铎合编的。你觉得她的意见怎么样？

人文的《新文学史料》逼我写《文艺复兴》的回忆录。我也没有时间写。一切只好等着从山西回来再说。

老巴二十四回上海，我也在二十四日回山西。

采臣已在上海，想必你已经知道。我们也只好在二月里见。

问候你和全家人好！

健 吾

1981.12.23

李侄贤侄：

"总序"勉强写成，因为我从山西回来，就病倒了。冠心病随时发作，痰也总除不干净。只能如此写了，请你一定原谅。采臣提前回京，因为他那里房子要翻修，所以他必须赶着走。大概到北京以后，没有几天就回去。"散文"就寄去。此外也将陆续奉上。"小说"请将《在第二个女人面前》那篇删去，人民文学出版社也将印我的选集，那一本书，约三十万字。你那边"文学评论"准备的怎样？你能找到《山东好》这本书吗？

祝

你好!

健吾
1982年1月11日

李致同志:

我将于月之十八、九日去西安市开外国文学理事会,开到月底,我即将赴成都,可能小弥陪胡絜青同志先到。到时,我将发电报给你,请给我们夫妻准备住处。

又,麻烦你先代我们买一下"西黄丸"五盒。因为北京"展销会"已经卖完了。会也将闭幕。

此致
敬礼!

健吾
1982年10月12日

李致:

感谢你们四川人民出版社对我们夫妻的招待,畅游四川成都的名胜。现在,我们平安到达西安,将于明日返回北京。还有机会看到一场话剧。车票附回,可能对会计报销有些用处。如可能,请向四川人艺同志们谢谢……

问候同志们好!

李健吾
1982年10月11日

李致贤侄：

　　现寄上徐云生同学（他和我是清华同级同班同学）的说明与试译一节附上，请参考。他过去和曹葆华经常合作，现曹同志已去世。你看后，如同意，我当将全稿寄上。

　　问候你全家人好！

健　吾
8月27日

李致贤侄：

　　匆匆一晤，又将一周，想已安抵成都。"小说选"一集收到，使我大为放心。你走后，我想了想，（一）是否需要一篇总序？（二）可否将圣老"诗"前的"李健吾选集"与"叶圣陶"几个字移到封面上来？（三）计算一下"小说选"的字数，比三十万字多还是少？多了多少？

　　还有，我写了一批外国文学评论或研究，如福楼拜、巴尔扎克、司汤达等等，你看，收入"文学评论选"，还是和"散文选"并在一起？散文我搜集了一下，大概有十七万字。加上诗歌和序跋，也不过二十来万字，而"文学评论选"，估计也不过二十来万字。请你决定一下，应该如何办，而外国作家研究，是否单独另来一本？

　　最后，我不应该问，不过我又不得不问。我和老巴是忘年一知己，谅来你会原谅我的。这就是，我有四张放大的照片，我怎么找也找不到。记得那天给你看过，你有没有在匆忙之中将它们带走？我的忘性太大，是人所共知的。

　　最后，请你告诉我一下，老巴那里还有没有《咀华集》第一集的两种版本？还有《山东好》，也有两种版本，他那里是否收集得有？请你把复制出来的东西，字数也计算一下。

我这封信要你做的事，又琐碎，又麻烦，又无礼。请你务必原谅。

匆匆。

问候你全家人好！

健吾

十一月五日

李致同志：

你好！

徐士瑚同志要我向你推荐他译的英国十八世纪著名小说《威克菲牧师自传》。

徐士瑚同志是健吾清华同班同学。1931年和健吾一起赴欧留学。他是在英国爱丁堡大学与剑桥大学研究英国文学的。当过十年山西大学校长，50年辞职到北京交通大学当教授至今。"文革"前和曹葆华合译出版了《高尔基文艺书简》和《苏联文学思想斗争史》。在健吾生前主编的《古典文艺论评丛》上发表两篇讲莎士比亚的译文，还在上海平明出版社和新文艺出版社出版过《契诃夫》《莫里哀》《莎士比亚》和《别得内依》。80年译了《西欧戏剧理论》，今年由中国戏剧出版社出版。六七年前，他译了《小大人》和英国十八世纪著名小说《威克菲牧师自传》。《小大人》去秋健吾向你推荐过，你转交四川儿童出版社，该社说写儿童教育，未接受。他译的《威克菲牧师自传》，健吾生前答应推荐给你社，可能在成都时忙得把这事忘记了。回家后，不等徐士瑚向健吾问这件事，不幸突然去世了，现在徐士瑚同志为健吾写了《传略》，将在九月间刊登在《新文学史料》上。他说他将那本自传又重校了一遍，并核对任光健六七十年前的译本，发现不少错、漏译的地方，他又根据一本权威译本加了许多注，对于了解原文有帮助。他要我向你推荐，我是外行，有意的话，请来信，他当寄给你审阅。

健吾的《意大利遗事》迟迟没给你寄出，这次《喜莫氏剧二集》出版了，一并给你寄上。另两本是赠给蒋牧丛同志的，烦代转交一下。

专此敬礼

康乐！

淑　芬[①]

83年4月8日

---

① 尤淑芬：李健吾夫人。

杨 苡[1]

杨苡阿姨：

我叫李致，是巴老的侄儿，曾在巴老家见过您。

李尧林是我的三爸。尽管我没见过他，但我对他十分尊敬。我写过一篇《带来光和热的人》的短文，收在《巴金教我做人》这个集子里，您可能看过。十几年前，我在尧林叔的影集里发现一张可能是您的照片，现复印呈您。

第一，请您确认是否是您的照片，何年所摄？

第二，如是您的照片，我可否用"三爸的好友杨苡"的名义，把照片收在我即可能出版的集子里？这个集子叫《我所知道的巴金》。其中收了《带来光和热的人》，附录了李健吾在一九四五年写的《挽三哥》。目的之一是怀念我的三爸尧林。

请您考虑，并请回信。

祝您

健康长寿！

晚辈李致敬上
2003年4月20日

---

[1] 杨苡：翻译家、散文家。

杨海波[1]

海波同志：

  尽管没有给您写信，但我并没忘记您。

  一九六四年，我调《辅导员》杂志社，一直在您和淑铮[2]同志领导下工作。您平易近人，给了我很多帮助。特别令我难忘的是：有人把我在党小组会上检查思想的情况，作为问题写成报告送您。您找我谈话，我说明情况后，您并没责备我。当时"左"的思潮严重，您实事求是，令我感动。我也没有忘记，一次春节联欢会，我参加合唱下来，您开玩笑说："只看见你张嘴，没听见你的声音……"

  近十几年来，我以"往事随笔"为题，写了一百五十多篇随笔，出了几本小册子。现寄上以写"文革"为主的《终于盼到这一天》。书中不少事涉及到团中央，您有空请一阅，并盼得到您指正。其中114页上的照片后排中的人，摄影人刘全聚说是您，因未得肯定，没作文字说明。如果是您，可作纪念。

  我儿子李斧，前两年去看过您，曾让他代我向您问好。

  即颂

冬安！

李 致
2007-11-25

---

[1] 海波：杨海波，曾任共青团中央第九届书记处书记。
[2] 淑铮：李淑铮，曾任共青团中央第九届书记处候补书记。

余思牧

思牧兄：

久没通信，时在念中。

您的身体想必更有进步。嫂夫人余琦琦贵体如何？

寄上《巴金的两个哥哥》一本。这是在前年内部出版的《不应忘却的人》一书的基础上，又组织了几篇稿件，增加不少照片，由人民文学出版社正式出版的。我估计您有兴趣，并请赐教。

希望保持联系。

即颂

俪安！

李　致
05-09-02

李致先生：

您好！久未问候，想阖府安康、工作顺利。

现有一事相求，请推爱考虑：

拙著《作家巴金》（增订本）经令婿致正先生之安排，本年三、四月间在北京由东方出版社印行，易名为《巴金传》。原序已不适合，恳请先生就拙著内容、海内外作家交谊及拙著力排国内极左批评等方面着笔，写一序言，介绍国内读者加深对我和拙著的认识。出版社的编者以为，国内学界不乏认识和了解我的人，可是国内读者对我则十分陌生，故希望有先生在这方面，作些评介，以壮形色。

书订在三月份出版，如蒙俯允，序言请于本年二月份之前寄到。李济生先生已赐序四千字，谈的是巴老与我的交情和拙作如何坚持真理，写出真实的巴金。奖勉有加，十分合用。另有陈丹晨[①]及王炳根（冰心纪念馆馆长，国家一级作家）的序，都是评介拙著内容的，也有助读者了解作者的背景。

专此奉恳，伫候示复，即颂：
新春迪吉！

余思牧
07.1.29

李致先生：

28/02/07来教及厚赠《巴金的内心世界》均妥收，一一拜读，获益良多。对我修订《作家巴金》增订本成《巴金传》，十分有帮助。

虽然未能得到您为我写序，但令婿致正，令郎李斧，对巴金传的出版，奔走出力，又为我承担由繁体字转为简体字的校稿工作，使病微体弱的我，放下了压力。再于李家家史及大陆政局方面的意见，我全部接受，在新排稿中校正或更改。我在港与李斧欢快地会了面，也交换了意见，他是一位很出色的，实事求是的青年。

我二月底（即旧历年晚二十三日）因肺积水，肺尖入医院住了一个多月，高烧十多天，出院后又觉元气大伤。您的问好、你的关注，给了我不少鼓舞。

内子琦琦换肾后（06年8月），一直情况良好，正如常地工作。

[①] 陈丹晨：作家，巴金研究专家。

我和她，也一直惦记您和尊夫人的健康，万望保重。希望您的眼疾，也快些康复。祝愿我们在不久的未来，有机会重叙，倾襟畅谈。

专此，即祝：

春安

余思牧

07.4.9

李致先生：

14/01/04来教拜读，敬悉一切。

前曾寄上《香江文坛》三期，专审登览否？现再寄上新出版的二期请赐再教正。

忝蒙厚赠大著《我的四爸巴金》与《不应忘却的人》，图文并茂，内容丰富珍贵，受益不少，看了书，想到巴老，想到贤伉俪，有无限的温馨和亲切。我分享了您的感受。书并不出得太晚，能出版就好，工作真不容易啊！

谢谢您问候内子琦琦。她近日健康很坏，一来肝酵素突然上升数倍，至450，二来肾功能衰退，突跌至16%。医生认为她年来服食的中成药中的含激素及汞的分量导致，现正由专家会诊中。我本人的健康，最近作过大检，一切都好。我也自觉精神一天比一天振作。现正作结束香港事业，返加拿大定居的准备。

小林一月底到，曾专程来看我。我见到她与端端，大家都很高兴。可惜也只匆匆一会，她便返沪。

请保持联系。问候！

阖府安康

余思牧

邹狄帆[1]

李致同志：

　　先祝您身体好。

　　关于评选79～80年诗歌正进行中，预计在5月底6月初结束。共评35首。此次评选根据评委和作协党组意见因为评委未列入评议中，所以标明只是评选中青年诗人。这样，这评选还不算全面表现两年诗歌面貌。

　　为此，评委和编辑部都有一建议，拟将所印的评选诗集稍扩大一些：即分为上下辑，上辑为中青年优秀诗评奖作，下辑为79～80[年]部分优秀作品，指未参加评选而确系佳作，这样就可包括评委如艾青、李瑛、张志民等，和其他老中青的优秀作[品]。但仍主精选，诗集不会太厚的，总共也就60～70首。

　　因与原来的计划稍有改变，所以特再征询出版社的意见。

　　柯岩同志心脏病，正入院治疗中。

　　严辰同志即将去南京一行，月中返京。

　　耑此，并祝

五一节愉快！

邹狄帆
（1981年）五一节

---

[1] 邹狄帆（1917-1995）：诗人、翻译家。

汪文风[1]

李致同志：

  您好！

  听说您社出版了一本有关彭老总的最后十年，北京无法买得，可否寄来两三册，价款和邮费若干，当照汇寄。劳神之处，容后面谢。顺致

  敬礼

汪文风
3/8

---

[1] 汪文风（1929-2015）：曾任中共中央纪律检查委员会委员，《天安门诗抄》作者"童怀周"主要成员。1947年国民党重庆"六一"大逮捕中与李致同时被捕。

汪道涵[1]

道涵同志：

　　维聪[2]大嫂逝世，我曾托教浩转达我和秀涓的哀悼。不知您身体情况如何？常在念中。

　　去年我到上海，我们两次见面，得以畅谈，给我很多启迪。您要杜润生的著作，至今尚未出版。出版后我会尽快寄给您。

　　您给源源一家写的字，我非常喜欢。为祝贺巴老进入百岁，今年我拟出一本《我的四爸巴金》。如不影响你的休息，我仍想请您题写书名。

　　如有机会出来走走，欢迎您来成都。当然，这是在消除"非典"之后。"非典"袭来之际，万望保重身体。

　　即颂
夏安！

李　致
2003-05-12

---

[1] 汪道涵：曾任上海市市长。
[2] 维聪：汪道涵夫人。

沈 重[①]

李致同志：

　　我写了个《沈重诗选》后记，请你帮我看看，有什么不妥之处，望加斧正。

　　我从1946年开始发表习作，主要是散文和杂文，1947年起间或也写起诗来，直到1993年自觉跟不上潮流，从此搁笔不再写诗，前后将近半个世纪。这本诗选，四十年代的作品仅剩能找到的四首；五十到七十年代的基本未选，只留二首以补空白，除这六首，基本上是1979至1993年间作品。所有这些作品，我自己并不满意。有时想，如果十一届三中全会时我才20来岁那该多好，我一定从头做起，努力写得比现在更好一点。可惜历史不能退回原地重来，青春也无法挽回，徒唤奈何而已。

　　这些东西本来不值得出版，所以搁置五年，虽觉寂寞，也还平静。不过总有一些朋友鼓励我出书，自己也觉得一件心事未了；但出版太难，我也不抱奢望：有机会就出，没有机会就算了。如果不是偶然涉及此事后，得到你如此热情的帮助和关怀，这本书在本世纪内恐怕是很难问世的，下个世纪如何，就更难预料了。这段经历我本想在《后记》中谈得更详细一点，但仔细一想，涉及的问题

[①] 沈重（1930—2018）：原名沈绍初，作家，诗人。

一时也难于解决，而且也非《后记》所能胜任，只好暂时不说了。现在这个《后记》，我只是和其他朋友一样简单地提了一下你的名字，远远没有表达出我对你的真诚感激之情。由此我想到巴金老人和你的白发，确实是有遗传的。巴老的发丝中有许多是为扶植作家而白的，你的发丝中有许多也是为扶植作家而白的，其中至少有几根是为我这本微不足道的《诗选》而白的，能不使我感动吗？直到昨天，段英还告诉我："李部长对你那本书的封面很关心。"我听了真不知道该向你说什么好。哪个作家碰到巴老和你这样的作家兼出版家，都是一种幸运。可惜现在这样的作家兼出版家凤毛麟角，大都是出版商和出版官。当然，我也体谅他们的难处。

  你说要从你的《往事》和《回顾》中选出两篇来，这有点难，因为不知字数有无限制，有无其他要求，而且每篇各有其优点，这两篇作何用途？如果不管这些，我考虑了一下，你写了许多篇有关巴老的散文，我都喜欢，一定要从中选一篇的话，可以选《我淋着雨，流着泪，离开上海》，因为这是特定历史时期的特定情景、特定感情，引起读者无尽思索，只有你这个特定身份的人才能写出这样的作品来，无可替代，也为研究巴老的人提供了一份珍贵的史料，十分难得。另一篇在其他文章中选，我喜欢《大妈，我的母亲》，首先是大妈这个勤劳、善良、正直的劳动妇女形象使我感动，而且你的感情如此真挚深沉，你无意于着力刻画，然而情之所至，形象自己就鲜活地浮现在读者面前；其次是这篇作品具有极大的概括力，蕴含着深厚的历史内容，几乎包容了本世纪中国所有的重大风云变幻，通过大妈这个形象加以贯串，从中可以看出中国人民经历了多么痛苦的磨难。写亲人的散文不少，著名如朱自清先生的《背影》，但他只是通过一件生活小事来抒发对父亲的爱，就其思想内涵而言，究竟比较单纯，远不及《大妈，我的母亲》的艺术概括力。也许我喜欢这篇作品，还因为我想起自己的母亲，因为从大妈身上我看到母亲的影子，可惜我写不出来。

除了这两篇，也可考虑《永远不能忘记的四句话》和《"牛棚"散记》。《散记》中我特别看重"母蚊子"这个形象，这也是你无意着力刻划而自己跑出来的形象。这个人物在写"文革"的作品中是一个别人没有写过的新形象，她不是无知红卫兵，不是一般造反派，也不是想摆脱干系与走资派划清界线的软骨头，而是披着"老干部"外衣，别有用心，心怀鬼胎的宵小之徒，很生动，可惜着墨不多，单独挑出散记中的一篇来，还不够充分。

我这是全凭个人爱好说的，很不全面，谨供参考。

关于我那本书，我对魏社长和段英说了，用70克双胶纸，封面用那种不反光的压模纸（？），内文设计以孙静轩诗选为样本，排得大方些，每页24行，每首诗标题占8行。请你为我参谋一下，怎样更好。封面设计我完全同意你的意见。关于内文和封面用纸、内文设计，段英到你那里去时，希望你再提醒她一下。但愿你的头发不忙再白，否则我的负疚感将更加重了。

希望多保重身体。匆此

敬颂

文祺！

沈　重
1998.11.12

李致同志：

在《四川文艺》报上读到你的《功臣魏明伦》，对魏的评价甚高，也很实在。就振兴川剧而言，除了魏明论的剧本创作（还有徐棻），恐怕还有一个功臣比魏、徐更为重要，否则，纵有怪才、鬼才，也会被埋没，甚至被否定。这功臣就是代表省委执行新时期文艺政策、对人才爱护备至的宣传部副部长李致。当然，最终应该归功于新时期党的文艺方针、政策。魏明伦身逢其时，真是令人羡慕。不止魏明伦，许多文学新人莫不如此。有些人缺乏自知之明，头脑发胀，目空一切，那就不好了。

你的"小打小闹"没有中断过，是我学习的榜样。最近我响应号召，写了十来首"公交诗"献丑。心中也有一些写作打算，总是提不起精神来，奈何！即颂

笔安

沈　重

2002.5.28

宋木文[1]

李致同志：

　　送上我的出版文集（精装本）一册，请指正。

　　此次在蓉，来去匆匆，未及详谈，只待来日了。

　　关于1979年长沙会议确定的地方出版社工作方针哪里率先提出的问题，我按你提供的线索，请四川省新闻出版局副局长魏善和同志在邓星盈同志处取来陈翰伯[2]同志给他的信的复印件。此信只有月日，未写年份，当在长沙会议之后。翰伯同志在信中对四川人民出版社出书面向全国极为赞赏，并说"正是从四川得到启发，我们就把这个方针推及到全国的地方出版社去了"。我的出版文集有三篇文章（见第57、92、646页）讲地方出版社工作方针问题，在《遵命为胡真同志文集写序》一文中提到"在湖南率先提出并开始实行'立足本地、面向全国'方针的胡真[3]同志旗帜鲜明地呼吁在会上引起强烈的反响"。这同翰伯同志信中的讲法有所不同。胡真同志为支持这个方针在长沙会议上作过呼吁和湖南出书已开始面向全国，这确是事实，问题出在是否"在湖南率先提出"几个字上。此

---

① 宋木文（1929-2015）：时任国家新闻出版署署长。
② 陈翰伯：原国家出版局代局长。
③ 胡真：湖南省出版局原局长。

事应以翰伯同志信为依据。我讲"在湖南率先提出",是为胡真同志文集写序时凭记忆,未及深入调查研究。但我又想,由于当时四川、湖南等省都面临突破禁锢、力求发展的新形势,是否都在同一时期提出同样问题、同样要求并在实践上有所突破呢?为了进一步弄清这个问题,我调阅了有关档案。首先发现你在1979年12月15日长沙会议大会发言,专门讲四川突破"三化"、出书面向全国,这正好同翰伯同志信的说法相符合。随后又查到国家出版局出版部在长沙会议前编发的几期简报,反映湖南、山东、辽宁、吉林等省局长(社长)要求突破"三化",出书面向全国,并在实践上有所突破,这其中有一期是就这一问题对胡真同志的专访。由于调整地方出版社工作方针问题已成为普遍要求,以翰伯同志为代表的国家出版局的决定得到出席会议各地代表的强烈反响。这样,我认为,我给胡真同志文集写序中只讲"湖南率先"不够准确,应在适当时机对此问题做出更准确的表述。这不是谁要争个"率先"的问题,而是对新时期出版事业发展有重大意义的出版工作方针问题的提出和确定做出更符合历史事实的说明,以符合党的实事求是的原则。谢谢你的提醒和帮助。随信附上你在长沙会议发言简报,及其他几期有关简报,供参阅。

  祝
春安!

宋木文
1997.4.22

张乐平

李致同志：

　　你好！

　　久疏问候，甚念。

　　前承巴老介绍将拙作《三毛从军记》于你处少儿社出版后，接着钱玲同志等曾到沪与我商量出版我的"儿童漫画全集"包括《三毛流浪记全集》在内，共八册。当时因《三毛流浪记》早在前年底，已约定邵宇同志，由北京人民美术出版社编印出版，而且全部已发稿付印。原定本年"六一"出书，后因印刷厂安排不及，故至今未出书。为了北京有约在先，当然不便另许编出，以免一稿两投之嫌。大家曾认为单行本与全集不同，我听了也就不加考虑。现在想来十分不妥而且目前更不适其时。因此希望少儿社先出其他的六册为单行本发行，等北京人美出版后，过一时再补上"流浪记"和"外传"，凑成全集，或不作全集也好。这样也比较合理，免我遭受批评。而挽救"三毛"四十年来的信誉，至恳致谢。并请赐复。

　　此致

敬礼！

张乐平
1983.11.20上

我家地址：上海市五原路288弄3号

李致同志：

您好！

去年尊驾光临舍间，因病失迎为歉。关于拙作《三毛流浪记》事，前时华君武同志谈起贵社为他出版的漫画集，非常满意，并向我郑重推荐，要我找四川人民出版社出书，《三毛从军记》解放后从未出过，曾有好多读者建议我重出，所以在拜访巴老时，我陈述了愿望，不久即接到你热情的电报，我即复电，谅收到。前几天又收到四川少年儿童出版社的来电，拟将现在成都展览的《从军记》部分稿子先留下，要我马上寄余稿，准备发厂。但我还须重作修改补充，并加画封面，我希望贵社能派人来沪面洽，也可趁便人来出差之际，来我处共同审阅商量。如何之处，但凭尊意定夺。我的希望，如能把书的质量出得同《华君武漫画》的水平一样高，就满意了。

专此，并候复音，即颂大安！

张乐平

（一九八三年）九月七日

张秀熟[1]

李致同志：

　　古籍整理及巴蜀书社事，自大会闭幕后，我即丝毫无所闻知。过去段文贵[桂]同志随时来联系，但会后即未再来，致使许多人来向我谈问题，我简直无从答复。而且有许多问题也还须和你研究。请于整党暇时，一定过我一谈。时间在每日午后或夜晚为好，午后仍须先在电话上联系，因有时午后亦无暇也。专此致

　　敬意！

　　　　　　　　　　　　　　　　　　　　　秀　熟
　　　　　　　　　　　　　　　　　　　　1984年2月14夜

---

[1] 张秀熟（1895-1994）：革命家、教育家、诗人。

张学凤[1]

学凤好友：

收到来信，得知你的近况，十分高兴。

一九九二年，我和秀涓去美国探亲，在美待了八个多月。一九九三年回国后，秀涓患抑郁症，一度很严重。后来抑郁症得以控制，又因骨质疏松，摔断股骨，加以背脊骨有两节压缩性骨折，生活不能完全自理，得靠坐轮椅生活。这十五年来，我的主要任务就是照顾她。前几年邹光华来我们家玩过，她知道一些情况。秀涓至今记得你，也记得朱庆钧[2]后来在市委统战部工作。昨天，我把你的信念给她听，她也高兴。

我的女儿李芹，儿子李斧，外孙齐齐和两个孙女都在美国。李斧在大学教书，是终身教授。齐齐去年获博士学位，已去微软工作。大孙女在斯坦福大学毕业，二十二岁，工作了三年。他们学业事业有成，我也不勉强他们一定要回来工作。所以，我和秀涓算"空巢"老人。好在我会用计算机，天天通邮件，经常通电话。儿子在一个公司兼高级顾问，经常回北京，去年五次回成都看我们，每次四五天。女儿每年回国一次，在家一两个月，帮我把家务安排

---

① 张学凤：20世纪50年代重庆市沙磁区少年儿童部干事。
② 朱庆钧：原共青团重庆市沙磁区委干部，张学凤的丈夫。

好。日子一久，也就习惯了。尽管如此，我仍羡慕你的儿子儿媳都在你身边，都那么孝敬你。

我在一九九五年离休，当了三届省文联主席，实际工作不多，下一届不再挂名了。这十几年，除了照顾秀涓外，以"往事随笔"为总题，写了上百篇随笔，可能有五十万字，出了几了本书。趁你视力好，寄上一本写"文革"为主的《终于盼到这一天》。通过它，你可以了解我一些情况。此外，就是爱帮"干忙"，帮助解决冤假错案，以落实政策。不过，年纪大了，很多事也力不从心了。

你花时间给我们写了信，看见你的字感到亲切。我写字手有点抖，打电话你又听不见，只好用计算机写。希望我们能保持联系。

向你全家人问好！

祝你

健康、愉快！

李　致
2008-05-12

张黎群[1]

李致同志并出版社社长同志：

你十分关心和积极催生的"走向未来"丛书已开始发稿。唐若昕同志专程送去第一批书稿，务请你关心到底，对唐若昕在蓉工作大力协助并加以指导。

敬礼

张黎群

六月三日

---

[1] 张黎群：时任中国社科院青少年研究所所长。《走向未来》丛书即是他向李致推荐的。遗憾的是他的推荐信转给了四川人民出版社未收回。

陈丹晨[①]

李致先生：

  这次在沪，有幸晤叙，虽在大家为巴老仙逝悲伤之际，也还是令人印象深铭的。我在葬礼后的第二天上午去武康路辞行，向巴老遗像和灵盒再次鞠躬行礼致哀，晚上就回北京了。你在上海可能会多逗留一些日子，不知近日返蓉了否？

  奉呈小书，请多批评。书名"全传"，是出版社的主意（我原意仍用《巴金的梦》），但我也欣然接受了。谬称"全"，却也未必，但在目前来说，内容大概算是比较"多"的。如此而已。

  希望你能多写关于你们家族的大小故事，有助拓展对巴老的研究。

  这次巴老辞世后的媒体、民众、官方的反应，使我想得很多，主要有两点：一是鲁迅逝世，万人送葬，此后任何作家的去世都不曾引起如此强烈反响，巴老是第二人。二是官方举办的葬礼可谓隆重，但也引发了另一些问题，在这强烈反响中，人们对巴老的认识，可谓因人而异。由此，我觉得留给我们后人的是，怎样好好正确理解解释巴老，继续发扬巴老的思想精神。

  我在你面前妄发议论，未免可笑，请原谅，只是想到的信手写

[①] 陈丹晨：巴金研究专家。

来而已，想不会见怪。

　　希望以后还有机会见面，从容畅叙。你身体行动不便，望多多保重。

　　顺颂
近祺

丹　晨
2015.11.04

陈白尘①

李致同志：

顷接四川省委宣传部文艺处便函，嘱以所撰《绣》（即川剧《绣襦记》）剧稿寄您，不胜惊诧！

九月七日收您电报，说《绣》剧材料已寄南大，遍查不得，因于九月八日复上一电，请另寄材料至舍下，至今未见赐下，正盼望中，今又接上述函（9.17发）仍寄南大转，则上述发去电报岂未收到？

到现在为止，未收到片纸材料，则关于《绣》剧一文，实难下笔，奈何奈何？见报，知川剧已在北京演出，定必轰动，《绣》剧亦定有知音者，请就近请郭汉城，刘厚生等同志写吧！要等四川材料寄来，又不知何日才到了！如仅凭在川观剧印象，则时过四月，印象已模糊不清了，实难动笔也！

再者，下月将有香港之行，而签证未办，正紧张中，或许去不成，但目前已不能安心写文了；更乞见谅！专此奉恳：即致

敬礼！并祝川剧团

---

① 陈白尘（1908-1994）：戏剧家，四川人民出版社曾出版话剧《大风歌》《陈白尘戏剧集》。

演出成功！书舫[①]同志如在京，亦请问好

陈白尘

（1983）9.27

舍址：南京中央路141—2号

[①] 书舫：陈书舫（1924-1996），川剧表演艺术家。

陈伯吹[1]

李致同志：

　　您好！

　　自庐山别后，已逾两月，工作一定开展得很顺利，以此为祝！

　　顷接您社寄赠的《巴金近作》与《夜归》，十分高兴，这是对我工作的支持与帮助，谢谢！

　　又承询有无拙作可供采选，我考虑后，将在二月份把整理好的散文集《名马之家》文稿，寄请您社审处，答谢盛意。

　　匆此复告，顺致

　　敬礼！

　　社内各位同志都向他们问好。

陈伯吹
1979.1.10

李致同志：

　　您好！第二编辑室同志们都好！

　　十分感谢您，又承寄赠最近出版的您社新书《找红军》，真是

---

[1] 陈伯吹（1906-1997）：儿童文学家、翻译家。

高兴，又多一次学习的机会。

　　我原打算能在二月底编竣一个散文集子，十万字光景，分作两编：解放后的与解放前的。虽都在报刊上发表，却迄未编收集子，待编就后寄请审读（只是散文，不收别的体裁）。

　　由于"四人帮"的破坏、干扰，从报、刊上查抄旧作，碰到一些意外的困难，事前估计得太容易些，因此交稿日期要推迟半个月光景。请予原谅。未能如约，深感惭愧！

　　明日应安徽省出版局（通过上海市出版局）的邀约，即赴合肥参加一个座谈会，二月底可返沪。

　　临行之前，匆此专告，顺致
敬礼！

陈伯吹

1979.2.18夜

陈昊苏[1]

李致同志：

您好。春天在成都晤面之后，忽已半年过去。原约定八月份出版的两本诗集，今仍渺然无期。前者戴安常、张扬同志来信告以出版任务繁多，排版工作难以胜任，故书的出版要拖沿［延］时日了。对于此种情形，我是了解的，但我仍希望能抓紧一些，争取今年年底出书（尚有四、五个月），赶在明年一月我父亲逝世八周年之前将《献给陈毅元帅》一书完成。《红军之歌》因篇幅不大，印数也不会很多，也希望能在年底见书。我已去信要求尽快把书样交我一看，并告以我十月可能到南方出差，故希望无论如何能在九月份看到书样。这种心情希望您能理解，盼能对此两书的出版予以督促，使能早日完成。特此致谢并祝

夏安！

陈昊苏
（一九七九年）八月十日

---

[1] 陈昊苏：诗人。四川人民出版社曾出版他的诗集《红军之歌》。陈毅和张茜之长子。

李致同志：

　　昨天收到来信及所赠彭总的故事，当即一口气把书读完，很受感动，这本书确实很好，把彭德怀同志的优秀品质和悲惨遭遇反映得非常鲜明生动，给人极大的教育。

　　关于我编的那两本书，我有几句话要说。

　　前一次去信，我是有些太急躁了，不够体谅您们的困难，谨致歉意，请原谅。

　　也许您收到我那封信时，张扬、戴安常（均为文艺编室编辑）同志已经把书稿寄来了，这也显得我太急了一点。

　　您来信提出看书样的两条要求，我要说明一下。

　　第一条，要快。我是八月十一日收到书稿，十四日即看完了，十五日交邮局航空寄出，不知何时收到。十四日收到一个电报催着寄还，我想是因为他们八月二日即写信寄出，但十一日才到我手，邮寄竟费了九天之久。对此我在信中已说明，对您们抓紧此事很感谢。

　　二、尽量少改动，最好不要改版。

　　此事我是注意了的，但这是唯一的一次看书样，今年春天在成都定稿也太仓促，故不得不改动一些地方，也是为了书的质量。改版的事，《红军之歌》换了一篇，页码有变动，但即使不换，原来那篇排得太挤、页码也要变。《献给陈毅元帅》删去一篇但页码原来未排，故调整一下当困难不大。以上可能给排版带来麻烦，我是有责任的，请向有关同志解释，总怪我开始未弄周全，但为了保证质量，还是希望按改样改过来为好。特此向您报告，请关照张扬等同志将改样情况告我以释悬念。对您们的工作表示衷心的感谢，对我照顾不周之处请予原谅。

　　此致
敬礼！

陈昊苏

（一九七九年）八月二十五日

李致同志：

您好。我猜想您可能会到北京来参加全国文代会，盼到时能在北京相见。关于《张茜诗抄》一书，张扬同志告以安排到明年上半年出版，我甚赞成。为了这本书不致在发排后又有大的修改，我当把书稿弄得完善一些再付你们审阅。因此我想请您在到北京时，把我前已寄去的书稿带来，待我重新编过以后，再交给您，或者等到年底再寄出。此稿我已寄给二编室，您向张扬、戴安常同志索取即可。您们有什么意见也可告诉我，以便考虑修改。此事是为了使书能顺利出版，请一定带来。

又，我曾答应《献给陈毅元帅》的样书由我来送，继见不妥，还是由我提供作者地址，由您们赠送为妥，请转告张扬同志。此致
敬礼！

陈昊苏

（一九七九年）九月十五日

李致同志：

接到张扬、戴安常同志寄回的《张茜诗抄》书稿，我将其重新看了一遍，又作了一些调整，基本上搞好了，但还要等一个书名题字，一时不一定能有。

原来打算在文代会期间与您见面，当面交上书稿，但听说文代会已推迟到三十日，而我已预定十五日前后去上海南京出差，不能再等了。（为了等文代会开会以便会晤一些文艺界前辈，我已由九月等到现在）故当文代会开会时，我已不在北京了（此次去南京出差大约要两个月）。不能与您见面，甚感抱歉。书稿也不能面交了，准备十二月时回京后再邮寄给您们。谨致敬礼！

陈昊苏

（一九七九年）十月八日

李致同志：

　　几次得到惠书，知道两本诗集已经顺利付印，甚感欣慰，特向您及贵社负责此书的张扬、戴安常同志等表示衷心的感谢。从去年十月您亲来北京约定出书，到今年十月左右见书，恰好是一年时间，以目前国内出版界的现状来看，应该说是较快的了，如果不是您和社里的同志抓紧，是不可能这样快的。

　　随信寄上在杜甫草堂照像［相］二张，是几位年轻人在一起照的。和您合影的二张因底片曝光不足，未能洗成照片，十分遗憾，只好等来日见面时再补照了。十月份文代会您可能要参加吧？到时盼在北京见面，请给我一个电话。此致

　　敬礼！

陈昊苏

九月一日

陈昌竹[1]

李致同志：

　　再次深切感谢寄来《终于盼到这一天》一书。

　　你用自然、流畅、朴实、嘲讽的语言，以真实的事实表达了你"勿忘'十年浩劫'，决不让这样历史悲剧重演"的主题。同时在字里行间，我看到你的一颗忧国忧民的国士之心，使我钦佩不已。

　　"十年浩劫"，上自国家主席、功高盖世的元帅，下至我这样的平民老百姓，都深受其苦，数不清的人已迫害致死。国民经济已到崩溃的边缘。被煽动起来的"红卫兵""造反派"其人性荡然无存，而兽性大发，邪恶遮天。好端端一个国家顷刻之间，竟变得疯狂至极、残暴至极，一时间天昏地暗，不知中国在哪边？至今想起，仍感惊心动魄、不寒而栗。我在瞎想，当时幸无外敌入侵，不然国家的存亡就不堪设想了。这样置国家存亡于不顾的荒唐、愚蠢、残忍的历史悲剧，怎能让其重演！应大书特书，让千秋后代不能忘怀。深感不解的是，巴老他老人家建议的建立"文革"博物馆，至今音讯杳无，令人匪夷所思啊！

　　你用深情的文笔写了《我淋着雨，流着泪，离开上海》《妻子

---

[1] 陈昌竹：1950年在重庆石桥铺小学任少先队总辅导员，后在上海一所中专任教。

的安慰》《小屋的灯光》，饱含着浓浓的亲情，彼此遥遥地牵挂，虔诚的祝愿，活跃在纸上，催人泪下。与巴老同睡一床，也不敢深谈。面对亲人，也必须表明是"专程到上海看眼病的"。形势多么险恶，时局多么黑暗，怎么不令人心惊胆战！

你颂扬了真挚的友谊，在那样的年代能保持那样纯真的情谊，实属可贵，令人效法，令人羡慕。

对几位领导人，你写得极其朴素，平实，使人可信、可敬。特别是写到胡耀邦时，更是如此。你两次谈到我与耀邦同志"接触不多"，又说在干校耀邦同志"不在一个连队，基本上没有接触"，有天晚上耀邦同志来我们连听取"走资派"的意见，"我因临时被派工，没有参加"，调回四川"没有机会和耀邦同志联系"，最后说"不久，耀邦同志担任党中央总书记，从此我再没有去打扰他"。你没有借伟人之光，炫耀自己之举；这就是你诚恳、真实之所在，是你高尚人格魅力之展现，我从心里佩服。若遇当今有些急功近利的人，定会添枝蔓叶，天花乱坠地做文章，不使自己光照四海就决不罢休了。

你也袒露了自己没有像戴云同志那样向上反映意见的勇气；为了保自己，贴了胡耀邦同志的大字报。在读者面前剖析自己，既要具备崇高的品质，也需要很大的勇气。认错是一种姿态，更是一种境界。你两者都做到了，为此我对你又增加了几多崇敬。

脸露笑容的小萍，是那样的温柔、善良、可爱，让人难以忘怀。在那"人妖颠倒"的年月，众多天真无邪的孩子所需要的净土，也被剥夺，纯洁的心灵也被污染，使他们也善恶难辩，口吐恶言。这是时代的极大悲哀。

我很同情你写的许光。一个从小就参加儿童剧团宣传抗日，后又入党，也有一定工作能力的同志，就因剧团团长集体报名参加三青团，没干过坏事之人，竟半辈子伸不起腰，背着黑锅过日，这太坑人，太不公道。他日夜盼望着"解放"，可当宣布"解放"他时，他却悲喜交加地疯了。多残酷的事实！多像范进中举啊！ 虽然他们致疯的原因不同，可心里所受的压力是一样的。

　　你用生动有趣的语言写了焦某，写得太好了，完全符合这个人的性格。他把"文化大革命"看穿看透了。在那个时候就提出怀疑，"谓林彪江青系争夺个人权力，最高当局亦有不可推卸之责"，真是高见，真有胆识。他用缓和、合理合法的方式与"史无前例的大革命"反其道而行之。他在力所能及的范围内，实实在在地"你打你的，我打我的"，而且打得漂亮，相当精彩。

　　言已尽而意未已，只因我才疏学浅，无法尽表我心中之感悟，真是书到用时方恨少啊！ 在散文家前用笔表述，无异于"在关公面前耍大刀"，自不量力，我必死无疑也！

　　……

昌　竹
2007年8月5日

武志刚、时川[①]

志刚并时川同志：

　　文代大会的《开幕词》，我仅宣读一次。稿费100元，请转给起草的同志。谢谢！

即祝

　　秋安！

李　致
2009夏

---

① 武志刚：作家，曾为《四川文艺》编辑；时川：杨时川，时任四川省文联秘书长。

范　用[1]

李致兄：

　　收到《四川文艺》，已读，讲得非常之好[2]。《我的四爸巴金》如再版，可将此文增补进去。

　　退休已十多年，无所事事，每天在家看看书，消遣时日。

祝健康

范　用
（二〇〇五）一.三十一

李致同志：

　　前几天女儿从报社带回一本巴老的《讲真话的书》，说是一位袁祥同志从一个会议上带回的，可能是您到北京开会。谢谢您！退休四年，居家读书为乐，得到新书，尤其是如巴老的书，说不出的喜悦！

　　曾寄上一信，可能您在外，没有看到，是托您打听郑隐和先生的情况，他是我的老师，小时候他指导我办儿童剧社，教我唱国际歌，少年先锋队歌，我很怀念他，就写篇文章给故乡的文史资料杂

---

① 范用：资深出版人，曾任生活·读书·新知三联书店总经理。
② 指李致在上海的演讲《我心中的巴金》。

志（他们要的）。匆此即颂

春祺

范　用

元月三十一日

李致兄：

久不通问，顷接来信，很高兴。早就知道您已卸任，无官一身轻。但您是空不下来的。四川可做的文章，就文艺方面讲就大有可为。

我退休已经十一年，居家读书，偶尔写点怀旧文字，在童年和故乡的小天地里徜徉，我觉得只有那里还是比较干净的。真奇怪，年轻时，对旧世界厌恶到极点，憧憬于光明的社会，而现在却感伤起来。

我非常惦念巴老，他健康一年不如一年，可是各方面还是不放松他，老人又都热忱相待。如何保护他，是个问题。

前两年常得济生（李济生，巴老胞弟）兄返信，近年少了。他来过一趟北京，挺有精神，我们在一起喝了酒，德明请的客，宗禹兄在座，甚欢！我希望有一天能同您喝一杯。

很怀念粉蒸牛肉，新华书店附近有爿店，在成都时，天天去吃，一碗饭，两小笼就吃饱了。

我原来住处已拆掉，迁到方庄，地址为：100078方庄芳古园一区1—1—1003。电话7632508。

寄上一本小书，是朋友编的，印了给我送朋友。这几年写的东西，等再积多一点找地方出版，当寄上。

祝

健康

范　用

四.廿

车辐这位老天真每年来北京。

孔罗荪[1]

李致同志：

　　你好！

　　来信收到多日了，因为最近开理事会，迟复请谅。画片二张也收到了，十分感谢。

　　何才海同志寄来的第四期旅游天府并附来他的信也都收到了。请代问候他。

　　巴金同志这次来京开会，身体不好，开理事会时，小林也来照料了，巴于廿四日返沪。

　　周而复同志拟编文集十卷，包括《上海的早晨》四卷在内，不知你社可愿列入计划否？

　　川行杂记是准备写下去的，只是现在杂事多，会议多，实在弄得十分糟糕，明年希望能改变点现状。倘能成册，十分愿意在你社出一本小册子。并谢谢你们的关心。

　　专此奉复，并颂

新年好！

罗　荪

12.27

　　玉屏问候你。

---

[1] 孔罗荪（1912-1996）：作家。

李致同志：

你好！

久未通信，时以为念。

关于周而复选集问题，前已有信提及，最近同他说起，因此事还未谈定，也未得出版社的确认。早些时候，曾寄去二卷稿子，一卷是中短篇小说，一卷是二部长篇即白求恩和燕宕崖，这两卷稿已交到编辑部，是否可以考虑除《上海的早晨》外，能出四到五卷，否则一个长篇（《上海的早晨》）即占了四本就难成选集了，倘能把这部长篇作为另出，就比较好些，此事请你再与编辑部商量后，复一信决定，如何？希示。

最近有一位美籍华人臧英年先生，他是全美华人协会西雅图分会会长，最近将去重庆，为西雅图—重庆结成友谊城市，组织了一个代表团（他是副团长）到重庆，他将于十五日上午从西安到达重庆，住在人民宾馆，由重庆外办辛玉接待，十五日离开重庆。他对巴老十分尊重，上次经过上海时因知巴老身体不好，未敢拜访，在京见到我十分遗憾，我今天与巴老通长途电话，他说等臧英年二十一日再去上海时，准备见他。他到北京后，走了好几家书店想买《随想录》均未买到，我手边也只有一本是未签名的送给他了，如你那里方便的话，他想在重庆书店去买，不知三集《随想录》，四川出版社可已出齐了没有？倘方便的话，可想法把二、三两册送给他（通过辛玉同志便可）。

以上两件事，拜托了。

最近可来北京么？倘来时，电话通知我便行，欢迎你来。

小林说十月间将去成都（《收获》在那里开会）

余寄再谈。专此祝

安！

罗 荪

9/9（82）

罗 洛[1]

李致：

　　蓉城匆匆一面，未能畅谈为憾。你的身体近来好些了吗？念念。去年我到成都，未能去看望你和先泽、家祥[2]诸兄，希望你们能够原谅，当时只在家里转了一转，到新繁去看了看父亲的坟，许多老友如张月华、苏成纪等都未能见面。今年只在成都待了一天，只见到你和令蒙兄。下次如有机会回成都，当设法多住几天，再当面向老朋友们请求原谅。

　　今年秋天，青海作协将有一个访问团去云、贵、川，初步确定让我带队。现在，上海正发来商调函，调我和我爱人杨友梅回上海，由于这边单位和上级单位（中国科学院西北分院）还不让走，所以正在磋商中。是否能去成都，尚未最后确定。

　　我从庐山下来后，曾去南京、上海，在上海见到令蒙兄去组稿，大约收获不小。大家都对你社出书既多又好，印象很深，希望你们能取得更大成绩。

　　青海报上曾发过一篇关于我的访问记，现奉上请你一阅。这

---

[1] 罗洛（1927—1998）：原名罗泽甫。诗人、作家、翻译家。系李致华西协合高级中学同学，破晓社成员。曾任上海市作协主席。

[2] 先泽、家祥：即陈先泽、方家祥，均为李致、罗洛华西协合高中同学。

是记者写的，有些溢美之辞，不过这二十多年的基本情况也谈到了一点。

余大哥的生日不知是哪一天，请代我祝他康健。并代问先泽、家祥诸兄好。介夫（罗介夫，同学）近况不知如何？梁南（李启刚）曾向我问起过他，但我一点情况也不知道。

祝全家好！

罗　洛

（1981）8.7

李致兄：

收到来信，知你仍在疗养中，希望你能早日完全恢复健康。今年我跑了不少地方，都听到有人称赞你的工作魄力，把我们家乡的出版社搞得很有声誉。你正值壮年，正可施展一番。

四川水灾，全国都很关心。听说成都尚好。宝成、陇海路都中断了，云贵川之行一时不能实现了。前几天，这里开六省区藏族文学创作座谈会，四川来了洪钟、肖崇、素芳等同志，我只参加了一头一尾，不过和他们都见了面。"美不美，乡中水"，谈得还是不错的。

这些年来，我搞的东西很杂，有些还很专，如果出版，大都是赔钱货。出版社顾虑经济利益，也是应该的。所以许多稿子，我都让它们搁在那里。二十年前，我与一位同志合译过一本关于《父与子》研究的专著。百花出版社要去看过，说是太专门了，恐怕买的人少，宁夏出版社又要去了，但恐怕也难出版。我很喜欢《父与子》这本书，译笔又好，研究这本书的专著（约二十万字），我想还是有价值的。如宁夏犹豫不定，我想请他们寄给你看看，如何？

近来，正在整理诗作，打算编好几个集子放在那里，出版社的同志听见诗集就摇头，我想情况不会永远如此的。

敦煌诗会不开了，请代问杜谷兄好！

问余大哥、先泽、家祥好！谢谢你告诉我关于介夫的消息。

罗　洛
（1981）9.1

李致兄：

收到来信，去年七月，上海就要我回去，仍到上海文艺出版社。九月，我让友梅先回去了，一直在《收获》上班。中国科学院也已同意我回沪，但科学院兰州分院坚持要我到兰州工作两年再回沪，所以一直拖了下来。我现在已在做走的准备，迟早是要回上海的。

我近年来写了几百首诗，一直没有编集。如果要编，我想只选近几年的，选上四、五十首抒情诗。我的四十年代之作，当时少年气盛，语多偏激，毛病不少，且搜集困难。五十年代之作，政治性太强，时过境迁，值得留存者不多。如你和令蒙兄都同意，我就着手编起来。书名可叫《雨后》或《山的呼唤》，印出来约100页左右，有个把月就可以编好。

我现在正在译一本现代法国诗选，译好后可能给湖南，他们本来约绿原译一本现代欧美诗选，因为搞英、俄文的人很多，所以我们想由绿原译一本德国的，我译一本法国的。

《白色花》已出版，我想令蒙兄会送你一册的，故未寄给你。这本诗集也是刚出版即刻售完，我自己连一本也买不到。

祝春节好！谢谢老朋友们的问候。

并请代向他们问好！

罗　洛
（1982）元.24

周克芹[1]

李致同志：

你好！你请曹礼尧同志转寄给我的书《蜀籁》收到了，你在百忙之中，还想到我这样一个久居乡间的作者，关心着我的学习和写作，确实使我十分的感动。

我是一个不擅言词，不爱交往的人，四川的作家、编辑，除了开会以外，平常是不太交往的，更少有开心见肠探讨创作问题的时候，和北京、天津的情况大不一样，这一状况，有好的一面，可以免除某些可能发生的麻烦，但另一面，是否也与我们四川创作的不够活跃，不够丰富有关系呢？在北京开会，对比之下，我常常想这个问题，然而回川之后，又觉得不便于提起这个问题，似乎领导上要适当倡导一下，领导文艺工作的同志（具体说，就是作协、文联、宣传部的同志）带个头，活跃起来，我们这一批专业作者和广大的中青年业余作者，自然就会形成一种活跃的气氛，这样，才会有好的作品出来。近年来，四川的经济很活跃，我在基层，深有所感，但文学创作，相对地不很活跃，而广大作者的积极性却是很高的，年轻人当中，人才也是有的。

---

[1] 周克芹（1936-1990）：作家。

十二月份，我和克非①同志在北京开会，与一些作家交谈，后又去天津拜见了孙犁同志，会见了蒋子龙、冯骥才等同志，他们都认为我们四川的文学创作，力量很雄厚，大有希望，作家们有生活，目前只是作品还不够丰富。他们说话都是直截了当的，也指出了作品不丰富、不整齐的原因，供我们参考，我觉得很有意思。回成都后，克非和我也向作协领导做了汇报。在私下里，我们对你寄予极大的信任和希望，听说你管文艺工作，我们很高兴，因为我们了解你，你的思想比较解放，处理问题实事求是（不是吹捧，我不是那种庸俗的人，我是早些年就听出版社的同志告诉我的）。还有，就是，对人好、善良等等。因此，我相信，今后四川的文艺工作会有一些新的突破，在全国说得起话。这次茅盾文学奖，湖南省是两部得奖，周扬同志特地请了古华、莫应丰二位到他家里去谈话。

我不多写了，你很忙，不耽搁你的时间，以后有机会，再去看你，很想和你谈谈，谈文学、谈生活、谈个人的思想，但就怕耽搁你的时间，你太忙了，我知道，不可能有多少时间来接待一个普通的作者。但是，我的确真想和你谈谈……近一年多来，我写得很少，很苦恼，处境相当困难。我努力克服着、克制着自己，但有的同志，不实事求是地对待我，把我当"新闻人物"，一会儿捧得很高，叫人难以忍受，一会儿又骂得很凶，叫人苦不堪言。近来，情绪不好，难以提笔写作，家庭矛盾纠缠着，还要提防着别人的暗箭……平时，我只好躲在乡下，做些基层工作，每天和区社干部一样工作，而写作，却丢下了，有许多东西应该写的，也想写，只是心静不下来，安定不下来。大孩子的工作问题，去年曾由你关照过，但文联至今未解决，我要求做个临时工，以解决她个人的生活问题，也不答应。我的工资是24级，每月只有42.5元，六口之家，另外还有老父老母。如果我心情好，

① 克非（1930-2017）：作家。

情绪安定,多写一点作品,靠稿费来维持简单的生计,也可以,偏偏现在又不行,简直无法写作……李致同志,我在诉苦了,还是打住,不说了吧。有关情况,陈之光和王德成(作协办公室负责人)是清楚的。再见,顺祝

春安!

(寄上拙作一册,请指教)

周克芹
83.3.5

李致同志:

近好!

知道你很忙,本不该写信打扰。但有一事,需得向你汇报,求你帮助。有关我的那些流言蜚语,以及简阳的个别人通过省农村思想政治工作会议小组讨论搞的攻击我的简报,还有他们通过《妇女生活》杂志编辑部的《情况反映》向省委领导告状的材料,想必你已知晓,或有所闻。对于那些明显的诬蔑,陷害之辞,以及他们的目的,用心,我不想在此解释和辩驳,是非自有历史去评说,他们把我描绘得那样的坏,我想,多数的同志是不会相信的。但是,确乎有人相信,甚至定案了。我感到说不出的冤枉,十分苦恼。

但是,我不怪罪于谁。当怪我自己。唯今之计,要平息那一般[班]人的攻击,只需要没有了目标。为此,苦苦思虑之后,我决定辞职回乡当农民,过一种自耕自食,与他人无干的纯洁的劳动生活,把自己的知识文化,贡献给农村社会主义建设事业,贡献给大地,闲暇时间,读一点书,心境平静之后,仍可写点东西,这样,于人于己、于领导,都有好处(现在,那几个人不仅是攻击陷害我,并据此而攻击文艺界领导同志)。

我知道,当我把这一正当的要求向文联申请时,将会遭到反对

和拖延。为此，我向你求助，我相信，你是完全理解我的思想以及目前处境，望你能帮助促成此事。

自三月底以来，我因病住在成都军区总医院，现已有所好转，但精神上十分苦恼，度日如年。即望于最短的时间内，办完离职归农的一切手续。

再见，恕不一一。

敬祝

大安！

周克芹

5.24

周良沛[1]

李致，出版家中的大家：

因为你是出版大家，看书，有个不同的角度，有份特殊的宠爱，所以你说我编的书都喜欢，都要，我也相信不是客套，所以这套书已出的另外七本，一并寄上。

你由这些书想到：四川作家，包括沙汀等，为什么不可以每位选一本可以推广和普及对他们文化认识的选本？为此，这些书你也不用看，目前暂时在书柜里占它一点位置，用以营造你所想的舆论气氛，作一例证。

这套书，从筹款到现在，已三年，原先是在会议上作了决定：二零一三年十月出齐的，现在拖了一年还没出三分之一，已弄得我筋疲力尽，皮塌嘴歪，自己的事什么也不能干。"意识形态安全"已提到国事的议程，不敢随便，再拖，也得拖下去。

跟巴老的照片，是我在上海住了半年，每个星期我都上华东医院去看他，遇到天晴就推上他的轮椅，送他出去晒晒太阳时，别人拍下的一张照片。

顺　祝

---

[1] 周良沛：诗人、作家、编辑家。

安好，健康第一！

良沛　敬草

李致同志：

虽然没有给您写信，我还是常惦着您的身体，也不知病好些么？出院了么？我总是希望您早日出院（草堂①虽好）为作家多造福！

您叫我向苏策同志约的稿，他已答应了，年底他会直接寄给您。而且我想起件事：在胡风发回的文稿里，有部路翎写抗美援朝的长篇，缺前四章，正在设法找。你们若有兴趣，可以请杜谷向梅志要来看看。北京听见应为路翎出集子的呼声还不少。他的长篇，二期《江南》在选发，出了预告。

丁老太太［丁玲］八月要上美国，为了免得将来邮寄困难（花钱、误时），她的中篇集，是否能请出版部往前安排下呢？而且先做精装。去年在国际写作中心送的是艾青的《归来的歌》，今年又是《丁玲中篇》，这在国际作家中，我们作家的代表人物的作品都出自"四川"，对我们是"四川"是不花广告费的，最有力的广告。而且老太太还会带些《胡也频诗稿》代我送人，那么，人家看到更是清一色的"四川"书了。您身体、眼睛都不好，也别给我复信了。有复信的功夫，多给出版部说两句话就行了。

……

愿您
早日康复

良沛

（1981）4.23

---

① 草堂：指草堂疗养院。

李致同志：

在上海听说，您待到十四号才离开那里，真是遗憾。在京、沪都没能看到您！

《戴望舒诗选》法文本已出。书的版权页的另一面，特别写明此书是根据四川人民出版社1980年的版本翻译的。寄上四本。一本送您，一本送责任编辑，另两本给资料室罢。

艾青的精力太差了，我不忍心催他。那篇序，您看行不行？三、四卷我也没法动手（昨晚我同宾雁去看他；他说：你看着办吧！）

《七月诗选》，贺（敬之）部长、艾（青）诗人我都讲过了，序也请"七月"在京的同志看过。您看了篇目就知道：我还是作了多方面的考虑的！希望您跟杜谷同志商议下。有什么意见能快点告诉我。他是要避嫌，不愿表态的。我就不得不直接问您了。

《饥饿的郭素娥》，不知收到没有？人文也向我要这本书，说是想看看（因为丁老太太在《五世同堂》中讲到它），这事我想您是完全可以定得下来的。不行，也给个话。

《诗刊》邮购收到买那三本诗的太多了，出了启事，等下次书到再寄去。这是逼着印第三次。《红豆集》，国外既有人请《诗刊》转我，也有向国际书店要求函购的，这本书印出来，发行搞好点，国内也会有市场的。

顺致

编安

良 沛
18/6/（1981）

问丁同志好！

李致同志：

　　我是从长白山回到北京才收到您七月中寄到云南饭店的信。不过，信的内容，我们早说过了，复迟也不迟吧。

　　《人民日报》上月为《徐志摩诗集》发行问题写的短文。荻帆（邹荻帆）见了，跟我讲，《诗刊》邮购组可以代售一千部（三本书各一千）。具体办法，是否叫他们的秘书龙汉山直接跟出版部联系？或者请您叫那里给诗刊先寄转来也行！

　　我见敬之同志。外头传说他上党校了，其实，他大概又忙，又难办（文艺事！），自己坚决要求上党校。没准。《七月诗选》选他的诗是理所当然的。但是，目前的斗争中，有人借胡风问题（这些人未必真同情胡风）攻击周扬。所以，为了不介入此事，我准备把资料、书编好放着。等这阵风过了，再交稿。闻立鹤今日来了。《闻一多诗集》事，年底我交稿。

　　前几天，敬之同志答文讲所的学员提问时，解释了一下七号文件说——

　　所谓少发，不是不发，尤其是电影电视一下拥有很多观众的艺术，更要注意其影响。文学作品，又好些。当然，要注意社会效果，更不能发得太多、太集中，成为一种煽动性就不行了！

　　若是大家能这么执行政策就好了！

敬礼

良　沛

（1981）9.5

李致同志：

　　听马骏①同志说您出院、上班了。瘦了二十斤，他戏言讲："你

———
① 马骏：四川人民出版社副总编辑。

再见他时，他可窈窕多了！"总之，听了很为您高兴。

今日香港的同志（中新社）讲那三本诗，始终没到香港市场。请您嘱咐搞发行的同志，这次重印，一定把征订单寄份给"三联"。原《海洋文艺》主编吴其敏，现在《大公报》有个专栏，他见我私人送他的这三本诗，也写了点文字。我不太喜欢这位古稀之年的同志写种这样的东西。但是，向外发行，中新社可以发个有分量的消息。那不该说我，该多讲出版社的功绩。《文学报》说最近设法发个出版消息，就是多讲"四川"为文学的基本建设的功绩与战略眼光。

安常[①]来信讲，希望明年再出两本，他只提了闻一多。闻的轶诗，我还可以找到十几首。若确定闻一本，我希望另一本必定是《七月诗选》。这是抗战时，一个大约最有影响的诗歌流派。三月讲它，由于当时的文艺气候，您有一个作为领导的考虑，杜谷同志也有点忌讳，我是十分理解的。具体的想法、根据，我也向老马说了，请他转告。现在重提也是适时的。

请您告老马一声！今早接宾雁信，他十号左右来昆回京，叫我等他。

顺致
夏安！

良沛

（1982）7.7

李致同志：

今早收到您的信了。知道肠炎好了，就安心得多了。我不仅把您看作我的朋友，还必须把您看作一位读者所尊敬的、有胆识的

[①] 安常：戴安常，时为四川人民出版社二编室（文艺编室）编辑。

出版家。我甚至认为这点超乎个人亲疏关系的感情，使友情也高尚起来。

　　上月，我就没有答应北大荒与大连讲学的邀请，准备这月初回西南。结果，上月底瑞典表示对艾青的《诗论》感兴趣。外文局就请我编本《诗论》，拿出选目，作外文处理（删改）或注文部分写出来；书前还叫写篇长文。因为艾青的关系，我得留下。可是，中美合作分别在北美与北京（同一纸型）的《艾青诗选》正出，国际书店对《诗论》就提出各种问题来。弄得我也不能工作。又不让人闲着。甚至为"现代派"问题表态，比埋头做学问就更使人头疼。总之，说千说万，下月我一定得走了。

　　十二大后，文艺界的某些问题似乎也就更清楚了。有的人也感到十二大为正气的伸张得到保证，自然也有人不是那么活跃。我还好，什么风来都是这样。也时髦不起来，也消沉不下去。为稳妥，我还特地把《七月诗选》的序请敬之同志过目。

　　北京有什么要做的事么？告一声就行了。

　　顺祝

康健

　　秀涓同志好！

良　沛
19/9/（1982）夜

李致同志：

　　敬之同志病毒性感冒，住在北京医院302。

　　您说的话，我问他了。

　　"诗歌出版社"之事，他是支持的，答应出院见出版局的人时，他再提提。

　　《在地平线上》他没看过。听人讲过，说那是鼓励生物竞赛。

有天与冯牧同志同桌吃饭,他讲:作品当然是存在主义的,出不出是出版社的自由,他们才开过出版会议,根据会议精神办事就行嘛,我们无法表态!

　　大家忙得不行!别的,过成都时再面谈吧!

秀涓同志好!

良　沛
1.18

李致同志:

　　安常来信(前天下午收到)说到《解放日报》上的文章,昨日在宣传部,我到晚上写了这篇千字文,今日复印后,寄给他们了。

　　出版部说要印第四版,我早给老吴说了,请千万停停,修订一下版子。写个《再版后记》再印,中间让《闻一多》《七月》出来抵挡一阵。还有外头风声已很大的《聂鲁达》。出版,既不能商业化,也不能完全无视经济问题。咱也不能完全用书呆子的办法讲这事?那书,当时要没冲出来,现在出得来吗?

　　我因为五号的航班撤了,飞沪,只剩周四一班。所以只能十号走了。在上海有什么事叫我办?去信好了。信寄上海南京路国际饭店办公室刘国萍转。

　　我给老戴的信,你看看吧!

　　见宗英(黄宗英),我就把阿丹(赵丹)的书签寄来!

　　宾雁的访问记的复印件,看完请寄回我!

　　总之,要在上海办啥事,告我一声就行了。

　　顺致

安好!

问丁大姐好！

良 沛

3/3

贺敬之年前出院，年后上班了，我已请他见边春光（国家出版局局长）时，谈谈"诗歌出版社"的事。您四月开会时也可以跟他说说！

为老戴的诗集事，我给老杜写过一封长信，真没办法。互相抵制，无非愈来愈僵。论两者的是非不是我的事，有碍工作却不能忽视，对么？

李致同志：

昨日寄出一封信，请安常转您。

昨日下午，见吕剑同志，他说《中国文学》准备对国内出文艺书籍好的出版社向国外作介绍。当然，我们是推荐"四川"。若有现成文章，就翻译过去行了，否则，他们派人去采访。我记得你们有份现成的打印材料，是否能直寄给他。那样可以的话，就不消再派人上成都了，您说呢？

顺祝

康健

良 沛

9.5

李致同志：

昨天见宗英，阿丹的书，她就寄给您。

《解放日报》来电话，说我的信太长，请压在五百字内。我说：你们是先发了对方批我们的东西，现在是答对方。若文章有什么与事实无关，花花哨哨的描写当然可以删，现在讲的全是事实，删成500字话说不清楚，不知情者，还当我们理亏。这不是打了人不让还手么？

十号的《文学报》也有讲《探索与回忆》的文字。妈的，都对着"四川"来，不知干什么？小林讲："醉翁之意不在酒"。昨天在巴老那儿的人都讲到这！简直是火了。我今早给峻青写信，说您的自选集，咱要胡乱给您出，您干不干？

《巴金选集》的第一卷寄给小林，我就可以在这里请巴老签名了。

有什么事要在上海办，写信告我就行了。

安好！

问丁同志好！

良沛

12/3

李致同志：

前两天，我见敬之同志，提到四月安常告诉我四川成立"诗歌出版社"的事。他问我四川宣传部可同意，这里还要有什么手续？可我是什么也说不上来。我只说是您在宣传部，大概不存在什么问题。原来说：五月开的文艺会议，怕要在十月了，我希望见到您，听您的意见办点事。

顺祝

夏安

良沛

10/7

李致同志：

　　法国大使馆来要《戴望舒诗选》，我手头一本也没有，我只好回答外文局：去"四川"找李致同志想点办法。

　　同时，谌容、宗璞、蓝曼也要那套书。我只好请代我向邮购组动员下是否可以拿出点私存的货色来。行，我马上寄钱去，听说（安常讲）重印还有点钱。在那儿扣也行。《诗刊》头次1500套，一出广告，书卖完后，还有5000套的汇款（即时登广告制止了！）没书打发。他们希望你们能及早印第三次，给他们5000套以上。我也希望有几处没改正过来的错漏处，能在这次改过来。

　　前几天，是尹在勤（诗歌评论家）到敬之（贺敬之）家，问到柯岩的《癌症≠死亡》，所以，我也就寄信给您了。他最近几日要回去，会当面对您讲的。

　　尹在勤还讲：杜谷从河南回去后，问小曹：《七月诗选》谁拿了？稿子找不到了！我问牛汉，牛汉说："明明是他在北京寄回去了。"我寄信去问他，他始终没回信，不知是不是还没找到稿子？请您帮我问一声，他看过编目，认为还有什么问题，我可以在这里办。离开北京，我就没办法了。而且序言，《新文学论丛》已发稿了。他怎么也得给我个复信。

　　顺致
夏安

　　　　　　　　　　　　　　　　　　　　　　良　沛
　　　　　　　　　　　　　　　　　　　　　　19/7

郑　勇[1]

李致先生：

　　《我的四爸巴金》首印售罄，可以加印5000册，依合同寄上二册样书，请查收。并致祝贺，这说明您独具的视角和笔墨间拿捏的分寸感为读者接受，在众多行业图书中，才脱颖而出。

　　三联因为某某未经社委会同意，也未商于编辑部，即独断推行以回款结付版税，所以去年年底可能您未如期收到应有版税。汪违背出版"行规"的逆施现已纠正，下次结版税，应能把首、二印均结清。如库存无多，应会再版加印。

　　感谢您对三联目前变局的关顾和支持。三联职工抗争至今，并希望在中宣部、出版集团管理框架内解决问题，还三联以清净出版园地之本来面目，也是竭力为中国出版坚守一片净土和家园，如果能成功，也是告慰前辈如先生者。

　　致正久无音讯，不知是否在海外漂浮？

郑　勇
六月二十九日

---

[1] 郑勇：时任生活·读书·新知三联书店编审。

珊　珊[1]

亲爱的珊珊：

在你和J举行婚礼之际，爷爷对你们表示衷心的祝贺！

珊诞生在成都，一岁多才去美国。你的出生和这一年多，给全家带来许多快乐。一九九二年，我和奶奶在美国住了大半年，大多数时间和你在一起。以后你又多次回来看我们。这都是我和奶奶一生中幸福的时刻。你自幼聪明，发奋，刻苦，学习好，工作好，是我们家的骄傲。现在你结婚了，我因年老不能来参加婚礼，很遗憾，好在你们下月要回成都，我们即将见面。我在美国参加过一次婚礼，当新郎新娘互问："无论是富贵贫穷，还是生老病死，你都愿意和我终身相伴吗？"对方答愿意。这令我很感动。我现还想送你们一句鲁迅的话："爱情必须时时更新，生长，创造。"希望你们也做到这一点。珊，请你把爷爷的祝贺和期望转述给你的J。谢谢！

Peter　Li
2011年11月12日

---

[1] 珊珊：李佳枫，李致的大孙女。

赵兰英[1]

兰英同志：

收到你的信和报纸。你的专访，不少报纸和网上采用，但大多没有刊全。今天，马识途老人送了我一份刊有你专访全文的《光明日报》。我们有共同的目的：介绍巴老的为人。尽管如此，我仍要向你说声：谢谢。

这次与你相识，我十分高兴。正如你所说，我们会面是"轻松愉悦的事，因为没有距离，却有共同的语言"。特别是你敬业和执着的精神，使我深为感动。你叫我大哥，我更感到彼此的信任。这对我也是鼓励。

这些年，我写了一些往事随笔，已出版《往事》《回顾》和《昔日》三个小册子。先寄上一本《回顾》，你有空翻翻，可多了解一些我的情况。

希望保持联系。

祝你

健康愉快！

李 致

2004-12-10

---

[1] 赵兰英：时新华社记者，长期跟踪报道巴金老人的情况。

赵 洵[1]

李致同志：

　　近来身体可好？盛暑对你的眼睛有没有什么影响？甚念。

　　《怎么办？》不更新也好。本来原译也可以。这次展、信两同志试译部分倒是把错误都改正了。车尔尼雪夫斯基不是文艺作家，这是一部政治性的小说，恐怕重译也只能改正错误，从文笔上看，不会有多大不同。

　　《青年近卫军》是水夫早期译著，他虽系名人，译文中多错误，而且文笔也不流畅，上述展凡、信德麟两同志想更新它，不知四川出版社可否出版？

　　去年见面时，说希望我能在去八宝山前，给你们十本书。月前建华同志来信希望我有个计划，我还没有想好。我原打算看看你们的出版计划。在考虑这十本书时，我打算在明年蒲宁逝世卅周年之际，选一本诗集给你们（当然，这要看我的选题和译文质量了），如你们满意，年底或四季度就可以给你们。屠格涅夫我想先不译《罗亭》，改译《贵族之家》和《猎人日记》，好在我谪居河南时有一点存稿，改一下，也比较快，具体怎么办，我和建华商量好再

---

[1] 赵洵（1917-1988），著名教育家及俄语翻译家，曾任中国社科院语言研究所副所长，主编《俄汉详解大词典》等。

说，有关计划出哪些书，我听候你的安排。

我现在出差在哈尔滨，这是我的家乡，住在我熟习的绿荫怀抱中，漫步在我手植的林荫路两侧的树丛间，自然是感慨万千的。我已经当顾问了。北京的顾问要管事，要上班，但事在人为，我可以腾出时间来完成我最后几年的译作宿愿。试译的诗，待修改后，寄几篇试笔给建华看看，如得到你们的同意，我就继续译下去。

谢谢你们对《故园》的帮助，听说已卖完，要再版。如果这本书能长期保存下来为读者所喜欢，我想是否再版时，再增加两三篇（短篇）他的代表作。如果你只想增印，就不用了，当再版时再说。

我在哈要待到八月二十日，是来为《百科》定稿的。有信请赐寄哈尔滨市学府路黑龙江大学专家楼转我。

……

夏安！

赵 洵
1982.4.27

李致同志：

你好，想你很忙，去年的信不知收到否？

我们"中国苏联东欧学会"将于今年十月份开全体理事会，我们和四川社会科学院刘平斋秘书长商量了在成都召开此会的事，他分别和社科院党组和副省长康振黄同志作了汇报，都表示同意。因为历次这类的会，都应向省委汇报，并由省宣传部指导，故现写了一份公函给四川省委宣传部，请你帮助我们。具体事务，我们将派人去和四川社科院商量，并请函复我会和我所。

《贵族之家》正抄完，比旧译准确了些。听说不愿更新旧译本，是怕超不过丽尼，这我就不敢说了。不过记得我十八岁时读过他的译作，至今已有快半个世纪了，文学和对屠格涅夫的研究都有长足进展，我意还是更新为好。一年出一本，对你们省也不算什么大的负担，何况四川社是以名著、名译（不包括我）著称的呢？便中给四川社打个招呼。小陈不在家，有许多事不好办，因为除他之外，我都不熟悉。今年给你们社一本新书，不知读者喜欢否？

祝好！

赵　洵

1984.3.1

赵清阁[1]

李致同志：

  节日好！年初欣闻您荣任四川宣传部副部长，为贺！四川人民出版社在您的领导下，将会更加繁荣昌盛，文化事业之幸也！

  兹为拙作《红楼梦话剧集》承你社接受出版事，匆匆已四年余，迄无信息；你社稿挤，或有困难；然长此拖延，我以七旬老迈，又兼多病，不竞忧念殷殷！特此函请便中催促一二，赐复确讯，为感为盼！

  专颂秋祺

赵清阁
十、三

---

[1] 赵清阁（1914-1999）：作家。

胡 真[1]

李致同志：

　　两次赠书均已收到。谢谢。

　　川版书籍质量之高装帧设计之精美，又为各省之冠，我们一直是在学习和追赶的。你对湖南的鼓励，是对我们的鞭策。我们愿继续向兄弟省学习，为繁荣我国出版事业多做一点贡献。

　　一九八一年将届。你们对明年工作有何好的新点子，祈望赐知一二。我们期望着。

　　随信附上湘版书两种，请指正。

　　顺颂时绥！

胡　真
1980年11月3日夜

李致同志：

　　来信收阅。书在长沙家中，未能见到，我相信内容和装帧设计都很好的。得知贵体违和，事后未能驰书问候，甚歉。万望珍摄。近读"上海出版工作"，读者颇为赞扬四川和吉林出书品种多，质

---

[1] 胡真：出版家，曾任湖南省出版局局长。

量高。我们一定向你们很好的学习。今年我身体也一直不好,最近因胃出血引起极度虚弱,也在一个温泉疗养院疗养,近日稍稍好些。匆此奉达,顺颂

时绥!

胡　真
1981年4月24日

李致同志:

书七册收到。谢谢。

我已痊愈,并又上班。可以坚持正常工作。

不知你的近况怎样?时在念中。

我省机构改革工作亦已开始。不过出版局同文化局是否合并,尚未定中。今年我已六十有一,明年就六十二岁了。人总是开明一些好。我已向省委要求退下来,但至今尚无回音。要求退下来,确实是我的心愿。

从各方面听到一些赞扬川版书的评论,也听到赞扬你们的工作的评论。很高兴。我们正在学习。

祝好。

胡　真
1981年10月31日

李致同志:

四月京中一别,又是一个半月了。据说,你仍很忙,在第一线的人总是这样的。你正是风华正茂之年,大有作为之时,已为川中出版事业作出了极大的贡献,令人钦佩。在京中,看你到很壮实,很是高兴,惟仍望多加珍摄。

前两天，良沛兄来舍下，带来你的厚意，十分感谢。我们就诗坛情况如出诗集难等问题，畅谈了两小时余。川中重视诗集出版，已成美谈，实为湘中所不及。

你关于加强川湘出版界横向（即协作）的倡议，我已向李冰如黎转达，并作了申述。看来，他们对此并不热心，有同行拼搏之意，惟表示拟考虑先派一处级干部来川磋商，摸摸情况，然后而定。但是，来川人员何时派出，未加表示。

这里的教育出版社副总编辑洪长寿前几天因公赴穗。临行前来我处，在交谈中，他对加强省际出版社横向联系之事，态度极为积极。他们以川中教育社有协作关系，同粤、鄂、豫等省也有协作关系。以他们的切身体会，加强横向联系（协作）好处很多，回味无穷。洪长寿表示，他们要继续沿着这条路走下去，做出更多有益于社会，有益于教育事业的成绩来。我看他的态度是明智的。

祝川中出版事业更加繁荣昌盛。

顺颂大安！

胡　真

一九八六年六月六日

李致同志：很久不见，近况当好。

最近接到你寄来的刘宾雁和巴金的著作各一本，很有兴趣。从去年长沙会议后，你们在抓书稿质量方面，有较大新的突破，卓有成效。刘和巴的两本著作的装帧设计等很新颖，真是别具一格。对读者当颇有吸引力。这方面是值得我们学习的。

今年我在外的时间较多。春节后，到了上海、江苏和浙江，五月上旬即到北京赴美访问，六月下旬返省，七月十日又赴延安主持湘、鄂、赣、陕四省的协作会议，会后到甘肃、青海、新疆等省出版局学习。八月二十一日回机关。这次出国和到各兄弟省市学习，得益匪浅，广了见闻，长了知识。

今年，各省出版事业都有了新的发展，步子也大。我们深感有掉队落后的危险。从今年三月起，我们一直在强调向兄弟省出版局学习。但这一工作仍做得不好。你们近年来的好经验，望知一二。

随信附上湘版书两种，请批评指正。

顺此即颂秋安！

胡　真

九二年二十三日

李致同志：

多年不见了。我又疏于驰书问候，殊歉！

我的邻居钟叔河（作家、编辑家），前一晌来叙谈，说你已到四川文联工作了，并出示你给他的信，承蒙关心，十分感谢！

你的近况如何？时在念中。

这些年来，刚从出版局退下来后，我还写些出版方面的文章，近几年，就忙于审阅关于意识形态方面的几部省志——文化、出版、报业、文学艺术、广播电视等卷；今年又审读了省委党史委送来的《中共湖南党史大事年表》。自己想做的事无时间来做，虽然偶尔还写篇把短文（散文、文艺工作之类的）。

奉上小书一册，内容是严肃的，但封面设计不好，书名也是责编改的，你是内行，望多加批评指正。

匆匆，即颂

大安！

胡　真

1992.2.24

李致同志：

久未音讯，歉过。惟时在念中。我现在也在做爬楼梯的运动。记得还是你告诉我的健身之法，一可减肥，二可练脚动，三可增大肺活量。我刚开始爬了十来天，确有成效。

您去美国探亲，曾告诉过我。您什么时候回国的，却未得音信。我估计你回国已经很久了。1980年6月，我和中日出版工作者代表团去过美国和日本，我没有留下任何文字。最近清理文字材料，发现我在同美国同行的茶话会上的一个谈话稿。我当时提出合作出版的问题，这也算是一次大胆的说法，在十一届三中全会后，实行开放了，与外国合作出书，才成为中国出版界的时尚，但已经迟了近十年了。那次我到美国有两个感觉：一是美国也有我们学习和借鉴的东西，二是美国也确有许多腐朽堕落的阴暗面。总之，要一分为二地看待它，不要犯片面性。

巴老是我尊敬的老一辈蜚声中外的作家。1980年春，我曾到他的寓所去拜望他老人家。承他热忱地接待了我，在他的日记中还写了我一笔。前一晌，我读报知他欠安，住华东三医院治疗。近日读萧乾（作家，巴金的朋友）夫妇去看他的文章，他竟已不能说话了，文章读之惨然。特别是最后他致意萧乾合影的情景，我的感情不能自已，流下了热泪。在我一生这是第二次掉泪。我祝愿巴老早日康复。

我一切如旧，惟我的右眼因白内障已无视力，现在全靠左眼读写。在秋凉后，我拟到华东医院去动一刀，希望它像左眼动手术时一样成功。如此，我今后的读写，就更方便了。届时，我想去看望巴老，恐怕这是不可能的。因为1993年冬，我在华东做眼手术时，周谷城老也在住院，院方就不让我去看望他。我同巴老只见过一面，而我同周谷老在京沪曾多次见面，也有通信，他还赠我墨宝……

《往事》封面的像，显得很健康，很精神，原来清瘦的容貌不见了，令人高兴！

祝好！

胡　真
1995.9.1

李致同志：

你真是信人。大作《回顾》一书，收到了，谢谢再谢谢。

因我要读的友人赠书太多，《回顾》一书尚未来得及全部拜读，但看了书的目录，才知道你还是一位优秀的作家。过去，我寡闻陋见，只知道你对出版事业有贡献，看了"简介"，才进一步知道你对文学事业也是有出色贡献的。

我们相识多年，对你知之甚少，至为惭愧。曹禺老给你的十封信，我在报上是读过的。从中才知道你的文学生涯。

新的一年来临了，我祝愿你在1998年这个重要的年份里再创辉煌！

祝好！

胡　真
二月十九日上午

今年我是到深圳过的年。

迟致殊歉！

又及

胡絜青[①]

李致同志：

你好！听说你带《巴山秀才》（自贡市川剧团演出）来京公演，又匆匆回成都了，遗憾！没能看见你。

明年四月山东大学提议，拟在青岛召开第二次老舍学术讨论会并纪念老舍诞辰八十七周年。山东大学计划与全国兄弟单位联合组织这个会。我建议省社科院文研所"抗战文艺"编辑部，若能参加共同发起这次活动，是有意义的。希望你支持这件事！

王大明同志来看我，顺便让他跟你汇报这件事！

去年在四川的游访，使人难忘，印象极深！送你一张由你领路看望任白戈同志的留影。求你将另一张送给任白戈同志。

不多写！此致

敬礼！

胡絜青

八三年十月三十日

[①] 胡絜青（1905-2001）：书法家、散文家，作家老舍夫人。老舍的《四世同堂》《茶馆》和《老舍选集》在四川人民出版社出版。

茹志鹃[1]

李致同志：

　　尊函收到。我早已写信给徐靖，表示了我的高兴和感谢。选集的各个方面，我都十分喜欢。可以坦率的告诉你，我出的书不多，出得这么精美的，在我还从未有过。八月份我和安忆[2]应美国国际写作中心聂华苓女士的邀请，去爱荷华四个月，我带的就是这一本选集。这本选集还是能够代表我各时期的创作。我不但满意，并且十分的感谢。

　　你调省委宣传部工作，这是四川文艺工作者之幸，告诉你，上海市委宣传部恐怕也会出现一个"好官"，就是王元化同志，现在正请中央批呢！我相信四川的文艺工作在你的领导下，一定会出现兴旺繁荣的新时期。关于这一点，安忆似乎早就感受到了。这小鬼还是有点敏感之处的。

　　祝
好

茹志鹃
（1983）6.10夜

---

[1] 茹志鹃：作家。
[2] 安忆：王安忆，作家，茹志鹃的女儿。

李致同志：

收到来信，十分高兴，想不到你现在还有心关心我的出书事情，令人感动。

我的长篇分三个中篇完成，现在第二个中篇因各种原因，未能按时完成，下旬将和安忆赴美三至四个月，在那里可能写点新的东西，所以可能要拖到明年了。这本书没写好，也许是经验不足。这书我已给了上海文艺出版社，奈何！

"百花"出的这本书，除了序是我所珍视的，其他没甚可看，近年来一些我认为好的小说，都放在你们出的选集中了。"百花"这本书印出来，对我对他们都是一种解脱。说来话长了，不谈它。

奉上小书两册，供钧览。从美返回再给你写信了。元化已上任。奉告。

茹志鹃

（1983）8.17

柯 岩[1]

李致同志：

　　好久不见了，你好！

　　作协外委会的同志们告我说：书要9月才寄到，这就十分危险，因为我们十号清晨就走了。行李等可能还早走一步，万一中途再有点耽搁9号再寄不到呢？

　　……因此，他们嘱我一定再给你打电话与寄信，务必请你帮忙，实在新的没有，原用的那印版也行，并请设法保证八、九号能寄才好。

　　我刚从广西回来，忙忙乱乱，余不多说，一切费神之处，通容面谢。

　　匆匆
问好！

柯　岩

（1979年5月）2日

[1] 柯岩（1929-2011）：诗人、作家。

李致同志：

　　好久不见了，你好！

　　上次匆承您和出版社的同志大力帮助，赶印出了书，出去派了用场。

　　除当时向带书来的同志致谢外，还应再次道谢，感谢您们出色的工作。

　　当时曾向带书同志提出要求：希望再购一些精装本或烫金的（原购平装似仍未寄出，是否？）多少请你们决定，不知能慨允否？

　　您现在忙些什么呢？想必又有许多好书将问世了吧？

　　匆匆好！

柯　岩

（1979年）6月24日

李致同志：

　　对不起，又来麻烦你了。

　　上次去信，请您代询问一下我预购的书怎么还未寄下，至今仍无音信，只得再求助于您，在一月份出书前我曾订购60本，四月份出版后，我曾向给我带书来的同志说："本文改成第二版，钱不够书到后立即汇上，如不能改，则那60本依旧，我再购五十本二版烫金，精装的也要一些。"他答应去向您反映，协助处理。

　　本来区区小事不该一次又一次地麻烦您，但因不断有人问我要书，事出无奈，尚需见谅。请务必尽快寄下。

　　您又在忙些什么，最近见贵社又出了一些好书，甚为您们高兴，要好好向您们学习。

　　我现在每天上班，十分忙乱，七月份《十月》将排我一个新剧，我正尝试着用诗剧方法来写，见书后盼多多赐教。

  专此

敬礼

柯　岩

（1979年）7月22日

李致同志：

  两次来信都收到了，谢谢你对我的帮助，报告文学还在写，现在还不到编集子的时候，以后再说吧。

  上半年贵社曹礼尧（文艺编辑室编辑）等同志来京组稿，曾谈到要我将歌剧《记着你，请记着》给你社出版，当时我说等发表后你们看看再说吧。前些时又接第二编辑室寄来信索要，因剧本已在《十月》发表，我就寄去了，迄今未见回信，不知收到没有？

  电影《傲蕾·一兰》全国改为各剧种者不少，我是试着从突出爱国主义思想角度着重诗的提炼方式改编，因此涉及人物的改动都较大，希望听到您们的意见，如不打算用请速退还。

  专此匆匆

祝好！

柯　岩

（1979）8.28

李致同志：

  您好！想已安全返川了，您走后我一直忙乱不堪，始终没时间好好清理一下旧稿，更谈不到修改了，因此，我想《根本》那首诗就不收入此集了，以免延误时间，可否？

  另《革命文物》（约是77年2号）《在周总理办公室前》一首，不知找到了吗？

《请允许……》的那张照片呢？

　　有事请来信，匆匆。

　　问好！

柯　岩
（1979）11.16

李致同志：

　　久未通讯了，您好！

　　我今年又住了一次院，刚刚疗养回来，突然得知竹亦青同志不幸病逝，不胜痛惜，同志们告诉我他有一部文稿在四川出版社，希望我能写信给你，促其出版。我虽然知道你一定会关注的，但仍然忍不住要给你写信。写文章的人和有才能的人虽然很多，但真正踏踏实实读点书，做点学问的人就不是很多了。我是很敬佩那些能踏踏实实做人作文的人的，这就是为什么虽然我和竹亦青同志并不熟，也明知你工作很忙，仍然遵同志们所嘱，写这封短信给你的缘故。相信你能谅解。

　　明天我就到新疆去了，不知什么时候能再见到你，还是很想念你。

　　专此匆匆

　　握手！

李　致[①]
8.27

[①] 此为柯岩给李致写信，误落款为"李致"，成为笑谈。

钟　恕[1]

钟恕：

　　来信收到。感谢您向我敞开心扉，谈了您过去的一些往事，增进了我对您的了解。您很坚强，我会向您学习。可惜您的小说和童话，我没机会看到。

　　巴老叫李尧棠。笔名巴金，巴字来于他朋友的姓，金字来于克鲁泡特金——取名时巴金正翻译他的书。

　　我最近膝关节痛，行路不便。治疗半年多，效果不大。秀涓的腰也不好。人老矣！

　　谢谢老程为您代笔，并问小列夫妇好。

　　祝您健康长寿。

李　致

2002年4月1日

钟恕：

　　我这一年住在城南。昨天回宣传部宿舍，读到你充满友谊的

---

[1] 钟恕：原《中国少年报》总编辑。1958年，钟恕和李致曾一起参加中国青少年报刊工作者代表团，去苏联访问。

信，十分感动。

我的儿子四十六岁了，他出生那天我们正在苏联明斯克访问。这说明我们的友谊已有半个世纪。半个世纪的变化很大，我们的友谊却非常牢固。我记得每次去看你，你必请我吃饭，不断为我夹菜，像我的亲姐姐一样。

你多次谈到我们在"文革"中的一次见面，你为我主动接触你，深信你的问题会弄清楚而感动。这实在不算什么。我了解你，而且对当时践踏人权的做法十分反感。好在这个噩梦已经过去了。

五十年了。我从一个小伙子变成老大爷，这是自然规律。我有好几种病，但都控制住了。步履蹒跚，是膝关节退化，当年在河南"五七"干校天没亮就下冬水田留下的后遗症。经过锻炼和减肥，最近散步已可走一千多米。你不要担心，更不用伤心。我现在不太敢一人出远门，得要子女陪着，所以不能肯定说什么时候再来北京。当然，我会争取来看你。

我一直担心你的身体。出乎意外，去年看见你，比我想象的好很多，实在令我高兴。根据你的意见，我今后以写信为主，字大一点，便于你看。必要时也可打电话，这很方便，也不贵。

问候老程和小列①！

祝

秋安！

李　致

2004-08-07

---

① 老程：钟恕小姑子王耀英的丈夫；小列：王耀英的儿子。

饶用虞[1]

李致同志：

  谢谢寄来您和马老纪念洪德铭[2]同志的文章。文章写得很好，是地下斗争的重要史料，再现了当年老洪领导成都市委时，大智大勇，无私无畏的共产主义战士的风貌和高尚品质。两位享誉文坛作家的文章在《四川文艺》上刊出，可让更多的人了解地下党的斗争事迹。

  我们川大几位同志也一道写了一篇纪念文章，寄给陈可同志。

  虎年春节将至，给你拜个早年，祝新春纳福，诸事顺遂，身体健康！

用　虞　敬贺
2010.2.5

---

[1] 饶用虞：原中共地下党员，曾任四川大学党委书记、四川省人大副主任。
[2] 马老：马识途；洪德铭：原中共地下党成都市委书记。

贺敬之[1]

敬之同志：

柯岩同志辞世，尽管有一定的思想准备，仍给我们带来很大的痛苦。您首当其冲，我不知道怎样才能安慰您。

我在上世纪六十年代就认识柯岩[2]。当时，我作为团中央的代表，去看柯岩的一个儿童剧和参加座谈，柯岩并不认识我。我和柯岩相识，是在粉碎"四人帮"以后，她的诗《周总理，您在哪里？》深深地打动了我，我主动找她出书，之后又接连出版了她的报告文学。我们先后在北京、深圳、成都、自贡、乐山相聚，柯岩对同志坦诚、热情和友好，我们建立了深厚的友谊。我的老伴丁秀涓与柯岩的接触虽不多，但对她印象也极好。柯岩为我没接受她建议新建出版社和办刊物，多次在电话上尖锐的批评我。我老伴去世后，她对我今后的生活极为关心，在电话上不断宽慰我。我耳边至今还响着她用四川话与我说话的声音，我永远忘不了她的人品和对我的友谊。

我是流着泪写出上述这一段话的。不久前，您生日那天我们通话。您说，现在只能理智地来对待柯岩的疾病。我理解您对柯岩的

---

[1] 贺敬之：诗人、剧作家，曾任中共中央宣传部副部长。
[2] 柯岩：作家，贺敬之夫人。

深情。期望您保重，健康长寿，这是柯岩对您最大的愿望，也是您对柯岩最大的安慰！

李　致
2011年12月15日

李致同志：

你省文联的白峡①同志多次找我谈到他1964年调康定一事，认为应属落实政策需解决的问题。现随信转去《证明》抄件一纸请参阅，并请研究处理。如可能，是否可约见他一次当面交谈？

柯岩住院疗养，她向您问候。

敬礼。

贺敬之
3/7

---

① 白峡：诗人，1957年被错划为右派。

秦 牧[1]

李致同志：

  好久未通音问，近况谅好！

  我仍在广州，近来健康差些，已较少动笔了。

  有一件事情想和你商量一下，那本《秦牧选集》，在广州的书店里只是偶尔一见，即迅速售罄，听说成都现在也已没有，如果是真的，未审在今年安排重版书计划时，可否列入重版？这事，拟请你考虑一下。得暇惠复数行为盼。

  并候

康乐

秦　牧

（1982）2.23

---

[1] 秦牧（1919-1992）：作家，四川人民出版社曾出版《秦牧选集》。

夏 衍[1]

李致同志：

久未晤为念，兴［新］居谅告。前年四川人民出版社曾约我出版四卷本《夏衍选集》，并与蒋牧丛同志商定，由上海文学编辑李子云同志负责编集，去冬今春，子云同志已将编好，并经我审定的该选集前三卷寄交蒋牧丛同志，后蒋牧丛同志交给了子云同志一信，说三卷稿已收到，但责任编辑更动，所以要李子云同志直接与新任责任编辑联系，此后子云同志两次去信，一直得不到回信。昨得李同志来信，说发了两封信，时间过了两个月，一直未得复信，甚感意外，为此，在您百忙中请代为查问，如该社有困难不愿出版，也请即将前三卷挂号寄回李子云同志。此稿系出版社方面的要求而编辑的，在我并无任何要求出版的意思，故出版社如有意见，也请迅速答复或退稿为感。匆匆致敬礼！

夏　衍

（一九八一年）四月二十七日

---

[1] 夏衍（1900-1995）：作家、文艺评论家、翻译家，曾在四川人民出版社出版《夏衍近作》和《夏衍近作》（二）。

李致同志：

十月间来信，稽复为歉，所说之事，已和蒋牧丛（文艺编辑室编辑）同志谈过，不再赘述。"近作"好不容易才收齐，粗粗整理删剔了一下，写了一篇短序，一并寄上，请审阅。特在纸袋上写了"一辑"、"二辑"，目录在编排时均不必标明，只供参考而已，如觉不妥或不适，均请赐告。

《憩园》你已收到，我的其他电影剧本均已在电影出版社出过，所以如再收录，未免重复，和增加读者负担，我意还是出单行本为好。

稿件收到后，请便告，最近我挂号寄出的书，也遗失久查不得复，所以对邮寄颇不放心也。匆匆颂春安！

夏　衍

二月二日

李致同志：

久违为念，近况谅告。

我已迁居，新址是："北京市西城区大六部口街十四号"，请便告四川人民出版社。蒋牧丛同志是否仍在该社，乞便告。

匆匆问好，并祝新春大吉。

夏　衍

十二.十五

徐惟诚[1]

李致同志：

你好！上次寄来《龙门阵》并你的信都收到。未及时复信，甚歉。你的文章（指《忆戴云》）我已拜读。写得极好，情真意切。我的那一篇题为《追悼会后的话》，已经在贵社新出《科学·信仰·道德》一书中，想必你那里会有的。是当时为回答一些人对戴云（曾任胡耀邦的秘书）同志的攻击写的。写得匆忙，不如你那篇写得好。

前几天，贵社一位分管文教的负责人（可惜我没有记住他的名字）来北京开座谈会，到我处谈了一下。事后我发现沙发上有一条围巾，估计是他的。请你代问一下。还是我寄去，还是以后有便人带去。

我曾向他建议，出一本伦理学的杂志。不知他回去谈了没有。请你们研究。现在全国还没有这样一本杂志，如果你们有点忙，我可以和全国伦理学会的负责人谈，由他们来担负组稿任务（或者编辑任务）。

附去山西出版社的征订目录一件。内有我的一本小册子。如能

---

[1] 徐惟诚：作家，笔名余心言，曾任中共中央宣传部副部长。为四川人民出版社写过青年修养的书，包括《科学·信仰·道德》。

和四川省新华书店的同志打个招呼,则甚为感谢。

你今年还来北京吗?

听说老崔①又病了。请代问好。

敬礼!

徐惟诚

3.2

---

① 老崔:崔之富,时任四川人民出版社社长。

徐 葵[1]

李致友好：

　　你好！先后寄来的两本《终于盼到这一天》均已收到，谢谢。第一本收到后，我就开始看，已看到干校那部分。看着令我想起团中央的许多往事。不少事我已淡忘了，有的事我本来就不太清楚，看了你的书才清楚起来。

　　你把"文革"中那些往事写成书，很有意义，对一些事你还记得那么清楚，那是很不容易的。我在"文革"中也被抄了家，把我过去记的一些日记本都抄走了。造反派从日记中找了一些材料开我的斗争会。所以从那时起我就不记日记了，弄得现在要回忆那段时间的一些往事就感到很困难……

　　不多写了，就此搁笔。

徐　葵
2007年5月17日星期四

---

[1] 徐葵：研究员，翻译家。曾任共青团中央联络部副部长。

高　勇[1]

高勇同志：

　　收到您的来信和报纸，谢谢您对我的关心。

　　我的身体，用北京话说，还凑合。这两年，我的膝关节发生老年退行性变化。室内走走没问题，室外稍走远一点就不行，还得用手杖。这是"五七"干校留的后遗症：当年天没亮就下冬水田，下去脚就抽筋，两腿麻木了才能劳动。中西医都说无法根治。同时，还有高血脂、高血压、高血糖。最近严格控制了饮食，两个月减轻体重十斤，这"三高"才降下来，恢复正常。当然，药物起了主要作用。

　　我的主要时间仍在照顾秀涓，有空写点散文随笔。前几年出版了《往事》《回顾》《昔日》三本集子，现正在写《足迹》。没有雄心壮志，无聊始作文而已。李斧和李芹长住国外，好在每年都回来看我们。身边无子女，困难颇多，但我和秀涓都不愿影响他们的事业，时间一长也逐渐习惯了。为了经常联系，他们帮助我学会电脑，每天发"伊妹儿"（通电子邮件），也是一种乐趣。

　　你和小秦、两个孩子的近况如何？

　　我喜欢读你的诗词。有闲，请常寄一些给我。当年在"五七"

---

[1] 高勇：原共青团中央同事，曾长期担任胡耀邦的秘书。

干校时,你一大早给我送鱼,令我终生难忘。现在寄诗给我,是"精神鱼",我也是很高兴的。
　　即颂
全家安好!

李　致
03-07-19

高晓声[1]

李致同志：

　　您好！

　　会议上熙熙攘攘的，见了面，谈不上几句就又错开了，朋友太多，彼此都来不及拜访，真如赶一趟闹市。

　　听你说，你那儿大概有我的79小说集，82小说集（这是四川出版的）。我原打算回来以后，把我的80年、81年的小说集寄上，谁知回家一查，都成了"独生子女"，没办法送了。另有一本花城出的《陈奂生》，倒还有三本，寄上请指正。

　　83年、84年的小说集都已集成付印，一旦出了书，我一定寄上。

　　82年深秋在四川时，出版社主动提出来要我一本自选集，我答应了。去年春天，就编了寄去。那里边就有不少80、81年的小说。现在稿子在四川人民出版社文艺编辑室，你如有兴趣，可索了一阅。另外，他们收到我编的稿子后，近一年来，不曾有复信给我，既不知他们收到了没有，也不知他们是否改变了计划。在北京碰到刘令蒙同志，我告诉了他，他说回去问了给信我，至今当未见信来。你看到这儿，是否就打个电话问一问，请他们给我一信。其实

---

[1] 高晓声（1928-1999）：作家，代表作为《陈奂生》。

这是并不为难的，如果四川不出，可以退还给我，我决不见怪。因为事实上并不是仅有四川一地想出，下面有人等着呢。

不过，你还是可以找去把没有看过的小说看一看的，其中有《钱包》《山中》《鱼钓》《绳子》《买卖》《巨磨》等，完全是另一种类型的小说，尽管不怎么好，却只此一家，专此即问近好！

高晓声
1985.1.17

《陈奂生》一册另挂号寄上

高　缨[1]

致兄：

　　给您和秀涓拜年！

　　"拜年"，包含了我很多很多的祝愿，也包含着我们60年的深切友情，应该说，这友情是超越兄弟之情的。说到底，还是祝愿你们健康和幸福！

　　寄上我在《文艺报》（1月15日）发表的函件，是驳斥杨益言（《红岩》作者之一）的。据说，杨益言看后，说他"很恼火"。是该他"恼火"一下了，不然，把德彬（刘德彬《红岩》前身《烈火中永生》的作者之一）快气死了，把广斌（《红岩》作者之一）也出卖了，他不"恼火"，就该我们大家"恼火"了。我平日很少冒火，这一次可真是"义愤填膺"了。

　　我将在峨眉过年，下乡场看看群众是怎么过的，我不回来当面拜年了。

　　紧紧握手！

弟高缨
2000.1.26

---

[1] 高缨（1929–2019）：本名高洪仪。作家、诗人。李致的小学同学。

石家忠①来信又一次问候你，他对我们很怀念，我已去信了，你若有空，寄个贺年卡，写几句去吧（地址信有的）。

致兄：

我和朝红都感谢你写了这篇亲切、朴素的序文。因是为朝红的书写序，所以就对他多说了几句。

总理的原话引了，语气上与你的文字顺了一下，关于创作，也加了几句必要的话。总之，毫不客气地加了一些，删了几句，一切由兄最后定夺。

我又下去赶写长篇了。不能前去看望秀涓，祝她健康快乐。

找文联办公室把此信送到府上。

老廖②处，我也来不及去看望，嘱传琛去问候了。

紧握手！

洪　仪

即日

---

① 石家忠：高缨与李致的小学同学。
② 老廖：廖伯康，曾任四川省政协主席。

唐弢[1]

李致同志：

　　8月8日来信收到！知道拙稿《春涛集》已收到，十分高兴。此稿编得匆促，可能有未妥的地方，为出版社，为我个人，都希望你和编辑同志不客气地提出意见。这次编书，深深地感到，杂文要写到鲁迅那样，从具体事件中总结出规律，采取类型，使文章无过时之处，实在很不容易。

　　我在这里大约住到9月底（除非有特殊任务要我回去）。估计清样不会这样快就出来，为妥善计，我认为最好寄到北京敝寓。清样或毛样都可，有的引文要核对原文（经典著作），有些注释要加注，这里参考书也付缺如，自以寄到北京为宜。如9月中旬已有校样，即可寄到北京，我也有可能提前回京。

　　匆复，即致

安好！

唐弢

---

[1] 唐弢（1913—1992）：杂文家，曾在四川人民出版社出版杂文《春涛集》和《唐弢近作》。

李致同志：

8月31日信及赠书两本，收到。谢谢。

"四人帮"下台后，我写的文章也不多，其中理论及回忆多，已分别为人约去，不能另外成书。我意以后再图报命。山西气候转冷，而我的任务未完成，几天后即离开，大约转到京郊，继续工作。

校样如9月下旬即可出来，自以寄到京寓为妥，以后联系，也可由京寓（建国门外永安南里七楼103号）转，势不致耽误。

郭老诗集评介文集，到见书后再说如何？

匆匆，即致

安好

唐 弢

78.9.10

李致同志：

校样及大函于12月8日收到，为免耽误时间，突击看了一下。提出的问题，也都照改。第50页提到的《时间呀，前进》作者卡达耶夫，我又查询一遍，此人与我国友好，没有问题。他是资格较老的"同路人"，不是苏共党员，所以苏修也奈何他不得。

这两年形势发展真快，我只求文章稳当一些，不出大差。具体变动，则因彼一时，此一时，完全以今天观点去改过去文章，也不大好办，不大合适，但浮夸不实之处，力求避免，如仍有不妥之处，请编辑部改去就是。

书能早出，就尽量早些，越慢越被动。但我想完全成问题的不至于有了。

匆匆，即致

安好

唐 弢

78.12.12

黄启璪、李越[1]

小黄：

前几天与李越通话，知道你已进医院治疗。

收到你三月八日来信。三张纸，近千字，你花这么多时间，劳累没有？一九五五年的事，我早已忘了，你还记在心上。此事责任在那个后来倡导阶级斗争要"年年讲、月月讲、天天讲"的人，广大干部和党员何罪？但从这封信，我看到了你善良的心，也让我回忆起我们的青年时代。

我和你们相识和交往已有半个世纪。我至今记得在地下时期与李越的联系，也记得第一次在树人中学礼堂看见小黄的情景。我们不仅在重庆一起工作，后又一起在省上工作。李越的优点暂不说。小黄朝气蓬勃，忘我工作，联系群众，公正廉洁，都给我留下极深刻的印象，并给了我很多启迪。我讲的是心里话，请不要以为我在谦逊。正是这样，我尊敬你们，喜欢你们，也热爱你们。

谈到忘我工作，我又要责备小黄了。你太不注意身体，这个问题我提醒和批评你许多次。不过你面对疾病，忍受巨大痛苦，坚持斗争，这一点又非常可佩。你的病可能有反复，你还会遭受折磨，但你坚强，绝不会向病魔投降！加上众多的同志关怀你，你会感到

---

[1] 黄启璪：时任全国妇联副主席；李越：黄启璪的丈夫。

温暖。胜利一定属于我们坚强可爱的小黄。

本想写封长一点的信畅叙友情,但我最近心肌缺血在医院输液,精力不足。小黄,愿这封短信能给你安慰、给你快乐、给你力量。你叫我李致大哥,我乐于接受,因为我以有你这个妹妹(还有你的模范丈夫)而自豪。秀涓也关心你们。我女儿曾在邮件上说:"我很尊敬黄阿姨!"

言犹未尽。小黄看到信能露出笑容,我就高兴了。

紧紧地拥抱、握手!

李 致
2000年4月2日

小黄和李越:

听见你们的声音,特别是感受到小黄健康的气氛,非常高兴。

小黄这场病,牵动了很多人的心。小黄凭自己坚强的意志,积极配合医生,战胜疾病。李越精心护理,功不可没。你们这种精神状态,值得我学习。

目前,需要注意的是:千万不能麻痹!

我相信小黄的坚强,但担心小黄过高要求自己。如果过于劳累,那些残害过你的细胞不会自动退出历史舞台。李越会监督,但小黄要听劝。

年老了容易啰唆,请理解。

握手!

李 致
7.28

李致同志：

您好！

您要的照片我接电话后立即去加洗。第一拨，质量不大好（富士光低，色彩淡了些，底板上有杂物），另加洗了几张，改用柯达绒纸，效果要好些。现一并寄去，供选用。

看到光明日报上刊载的曹禺老给您的信，心里很舒畅。最主要的原因是觉得，您在出版事业上的业绩，通过老一辈著名作家的实事求是的评价公诸于众，这也算还了个天理公道。我看此事是必定要载入出版史册的。再次向您祝贺！

春节即将来到，谨祝

春节快乐，身体健康！

问候秀涓同志好！

小　黄、李　越
1997.1.26

小黄和李越：

来信收到。看见李越为小黄拍的照片。小黄的精神状态很好，满面笑容，正在给李大哥打电话，令我和秀涓十分高兴。

小黄这场病，自己经受了痛苦，牵动了很多朋友的心。李越精心照顾，堪称楷模。现在战胜病魔，对我们和众多朋友，也是极大的安慰。尽管小黄暂时还戴顶回民帽，但正如列宁所说"面包会有的"，头发也会长的。我相信不久我们就看见漂亮可爱的小黄同志。

我不完全放心的是，小黄是否真正汲取了教训？无论干什么，身体是本钱。现在你不担任妇联领导了，要把健康摆在第一位。在这个前提下，读读书、听听音乐，做点有兴趣的事。万不可以为全好了，操劳过度。此事当然由李越监督。人老了容易啰唆（打不出这两个字），请小黄不要嫌烦。

我的身体还凑合。首要任务仍是护理秀涓。只要她病情稳定，就挤时间写点短文，偶尔参加一些文艺活动。很愿意关心朋友，帮点干忙，但有时力不从心。

祝新年好，并颂

俪安！

李　致（并代表秀涓）
1998年12月27日

亲爱的李致大哥：

我很感谢您今天专程来长途电话祝贺李越的生日并关心我的病情，我最近可能又要入院做治疗。请向秀涓同志和各位在蓉的各同志问好！

我今天在电话上告诉了您我曾想写一篇文章，名叫《对不起，李致大哥》，我写的是一件令我不安的事。我深知您任沙坪坝团区委副书记时，对我们这些学校团干部是多么关爱，而您杰出的口才和鼓动性，特别是您朗诵的《入党表》，给了团员、青年们多大的激励。这几乎成了团区委召开的每次大会最精彩的结束。因为有时您不朗诵《入党表》，大家就在下面要求，甚至有节奏地呼喊："入党表！入党表！"于是您总是满足了群众的要求才"走得到路"。这些美好的回忆，不少树人同学在写给我的信中都还多次提到。我1954年到团市委工作，1956年调少年儿童部及学校少年部，都得到了您的指导、帮助，同志们亲如一家。李越特别向我讲述过您在茶馆里秘密为他举行宣誓的情景。可是，我们这些虽然热情、单纯的年轻人，一碰上政治运动就不知如何是好了。反"胡风集团"时，上面要□□查你与胡风集团的关系，根据之一是你写过《扑灯蛾》（可能记得不准），又经常朗诵《入党表》等等，偏偏我这个黄毛丫头又被选为学校部、少年部的党支部委员，被指定为清查你的小组长，我实在弄不明白我该做些什么，每天通知你来开会，"交代问题"，我们见面时也不能说笑了，而我又不得不做出一副严肃的面孔，这对于才22岁的我来说，很难很难。有一次，我闻到您在"交代"时的口气有味，我猜想您一定是渴极了，可是我却没有想到应该给您倒一杯水，我是多么的后悔啊！审查结果证明您什么问题也没有，反而让我们进一步了解您的革命历史和您从小对进步文艺的钟爱。以后您调到团省委、团中央，仍然像大哥哥一样关怀着我们。十年浩劫，我们都受了罪，您在被"解放"后思念故土故人，专程从北京回到重庆，您看望的第一家就是我和李越。我们多么感动啊！　您可能还记得，我们就在卧室里摆了一个木桌，午饭是自己弄的几个素菜，边吃边谈，两个女儿看见我们大人这么高兴也特别高兴，她们已很久没有听到我们的笑声了。我今天这封信写得不好，没把心意表达清楚。下次，我可能想写我们一同在省委抓文化工作、抓振兴川剧的事，您与书舫同台为张爱萍老将军演《花田写扇》，我至今记忆犹新。我近来收到张老和又兰大姐送的《张爱萍传》，每天看一些，他们是我心中崇敬的人，真正的人。

小　黄
2000.3.8

衷心祝愿您和秀涓同志健康长寿。李越又及

小黄和李越：

　　寄上马老给小黄的信和单条。

　　知道小黄又在接受化疗。朋友们都非常关心小黄的健康，更相信小黄的坚强。我们的心永远和你们在一起！

　　李越辛苦了。

即颂

秋安!

李　致（代表秀涓）

2000年6月11日

李致同志：

您好！遵嘱寄去启璪相片两张，供选用。相片不用退了，赠您存念。

您身体不好，还念念不忘为启璪作纪念文字，这样的深情厚谊，令我深为感动。

回顾往事，从我49年2月（时18岁），启璪50年初（时16岁）认识您起，您既是我们的领导，又是我们可敬可亲的兄长和挚友。正是出于这种感受，启璪后来就直呼您为"老大哥"。50多年中，我们从您那里得到的总是兄长般、挚友般的关心、爱护和帮助，总是得到快乐，却没有受到过一点委屈。这样的领导和同志是极其罕见的，我们一直敬重您高尚的人品。

相比之下，我们惭愧的是，我们都曾做过伤害您的蠢事。大约51年，我受"发动"，曾揭发过您的"小资产阶级思想"，就是把秀涓同志的玉照珍藏在贴胸的衬衣口袋里。在"反胡风"期间，启璪受命任学习小组长，曾按"职责"空洞地鼓起勇气发言要您"交代"，虽然即使在当时的狂风暴雨中她也不相信您会反党。此后，我们常为此感到内疚。98年她在重病中还重提此事，直到她写信向您表示歉意后才觉得心安。而您的回答是，早就不记得这些事了。有道是，人生得一知己足矣！我们为有您这样一位"老大哥"和挚友而感到是平生一大幸事。

我现在总的情况还好。每天有满满的"功课"：一是每天快步行走两次，一次约45分钟，一分钟约110步，一天约1万数千步；目的是避免生大病增加家人负担。二是看报读书。看看和想想世界大事、国家大事和百姓乐苦；读些古今美文，寻些艺术享受和人生哲理。但绝对不看那些狗屁文章，并常为它们思想浪费大量版面而感到悲哀。爱思考的习惯仍存，但心胸比过去宽宏好多，心态相当平和。啰唆这些，是想请老大哥放心！

问候秀涓同志好，请代问在蓉诸同志好！祝
夏安！

李　越
2002.7.7

黄宗江[1]

宗江老大哥：

能与你重建联系，我十分高兴。

寄上尧林照片复印件两张：一张是尧林与尧棠（即四弟巴金）一九二五年在南京，另一张是尧林（时间和所在地不详）单人。

你的朋友中，还有尧林的学生吗？

希望能早拜读你写尧林的文章。也盼早接到你的新著。更盼在"非典""蒸发"后，能在成都接待你和卢燕女士。

即颂

夏祺！

李　致
2003-05-20

---

[1] 黄宗江：表演艺术家，巴金三哥李尧林的学生。

黄　源[1]

李致同志：

　　上次在成都欢聚，迄今又有些时日了。

　　今年四川水灾，你处出版事业恐也有影响吧？

　　见新闻，你处《鲁迅评传》已出版，他的打印稿，我看过一些，新书出版尚未见到，可否送我一部，因此处尚未见售。巴金最近去法国，据云月初回国，尚未见来信。

　　祝

好

黄　源
10月11夜

---

[1] 黄源（1905-2003）：翻译家。

黄　裳[1]

李致先生：

奉惠函。很高兴。

您在四川人民出版社工作时，为我印了《黄裳论剧杂文》，得稿费6000元，在当时为高价，甚为感谢。不知是您主持此事，亦未言谢，憾甚。

《巴金的两个哥哥》一书，目前已得样书十册，稿费不足道，请勿挂念。我颇想看到《译文集》[2]，因《莫洛博士岛》数十年后得重印，是一喜事，不只是为先师李林最好之纪念也。

在上海孤岛时期，我与林师过往甚密，查旧日记，记录甚多，本想写一文，因时间迫促，且事多忙甚而不果，至以为憾。

我与您见过面，同看川剧，但过从不多，印象已淡。今后仍望多联系，多指教，为盼。

匆此奉复，即请

秋安

　　　　　　　　　　　　　　　　　　　　黄　裳
　　　　　　　　　　　　　　　　　　　2005.08.15

---

[1] 黄裳：作家、杂文家。
[2] 《译文集》：指《李林译文集》。李林即李尧林。

黄裳同志：

　　我们正在策划出版《李林译文集》。

　　首先向您请教：过去出版的李林译著有多少种？我们知道的有《悬崖》《无名岛》《月球旅行》《莫洛博士岛》《战争》《阿列霞》《伊达》。不知是否还有别的？

　　《阿列霞》《伊达》两本，我们一直没找到。杨苡同志那儿也没有。不知您是否有？　如有，可否借给我们复印？

　　我们拟请您为《李林译文集》写序，介绍李林译文的价值。请您许可，并做准备。

　　《李林译文集》将由汪致正主编。现介绍他专程拜望，请予赐教。谢谢。

　　专此。祝您

新年好！

李　致
2005-01-13

萧　乾[1]

李致同志：

　　你好！

　　青年评论家李辉同志来蓉开巴金作品研究讨论会，特介绍他来看你，并托他带上小书三册。他所著巴金评论年内可能即由人文印出。即颂

近好

萧　乾

19/5

李致同志：

　　你好！

　　春间我与巴兄在京有一合影，特寄上留念。曾寄过《汤姆·琼斯》一套给你，不知收到否？上次你来京，可惜我正在出国。如再来望电867653，匆问

暑祺

萧　乾

1985.7.30

---

[1] 萧乾（1910-1999）：记者、作家、翻译家。

曾彦修[1]

李致同志：

　　关于四川及西南杂文编选组的事，不知进行得如何了。其实你只要商定一个头，同意他去活动组织编选组即可。不日文联即将出一简报，报道各大区组织情况。其中华北区完全是由天津市委宣传部副部长马献廷同志及所属文艺处出面组织的；华东区则是由江苏省宣顾问陶白及副部长胡福明同志出面组织的；中南区则是由广东省宣研究过、批准名单，并由省宣顾问张江明同志来京时将名单面交与我的。因此，由省宣出面批准人去干这个事情属于正常，并无多大风险。西南目前已难于照原时间进度进行工作了，我们定明年三月全国集中广东从化最后审定目录。因此西南四省区能在明年二月二十日前将稿件选好即可，那样就可能寄广东，赶上最后定稿需要。

　　一、组长要积极性高的，不一定是搞文学的，杂文的好坏，谁都可以判断。因此，如找不到适当的人，我以为杨忠学同志就很好。他办事热心细致。首都组长就是中国青年出版社管青年政治思想读物的室主任孟庆远，下面才是报刊及文研所搞散文、杂文

---

[1] 曾彦修（1919-2015）：出版家、杂文家，曾与戴文葆合作，为四川人民出版社编注《鲁迅选集》（两卷本）。

的人。

　　二、由于时间紧张，我建议四川可以分为两摊一齐搞。重庆总设一摊，可否请杨益言同志出面组织（如可，他是否可任西南组组长或副组长？因为要借重一下他的名望）？重庆除管本市之外，兼管永川、涪陵、顺庆、达县、万县五个地区，如此，时间还赶得上。如何，盼复示。

敬礼

曾彦修上
八三.十二.十一

戴文葆[1]

李致同志：

久疏问候，此信到蓉，已是春节到来，谨祝身体健康，工作顺利，阖家欢乐！

前此收到王火兄来信，言及您十分关念我，令人心感！犹记1982、1983年，在人民社编注鲁迅先生两卷集时，生活上、工作上蒙您关照备至，至今时在念中。没有当时您的决策和魄力，就不会有五四以来著名作家著作的系列书了。您主持的那几年，是新时期川版书辉煌的时代。由于您的关系，巴老在人民社出版了十卷集，这个十卷集，已成一种珍贵的版本。人民文学出版社王仰晨同志编定《巴金全集》26卷时，十卷集就是他改订、编校全集的重要依据之一，这是他和我谈话时郑重说明的。

当时，您网罗了许多人才，给我印象很深。后来，据我所闻，几次工作调动，我认为无不与您联络各方面精英人士有关。这在四川，也不仅仅在四川，是很有影响和口碑的。也许有些人未注意这种重要作用，在我心目中则是很明确的。

由于组织上的关怀，我至今还未能离休。皖南事变后，我在南

---

[1] 戴文葆（1922-2008）：作家、编辑家。曾与曾彦修合作为四川人民出版社编注《鲁迅选集》（两卷本）。

方局青年组刘光同志、朱语今同志、张黎群同志直接领导下工作，当时我还是大学一、二年级学生，迄今已五十三年。今年暑天，成都民协在京同学在北大临湖轩集会，谢韬兄主持，韩天石、郑伯克、张黎群、江牧岳、胡绩伟等同志都出席，事先也约我去参加。几乎都是霜雪满头了，男女同志还是当年那样热情。天石同志讲了话，把我们蓉、渝的青年组织，和民先联系起来考察，还说一句四川话，叫"拉撑"起来了，后来黎群还特别解释了这"拉撑"的含义，大家都很欢欣。后来摄影、聚餐而教。五十周年如此，四十周年在近代史所举行，人还不像此次多。您是民协老同志，听说成都聚会十分盛大的。

彦修同志于八十年代后期就申请离休了，那时邓力群同志还在中宣部工作。他闲下来，读书写作，不干政。我这月因患病毒性感冒，有九天高烧到39℃，他不放心，亲自来我住处看望。他这几年写了研究鲁迅杂文的专论若干篇，很为各方推重，他还埋头研究了日丹诺夫，用了很深的功夫，从哲学、政治、历史到文学艺术各方面，作了切实的探讨，现在都成稿，年内可以完成了。他把此人看作斯大林时代意识形态的公开决策人来研究的。

王火兄抗日战争三部曲，在京亦甚得好评。去年底我参加署里直属社92—94年所出书评奖，这三部曲的责任编辑得了奖的，目前还未公布，大约二月内可正式开会宣布授奖。

人民社其他几位同志，也不时有联系的。我这几天已渐渐康复了，请勿念。即颂
春祺！

戴文葆　再拜

（一九九五年）元月二十七日

魏明伦①

李部长：

上月您托仲炎同志向转达的深情厚谊，使人感动，拜谢部长关怀。

最近忙于拙集出版事：由上海出，曹禺大师题签，祖光老师作序，共收我在三中全会之后所作六剧七文。另，三联书店出《潘金莲讨论集》，已发稿。北方文艺出版社出《潘》剧单行本，已发稿。文债如山，笔耕不止。

我正在写作历史剧《黄昏卧龙》，上海《新民晚报》及广告报刊已作了报道。今年争取写两戏，仍是一戏一招：正宗历史剧《黄昏卧龙》，另一个是形式非常出格的现代戏《啊——三点一线！》。效果如何，未可料也。

两剧都会先在报刊发表，省川剧院如果瞧得起，排演就是了。据王德文同志说：去年自贡市已与省文化厅达成协议，我的下一个戏，可由省川剧院和自贡市川剧团同排。愚意：拙作皆是先见诸报刊，社会财富，谁愿排就排吧。

迄今为止，全国已有一百余个剧团排演《潘》剧。香港影视剧艺社定于三月十三日在港演出音乐剧《潘金莲》，导演卢敦先生来函来电邀请我三月十日赴港观剧并"指导"云云。市里还派专人给

---

① 魏明伦：剧作家，杂文家，辞赋家。

我办理出境护照,但办事难,效率低,据说关卡很多,不知能准时办妥否?市里将派人上省申请,希望部里协助一臂之力。

我是四川作者,四川成果在香港移栽,且是影视明星汇演,我此去亦算是为巴蜀添一点小光。想来,部里必会支持,助我成行。

盼复,并问

春安

魏明伦
1987.1.10遥拜

李部长:

前次一席谈心,足见领导对我关怀,使人感动,催人奋发。自当戒骄戒浮,多干实活,少说空话,谦虚谨慎,不断笔耕,争取继续为振兴川剧添砖献瓦。

香港影视剧艺社又来电邀请我入港观看《潘金莲》剧,费用由港方支付。作为此剧作者,理应前往。市里已批准,并派专人上省办理出境护照。万一遇着困难,敬请部里大力支持。

如成行,我将向香港同胞宣传我省在三中全会精神指引下,在省委的领导和扶持下,振兴川剧,繁荣社会主义戏剧的一系列成果。

专此　并问

严肃、仲炎同志安

魏明伦
1987.1.24敬书

李部长:

承器重,嘱写文章事,牢记。

归来杂务缠身，丁忧未结，家事纷呈，近日方才摆脱。正思考叙述方式，准备动笔，敬请宽限几日。

顺言：写戏费力难讨好，如《夕》①剧，辗转几稿，蓉城献演三日，座谈会反映甚好，但新闻报刊沉默不评。川报无语，晚报更无声——前年拙作尚未完篇时，晚报提前发文与我"对话"；如今送戏上门听批，该报却又不置一词了！

简此

并问丁大姐安

魏明伦

1988.11.28遥拜

李致部长：

元旦收到您托小朱写来的信。

先谢罪，迟未交卷，因川报约杂文稿，我考虑谈川剧振兴是否以杂文体一举两得：但杂文多刺，有些犯难。举棋未定，忽又胆结石、胆囊炎、心血管渐硬……并发，请气功师来家治疗，不便过度用脑。现稍瘳，还拟集中精力以践尊约。力争上旬完成，请部长鉴谅。

另：上海文艺出版社出我剧作集《苦吟成戏》，集内六剧全是四川振兴川剧成果，但四川却无订户。上海哭笑不得，订数不齐，难以开印。请宣传部促进省新华书店多订，订单随此信呈仲炎部长扶持。

顺告：《文汇周刊》一期发我杂文《毛病吟》；《文汇报》上旬将发我杂文《雌雄论》；《人民日报》12.30已发我的歌词纪念吴老；即发我杂文《三终于三》，旧作《河殇不幸谁有幸》已获《人

---

① 即《夕照祁山》。

民日报》风华杂文奖……请省杂文学会会长过目一览。

问丁大姐安

明　伦

1989.1.2日病中

李部长、丁大姐：

瑞雪纷飞，拜贺新年。

我正应中国青年艺术剧院特邀赶写话剧《烛影摇红》。取材于我市青年作家武志刚小说《盛夏》且与原作者联合出马，春节完稿，已纳入青艺92年排演计划。

记得李部长曾表示愿将《夕照祁山》荐往《收获》。此剧的文学性已超越戏剧界，原定发于《人民文学》89第八期。由于形势巨变，我不明文艺政策走向，以为"文革"又来，遂主动要求抽稿。《人民文学》当时自顾不暇，只好割爱。事过两年半，文艺政策稳定，继续贯彻双百方针，二为方向。以此检验《夕》剧不失为历史剧中的优秀诗剧，也是"振兴川剧"成果。但《人民文学》班子大改，我亦不想与其"鸳梦重温"。此剧的文学性特强，内涵容量不浅，若改投《收获》，则比较匹配。可《收获》从未发过戏曲剧本，只发过电影和话剧（如今年白桦的《西楚霸王》），不知有无可能，有无把握刊登《夕》剧？若有相对把握，我便认真加工修改剧本寄去备用；若用稿可能性甚小，我则不必急于重起炉灶。

李部长如愿鼎助玉成，可否先和李小林交流一下意向，取得一点认同，以免我白费工夫。若幸而中意，当是"振兴川剧"大好福音！

打扰，盼复。

再拜新年

魏明伦

1991.12.30敬呈

李致主席仁兄：

遵嘱呈上拙著几卷。你那里已有《苦吟成戏》平装本，台湾版《魏明伦剧作三部曲》。现补呈（1）四川版《魏明伦文集A卷》。（2）海天版《巴山鬼话》。（3）上海版《巴山鬼话》。（4）中国戏剧出版社《四姑娘》最初稿。

拙作版本还有以下若干种：三联版《潘金莲剧本及评论集》；北方文艺版《潘金莲》；中国戏剧出版社《易胆大》；四川版《四姑娘》，《易胆大大闹龙门阵》《巴山秀才》等三种单行本；上海版精装本《苦吟成戏》；海天版豪华本《巴山鬼话》等等。

"鬼话"、"夜话"大同小异。后者是商家命名，作者不知也。

问丁大姐安

魏明伦
1997.6.25拜

李致老大哥：

欣闻徐棻大姐创作六十周年研讨会隆重召开，我本应到场祝贺，但因早与贾平凹有约，元月十五日赴西安拍摄"秦岭与蜀道"二人对话节目，不能分身参加徐棻大姐盛会。我用笔代口，送楹联以表寸心，按平仄以求工对。拜托您转交徐棻大姐。

联语如下：

试笔正青春，梨园罕见女才子；
挥毫到白发，菊圃蛩声老作家。

魏明伦
二〇一〇年元月十四夜敬呈

濮存昕、苏民[①]

叔兄夏安：

您寄来的书早收到，但一直没回信，答应给您的《鲁迅》《一轮明月》两部电影的DVD现才寄出，真是大不敬，请您宽谅。

话剧百年，8台戏其中新戏两出共113场演出，现在京演得热火朝天（我所参加的全年计划），可惜无法请您看。

日下正是蜀人水深火热的酷夏，望您及全家安康。

我父亲、母亲安好勿念。

濮存昕

2007.8.10

存昕：

你寄给我的光碟都收到，谢谢！

我和我的朋友都喜欢你主演的《鲁迅》，都为电影院不放映感到遗憾。正好上海的《鲁迅研究》约我写稿，我在"往事随笔"《一生追寻鲁迅》中的《电影〈鲁迅〉》一节里表示了自己的态

[①] 濮存昕：北京人民艺术院话剧表演艺术家。濮家与李家三重亲。按辈分，濮存昕叫李致为表兄，但他自谦，一直叫李致为叔兄；苏民：李致表叔，濮存昕的父亲。

度。现将刊在《当代杂文》上的此文寄上,请你一阅。

打了几次电话,你的手机关机,找你也不容易。

问候表叔表婶和宛平。

即颂

冬安!

李 致
2007-11-18

尊敬的叔兄:

原谅我的忙乱,真是失礼,匆寄去自刻的两部近作,多提宝贵意见,另赠造型照一张留念。

濮存昕
2006.11.21

存昕并苏民表叔同志:

寄上《曹禺致李致书信》四本。这是四川教育出版社,为纪念曹禺诞辰一百周年赶印出来的,详情请见前言和后记。一本送北京人民艺术剧院院长,一本送剧院博物馆,一本送表叔,一本送存昕。如有需要,还可再寄几本。时值中秋和国庆,恭祝

节日快乐!

李 致
2010-9-20

· 后记 ·

2017年春节刚过，四川人民出版社社长黄立新来到我家，希望出版我的文集。

我既感激，又惶恐。为什么惶恐？因为这几年，四川出版了李劼人、沙汀、艾芜、马识途和王火等著名作家的文集，不敢与他们"为伍"。为了有所区别，我想：如果要出，就叫"文存"吧。

有必要出"文存"吗？我征求了多位文友的意见。他们认为，我年近九十，写的一百多万字的往事随笔，无论是欢乐还是坎坷，都具有时代的某些折射或缩影。何况我与巴金老人之间特殊的亲情和相互的理解，以及改革开放之初于四川出版、振兴川剧的亲力亲为，都值得保存。我被说服，便有了《李致文存》。

四川人民出版社的编审谢雪，作为"文存"责任编辑之一，做了大量统筹工作。我们共同商定了"文存"的卷次、编排的体例和收编的原则。拟定"文存"共五卷六册：第一卷《我与巴金》，第二卷《我的人生》（上、下册），第三卷《我与出版》，第四卷《我与川剧》，第五卷《我的书信》，将我前后公开出版和编印的十种单行本，加上早年一些没有成集的、这四年新写的，一并收入。

早期写的文章，这次辑集时稍有补充，或加了附记；有的文章因发表时的侧重不同，辑集后某些细节有重复；还有极少数几篇文章，为适应不同的主题，也为方便分卷阅读，故重复收入，如巴金的《偏爱川剧》一文，在《我与巴金》和《我与川剧》两卷中都能找到。特此说明。

感谢四川人民出版社！

本书如有差误，恭请指正。

2018年12月9日